Manuel Mura

SAINT WARS
LA RAGAZZA DAI CAPELLI AZZURRI

Tratto dal cartone "Saint Seiya Omega"

Youcanprint *Self-Publishing*

Titolo | Saint Wars – La ragazza dai capelli azzurri

Autore | Manuel Mura

ISBN | 978-88-93068-02-4

Youcanprint Self-Publishing

Via Roma, 73 – 73039 Tricase (LE) – Italy

www.youcanprint.it

info@youcanprint.it

Facebook: facebook.com/youcanprint.it

Twitter: twitter.com/youcanprintit

INDICE

Saint e dei

Il giovane Light guardava lo spettacolo dell'acqua che si infrangeva sugli scogli con un misto di perplessità e meraviglia. Gli era sempre piaciuto quello spettacolo e lì, sulla piccola isola in cui viveva, era uno dei pochi passatempi che aveva. A dire il vero non c'erano divertimenti lì. Lui non aveva tempo per niente oltre allenarsi duramente per diventare un cavaliere di Atena, detti anche Saint. Erano i paladini della pace e giustizia sulla terra. Prendevano i nomi da una costellazione protettrice e indossavano le sacre armature ad essa riferita che potevano essere di bronzo, argento e oro.

Era infatti da tempi immemorabili che la dea proteggeva questo mondo dalle forze del male che periodicamente tentavano di invaderlo; almeno era quello che gli avevano sempre raccontato. A lui pareva tutta una favola. Non credeva veramente agli dei e poi erano nell'era moderna, anche se in quell'isola non pareva poi tanto. Faticava dalla mattina alla sera in duri allenamenti massacranti, e seppur reggesse il ritmo non capiva perché lo facesse.

La sua maestra era molto severa e pretendeva il massimo da lui, e se ora l'avesse visto ad oziare si sarebbe arrabbiata molto.

Oltre a lei c'era una famiglia sull'isola composta da padre, madre e due figli, che erano anche i veri proprietari, mentre lui e la maestra erano loro ospiti.

A quanto ne sapeva c'era qualcuno che finanziava la sua maestra e pagava una fortuna perché loro due rimanessero lì. Lui avrebbe preferito risparmiare quei soldi ed avere una sua vita. Del resto era giovane, appena 13 anni, e non ne poteva più di quella vita dura e priva di tutto. Era piuttosto alto per la sua età e di corporatura media, con capelli neri folti e poco curati e occhi celesti chiaro.

"Ancora qui ad oziare?"

Era la voce forte e severa della sua maestra che lo richiamava all'ordine. Lui non aveva voglia di continuare l'allenamento e non era tipo a cui piacessero gli ordini. Lei era una donna non tanto alta, con capelli castani lunghi lisci e occhi marroni. Di corporatura media, come il seno, aveva uno sguardo severo e un viso perennemente corrucciato che la faceva apparire più vecchia di quel che era.

A dire il vero della sua maestra Sofia non sapeva quasi nulla, ma secondo lui non doveva avere poi tanti anni, non più di trenta, ma forse già molti per gli standard dei cavalieri. A quanto aveva detto si diventava tali all'età massima di 15 anni in cui o si superavano le prove, o ci si ritirava oppure si moriva. Quando uno si ritirava, all'atto pratico rimaneva al servizio di qualche cavaliere più forte come assistente o servitore tuttofare, e non era una prospettiva che a Light piaceva.

"Ma insomma..."

"So cosa stai per dire, ma devi allenarti duramente per proteggere Atena e la pace nel mondo dai nemici che stanno per tornare."

"Ma andiamo. Siamo nei tempi moderni, le sacre armature sono tutte favole per bambini ed io sono grande per credere ancora a queste cose..."

"Light, è l'energia interiore, comunemente detta cosmo, che dà la forza ad un cavaliere, come il battersi per la giustizia. Anche tu hai una costellazione protettrice e presto, quando avrai acquisito le qualità necessarie, si manifesterà."

"Ma che me ne frega, vorrei solo andarmene da qui. Come posso credere a questa Atena e tutti gli altri dei?"

"Ti ho raccontato più volte che da sempre Atena si è battuta per mantenere la pace sulla Terra. Gli altri dei volevano distruggere tutto ma Atena, con i suoi cavalieri, li ha sconfitti uno dopo l'altro. Hades, Nettuno, Marte sono solo alcuni degli ostacoli che si è trovata di fronte, ma anche altri dei come Venere o Odino e molti altri ancora. Se non ci fosse stata Atena a quest'ora la Terra non ci sarebbe più e noi con lei."

"Ma mi hai anche raccontato che nell'ultima battaglia Atena è morta, per cui non vedo come..."

"Sì, è stata una battaglia terribile, ma prima di morire la divina Atena ha trasmesso il suo potere e sicuramente presto si manifesterà. Sono certa che la persona che l'ha ereditato è già nata da tempo e presto comparirà."

"Hai avuto un'altra visione?"

"Sì, e non era per niente bella."

"Tu dai troppo retta a queste scemenze. Ora ci sono aeroplani e navi, armi e satelliti, chi vuoi che pensi più agli dei o ai cavalieri?"

"Alla fine tutte le altre cose non sono niente. Le armi moderne non possono nulla contro un cavaliere che indossa la sua armatura."

"Ma tu che dici, tanto non te l'ho mai vista questa armatura."

"La indosserò solo quando sarà necessario. Non è un giocattolo e va usata solo nel momento in cui la pace del mondo è minacciata."

"Sì, me lo hai detto mille volte, ma continuo a non crederci."

"Presto verrà il momento in cui dovrai farlo."

"Sì, come no."

"Light, per oggi non allenarti e rifletti su quello che ti ho detto."
"Cosa?"
"Hai capito bene, oggi niente allenamenti."
Sofia se ne andò rapidamente come era apparsa, lasciando Light immerso nei suoi pensieri, che al momento vagavano in posti lontani e sconosciuti cercando di immaginare come fossero.

Era sdraiato sulla sabbia che guardava il cielo azzurro quando una luce intensa apparve dal nulla poco distante da lui. Non capì cosa fosse ma percepì qualcosa. Sentiva un'energia molto forte lì vicino e si alzò rapido andando a vedere.

La sorpresa fu enorme nel vedersi davanti una fanciulla che doveva avere la sua età e che pareva totalmente spaesata dell'ambiente circostante. Era piuttosto bassa e magra, con capelli azzurri corti e occhi dello stesso colore che parevano uguali a quelli del cielo e del mare. Fisicamente non era niente di speciale, però il suo viso dai lineamenti delicati e ben fatti pareva qualcosa di unico e ineguagliabile. Aveva un che di dolce e di semplice stampato in volto, ma si guardava attorno impaurita. Quando vide Light indietreggiò e cadde per terra.

"Chi sei? Non ti ho mai vista qui."
La ragazza non disse niente, pareva spaventata a morte.
"Non devi aver paura, io mi chiamo Light e non mordo nessuno. Avanti, prendi la mia mano."
Le tese la mano. Lei, inizialmente impaurita, alla fine la prese. Quando si toccarono un alone di luce avvolse entrambi. Era qualcosa che Light non sapeva descrivere, una sensazione nuova e sconvolgente. Sentiva che lui e quella ragazza erano legati da qualcosa che andava al di là della normale comprensione.

"Un cosmo di luce" disse la ragazza nuovamente in piedi.

"Cosa? Ho capito, ti ha mandata Sofia per farmi qualche scherzo."

"Chi è Sofia?"

"Allora forse non ti ha mandata lei. Comunque io mi chiamo Light, e tu?"

"Sono Zaffira."

La ragazza sorrise e aveva un che di gioioso in volto che addolciva il cuore. Light, sempre irrequieto, per una volta si sentì in pace con se stesso.

"È un bel nome, ma non sei di qui, immagino."

"Dov'è qui?"

"Questa è un'isola indonesiana, ma il nome esatto non me lo ricordo mai."

"Non conosco nessun luogo."

"Ma da dove vieni?"

"Santuario."

"Aspetta, vuoi dire quel luogo di cui mi ha tanto parlato Sofia dove risiedono i cavalieri più potenti di Atena e la dea stessa?"

"Sì, Atena, Santuario" rispose Zaffira sorridendo.

Lui sorrise di rimando. In effetti non gli importava da dove venisse ma che fosse lì con lui, e lei pareva felice uguale.

Un lampo improvviso cadde dal cielo, malgrado il tempo fosse totalmente sereno, e la faccia della ragazza prima serena assunse un'espressione di terrore. Anche Light non capiva cosa stesse succedendo, ma da quel lampo apparve un essere che pareva uscito da qualche strano film. Era alto più di due metri, con spalle larghe e fisico robusto. Aveva una maschera a forma di serpente da cui spuntavano solo gli occhi rosso sangue. Il corpo era fatto d'oscurità, non si vedeva torace, addominali o altro ma solo una massa oscura. Alle braccia e gambe spuntavano dei tentacoli neri e tutto il suo essere era circondato da scariche elettriche che lo percorrevano rapide da capo a piedi.

La ragazza tremava impaurita, mentre Light si mise davanti a lei, anche lui spaventato ma pronto a combattere contro lo strano essere. Avvertiva in lui un'energia straordinaria, anzi vedeva qualcosa di più: l'universo.

"E tu chi saresti?" chiese Light con più sicurezza che poté.

"Io sono Ouranòs, il dio del cielo e della distruzione, colui che porta il caos nel mondo. Tu, misero umano, inginocchiati davanti a me!"

La sua voce era forte e autoritaria, di chi è abituato solo a comandare, e non ammetteva replica.

"Devi essere fuori di testa ma io..."

Sentì ancora quella sensazione come se l'universo stesso fosse lì, e per quanto cercasse di reagire si sentiva impotente di fronte a quell'essere sovrumano. Non riuscì a muoversi e del resto l'essere non lo degnava di uno sguardo, tutte le sue attenzioni erano rivolte alla ragazza, che tremava disperatamente.

"Atena, sono venuto personalmente per ricondurti a casa."

"No, non voglio..."

"Niente storie, non ammetto disubbidienza da parte di nessuno."

Dalle mani partirono dei tentacoli neri che avvolsero la ragazza e la sollevarono portandola da lui. Light si sentiva impietrito davanti a quell'essere, ma le implorazioni d'aiuto della ragazza che tendeva la mano verso di lui lo riscossero.

"Maledetto, non ti permetterò di portarla via."

Light si mosse rapido sferrando un pugno, ma una scarica elettrica lo colpì e lo ributtò a terra prima ancora di accorgersene. Se non avesse avuto il giusto addestramento sarebbe morto dopo un colpo simile, ma ad ogni modo si sentiva a pezzi.

Ouranòs aveva preso la ragazza, ma una serie di pugni di luce tagliò i suoi tentacoli e Zaffira si ritrovò per terra sulla sabbia.

"Ho atteso a lungo questo giorno e non ti permetterò di portarla via" disse Sofia.

Inizialmente Light non l'aveva riconosciuta. Vestiva con un'armatura d'argento che aveva il simbolo di un'aquila che le copriva braccia, gambe e torace, oltre che un minimo la testa.

"Un cavaliere come te non può nulla: sparisci!"

"Te lo scordi. Il dovere di un cavaliere è proteggere Atena."

"Allora muori."

Dalle braccia del mostro partirono numerosi tentacoli oscuri. Sofia ruotò su se stessa mettendosi a testa in giù e ruotando le gambe. Formarono un mulinello d'aria che tagliò tutti i tentacoli. Ouranòs ne lanciò altri, ma Sofia si muoveva agile e veloce. Li schivò senza problemi per poi saltare in alto e muovere velocemente le braccia da cui partirono dei pugni di luce azzurra.

"Infiniti pugni di luce dell'aquila reale."

Per quanto potenti e precisi non fecero niente a Ouranòs, che non si degnava nemmeno di schivarli. Colpì Sofia con un fulmine buttandola a terra.

"Sofia!" gridò Light, che si rialzò.

"Scappa con Atena finché riesco a trattenerlo" disse Sofia che si lanciò contro Ouranòs.

"Non farlo" urlò Light.

Zaffira era poco lontano e provò a scappare, ma un altro tentacolo la prese, però Sofia lo tagliò, evitò il fulmine del nemico e saltò in alto in uno splendido salto mortale.

"Non è così facile battermi: volo dell'aquila reale."

Si lanciò con un calcio volante carico di energia azzurra contro Ouranòs ma il colpo si fermò poco prima di raggiungerlo, infatti una barriera di fulmini le bloccò tutti i suoi movimenti. "Sei abile, cavaliere, ma nulla confronto a me che sono un dio. Ouranòs Devastation."

Una scarica di fulmini prese Sofia, facendola urlare mentre l'armatura finiva in pezzi. Il nemico fece per scagliarne un altro, ma Light si buttò su di lui.

"Sparisci, bamboccio."

Ouranòs lo colpì con un fulmine. Light si ritrovò per terra, con Sofia vicino che perdeva sangue da tutte le parti.

"Maestra, non morire."

"Proteggi Atena."

"Ma io non sono nemmeno un cavaliere."

"Promettimi che proteggerai... Atena..." disse Sofia, che morì.

"Nooooooooooooooo!"

"Stupida donna, ha fatto la fine che meritava" disse Ouranòs mentre Zaffira piangeva.

"Maledetto chiunque tu sia, uomo o dio non mi importa, non ti perdonerò di aver ucciso la mia maestra, che per me è stata come una madre: la pagherai."

"Se ci tieni tanto la raggiungerai... ma quello è un cosmo."

Un'energia gialla dorata si propagò tutto intorno a Light. In quel momento sentiva una forza immensa dentro di sé che voleva esplodere in tutta la sua potenza. Era una luce abbagliante che aumentava d'intensità e anche Ouranòs mise un braccio davanti alla faccia, lui che era fatto d'oscurità non sopportava quel bagliore.

"Maestra, oggi credo a tutto quello che mi hai raccontato e ti prometto che proteggerò Atena. Ce la metterò tutta per diventare un cavaliere: infiniti pugni di luce."

"Stolto! Non può superare la mia barriera di fulmini con un simile attacco."

Light non l'ascoltava, muoveva le braccia rapide e scagliava pugni di energia dorata contro Ouranòs, la cui risata piano piano si spense.

"Cosa succede? I pugni aumentano d'intensità e potenza, eppure non indossa nemmeno l'armatura. Alle sue spalle però è comparso qualcosa che sembra... un'armatura d'oro."

La barriera di fulmini di Ouranòs scomparve come l'immagine dell'armatura, mentre Light era in piedi ansimante con il braccio teso in avanti e Zaffira era ora poco distante da lui.

"Incredibile, ce l'ho fatta. E ora a noi due, dio che uccidi le donne."

Light si gettò su di lui con il pugno destro carico di energia.

L'attacco venne bloccato con estrema facilità da Ouranòs, che usò un solo dito, e per quanto facesse forza Light non riusciva ad avanzare di un millimetro.

"Hai un cosmo talmente insignificante che non riesci ad indossare nemmeno un'armatura. L'attacco di prima deve essere stato una botta di fortuna: sparisci!"

Una scarica elettrica travolse Light sbattendolo lontano, mentre Zaffira venne presa dai tentacoli oscuri e poi tutti e due cominciarono a svanire.

"Zaffira!" urlò Light ma lei non c'era più e tutto divenne buio.

Nuovi amici nuovi nemici

La piana erbosa e verdeggiante era davvero un bello spettacolo. L'odore dell'erba al fresco di quella giornata di sole, calda ma non afosa, era per Light una vera gioia. Lui, che era vissuto sempre su un'isola con solo poche piante, sabbia e acqua tutto intorno, non credeva nemmeno più che sarebbe riuscito a vedere un simile paesaggio. Simili cose si vedevano solo in televisione ma di persona era tutt'altra cosa. Avrebbe voluto mettersi a correre e far vagare la mente al gioco e divertimento come era normale per uno della sua età, ma aveva una missione ben precisa da compiere.

Si era sempre lamentato quando era nell'isola e la sua maestra Sofia lo sottoponeva agli infiniti, pesanti allenamenti, ma ora rimpiangeva quel tempo. Si sentiva molto più forte da quando, in giovane età che nemmeno ricordava, era sbarcato sull'isola. Era vissuto per dieci anni lì, praticamente sempre, e ora gli sembrava strano non esserci più, pareva mancargli qualcosa. Sapeva cosa: gli mancava la sua maestra che, seppur severa, gli aveva insegnato molto. Ancora non accettava la sua morte, ma ancor meno di non averle dato ascolto quando gli parlava di Atena e dei cavalieri che difendono la Terra dalle forze del male.

Ora però ne aveva avuto la prova inconfutabile. Aveva incontrato le forze del male, rappresentate da quell'essere di nome Ouranòs che aveva ucciso Sofia e rapito Atena. A dire il vero su quest'ultimo punto Light aveva le idee confuse. Quella ragazza strana e incredibile che aveva incontrato si chiamava Zaffira, almeno così gli aveva detto, però Ouranòs l'aveva chiamata Atena. Comunque stessero le cose a lui non importava.

Voleva solo salvarla e per riuscirci doveva diventare cavaliere. Era certo che ora si trovasse nel luogo che fin dai tempi del mito era sede dei cavalieri d'Atena e baluardo contro le forze del male: il Santuario. Però non sapeva dove fosse. La sua maestra non glielo aveva mai rivelato e non gliene era nemmeno importato.

Ragionando un po' su quel che sapeva di mitologia si era rammentato che gli dei avevano la loro sede sul monte Olimpo in Grecia. Si era così recato lì. Non era stato difficile raggiungere il territorio greco. La famiglia che viveva sull'isola aveva chiamato una nave e gli aveva dato una carta di credito contenente una somma incredibile di denaro. A lui non importava, ma era indispensabile nel mondo moderno. L'aveva usato per pagarsi il viaggio in aereo e ora era lì a percorrere in lungo e in largo il territorio una volta appartenuto agli dei, senza sapere dove fosse il luogo chiamato Santuario.

Aveva chiesto in giro ma nessuno ne sapeva niente. La Grecia del resto era grande e, girando a casaccio senza saperne niente, si rese conto che ci avrebbe potuto mettere anche anni. Lui non voleva aspettare tanto. Sapeva che Zaffira era in grave pericolo e non solo. Ormai accertato che i miti e le leggende erano veri e al mondo esisteva un essere come Ouranòs, di sicuro per il mondo non si prospettava nulla di buono.

Da tempi immemori gli dei volevano distruggere la Terra, o meglio i suoi abitanti, ed era stata sempre Atena a fermarli. Di sicuro Ouranòs aveva lo stesso scopo e Atena aveva bisogno d'aiuto e dei suoi cavalieri.

Mentre si inoltrava nella grande vallata erbosa si chiese se ci fossero altri cavalieri al mondo che si battevano per Atena. Di sicuro era così. Le costellazioni erano tante, 88 per l'esattezza

15

quelle che servivano Atena. L'armatura che un cavaliere indossava era la forza della sua costellazione che si manifestava ricoprendolo e dandogli protezione una volta in perfetta sintonia con essa. Lui non sapeva quale fosse la sua costellazione e di sicuro non era ancora abbastanza forte da reclamare un'armatura. Sapeva che le 88 erano divise in 52 di bronzo, quelle più deboli, 24 d'argento, quelle più forti, e poi c'era la cerchia dei migliori rappresentati dalle 12 armature d'oro. Erano sempre stati i cavalieri che le indossavano a proteggere Atena e la pace nel mondo.

Lui, che prima non era interessato a diventare cavaliere, ora voleva avere il grado più alto e indossare un'armatura d'oro. Sapeva che non sarebbe stato per nulla facile, c'erano grandi prove da superare e nemici da sconfiggere, ma era determinato a farcela.

Voleva salvare Zaffira. Non riusciva a pensare ad altro ed era così distratto, mentre girava tranquillo in mezzo alla vegetazione composta da grossi alberi, che non si accorse di non essere più solo.

Stava percorrendo un sentiero in mezzo ad un bosco rigoglioso quando avvertì come una sensazione di pericolo intorno a sé. Non fece però in tempo a capire la natura del pericolo che si ritrovò a testa in giù con una corda legata ad un piede. Era davvero una brutta sensazione quella di essere sottosopra, ma dopo tutti gli allenamenti fatti la sentiva appena. Vide però un gruppo di una dozzina d'uomini alti e muscolosi, vestiti con tuta militare e armati di lance, sbucare e avvicinarsi a lui.

"Guarda un po', alla fine siamo stati noi a beccare il cavaliere."

"Il capo ci dovrà dare una promozione."

"Ma siamo sicuri che sia un cavaliere?"

"A me sembra più un moccioso che si è perso."

"A ben guardarlo non sembra un granché."

"Ehi voi. Chi diavolo siete e perché ce l'avete con me?"

"Sentilo, fa il finto tonto."

"Io non vi conosco, non sono nemmeno di queste parti."

Gli uomini si guardarono un attimo perplessi.

"Forse è vero, non sembra di queste parti."

"Infatti non aspettavamo mica un ragazzo greco."

"Ma non ci avevano detto che era biondo?"

"Che importa. Se è un cavaliere deve morire."

"Sì, giusto. Ammazziamolo."

Dai loro occhi folli e dalla lance che si avvicinavano rapide a lui, Light comprese che non scherzavano affatto.

Le lance colpirono l'aria mentre lui si era tirato su dimostrando una grande agilità, e in un attimo si tolse la corda dal piede e saltò giù.

"È veramente un cavaliere."

"È solo un apprendista. Non facciamoci intimorire."

Quello più grosso e brutto incitò gli altri, che attaccarono Light da tutti i lati. Abituato com'era ai movimenti fulminei di Sofia che usava il cosmo, quelli dei dodici uomini gli sembravano al rallentatore. Schivò con facilità un colpo dietro l'altro, per poi colpire il primo che capitava con un pugno allo stomaco, che lo mise KO, e con una serie di calci gli altri cinque intorno.

Due urlavano per le gambe rotte mentre gli altri erano stesi. I sei rimasti erano intimoriti e indietreggiarono.

"Allora, che volete fare? Ce n'è anche per voi."

"Attaccatelo!" urlò il capo.

Gli altri per tutta risposta scapparono via.

"Perché non vieni tu se hai coraggio."

"Non sai chi sono..."

"Nemmeno me ne importa."

Il capo indietreggiava spaventato, finché un albero non bloccò la sua ritirata. Light si avvicinava sicuro di sé e all'uomo non restò che attaccare. Il giovane lo evitò con facilità per poi colpire l'uomo con un calcio in faccia, che lo fece volare di lato e sbattere pesantemente per terra. Dalla botta non si rialzò e Light dette un colpo anche a quelli con le gambe rotte, mettendoli a tacere mentre gli altri erano di sicuro già lontani.

"È stato semplice."

Light era stupito d'essere riuscito così facilmente a sistemarli. C'era riuscito perché aveva usato il cosmo, anche se in minima parte. Riprese il suo zaino, ma un movimento sopra di lui lo fece voltare.

"Complimenti, te la cavi."

La voce proveniva dall'alto e vide un ragazzo della sua età o poco più seduto sul ramo di un albero a qualche metro d'altezza.

"E tu chi saresti?"

"Quello che quei brutti ceffi volevano beccare. Purtroppo ci hai pensato tu a sistemarli."

"Perché dici purtroppo?"

"Perché mi hai tolto il divertimento. Comunque almeno alcuni me li hai lasciati."

Indicò indietro dove erano scappati gli uomini.

"Ma non li avrai mica..."

"Guarda che sono un cavaliere d'Atena, come penso tu."

Saltò giù, così Light lo poté vedere bene. Era un ragazzo alto e ben messo. Aveva un fisico atletico in cui spiccavano i muscoli delle braccia ben sviluppati. Aveva capelli rossi piuttosto folti, che parevano crescere solo in altezza, e occhi verde chiaro che esprimevano una grande sicurezza in se stesso e una certa natura ribelle. I lineamenti del viso non erano mal fatti malgrado il naso leggermente schiacciato. Sembrava avere una di quelle facce da impunito pronto a spaccare il mondo. Vestiva con una tuta nera leggera e pantaloni militari, per finire con comode scarpe da ginnastica.

Non disse neanche una parola e si mise in posizione di guardia con le braccia alzate, leggermente piegate e i pugni chiusi.

"Ehi ma cosa significa..."

Non finì la frase che il ragazzo l'attaccò con una scarica di pugni. Era tutt'altra cosa rispetto a quegli uomini e non fece in tempo ad alzare la guardia che si ritrovò il corpo tempestato di colpi e la schiena per terra.

"Non sembri avere una buona difesa."

"Ehi ma..."

Il ragazzo gli sferrò un altro pugno che risplendeva di rosso. Light intuì il pericolo e rotolò per terra evitandolo di poco, per poi rimettersi in fretta in piedi. Si accorse che dove il pugno aveva colpito si era formato un solco nel terreno.

"Accidenti, ma come..."

"Tu non sai usare il cosmo? Perché non ti difendi?"

"Ma perché ce l'hai con me, io..."

"Avanti, combatti."

Intorno al pugno destro del ragazzo si formò una piccola palla di fuoco, che scagliò contro Light. Se la prese in pieno stomaco e venne piegato in due. Rapido il ragazzo si buttò su di lui e Light non riuscì neanche a vedere il pugno infuocato che si trovò ad un palmo dalla sua faccia.

"Accidenti, ma non sai neanche difenderti da questo attacco? Pensavo fossi un degno avversario, invece sei il più debole dei dilettanti."

"Ah sì? Ora ti faccio vedere io."

Anche se a Light doleva ancora lo stomaco non ci fece caso e sferrò un pugno contro il ragazzo, che schivò con facilità.

"Sei lentissimo. Ma sei davvero un cavaliere?"

"Lo diventerò."

"Se non sai usare il cosmo ti conviene rinunciare."

Il ragazzo lo colpì con una serie di pugni che Light riusciva a stento a parare, prendendosene buona parte.

"Non rinuncerò mai a diventare cavaliere. Voglio l'armatura d'oro."

"L'armatura d'oro? Sei fuori. Uno come te non riuscirà mai ad ottenere nemmeno quella di bronzo."

"Io invece ci riuscirò."

Questa volta Light vide chiaramente il diretto dell'avversario, che evitò per poi colpirlo con un montante. Il ragazzo sorpreso non riuscì a pararlo e la potenza del colpo lo scagliò contro un albero rompendo parte della corteccia.

"Bel colpo."

"E non hai ancora visto niente."

Light si scagliò contro di lui, ma il giovane fu più svelto e lo evitò con facilità.

"Deve essere stato un colpo di fortuna. Sai a malapena usare un minimo di cosmo, ma a quel livello non potrai mai diventare un cavaliere."

"Invece lo diventerò."

Light colpì con una serie di pugni, ma l'avversario li parava senza problemi.

"Non sai che i cavalieri d'oro sono quelli che più di tutti si devono impegnare per proteggere Atena e la pace nel mondo? Solo i più forti possono diventarlo."

Light pensò ad Atena e gli venne in mente Zaffira. Per lei sarebbe diventato cavaliere e avrebbe superato chiunque, che fossero quegli uomini, che fosse quel giovane o persino un dio come Ouranòs.

"Diventerò cavaliere. Salverò Atena."

"Con quei pugni non potrai... Ma che succede? I tuoi colpi aumentano di potenza e di velocità."

I pugni di Light parvero moltiplicarsi ed ognuno era circondato da una luce dorata accecante. Il giovane non riuscì a starci dietro e venne colpito più volte, e si ritrovò nuovamente contro un albero che venne abbattuto come colpito da un macigno.

Il giovane si ritrovò per terra. Fece per rialzarsi ma si sentiva il corpo a pezzi, come gli fosse passato sopra un treno. Light si avvicinò a lui con sicurezza e fierezza. Il suo corpo era circondato da una luce gialla dorata e il giovane avvertì chiaramente un cosmo sprigionarsi da lui che sembrava non avesse confini.

"Accidenti, non sei poi così male come mi eri sembrato."

Light si fermò e guardò il giovane, che pareva essere stato pestato da una trentina d'individui.

"Ma allora..."

"Volevo fare una prova. Sai, quando incontro qualcuno che sia un cavaliere muoio dalla voglia di vedere quanto è forte. Non si direbbe ma hai un cosmo potente."

"Anche tu. Sei un cavaliere, vero?"

"Non ancora, ma lo diventerò. Come te ambisco all'armatura d'oro e un giorno sarà mia."

"Sembra che abbiamo qualcosa in comune."

Light gli tese la mano e il giovane la prese e si tirò su.

"Chiamami Lionet. La mia costellazione è quella del Leone."

"Dici il Leone Maggiore delle dodici coste..."

"Sì, quello. L'armatura d'oro del leone mi appartiene di diritto e appena sarò forte a sufficienza andrò a reclamarla."

"Sei diretto anche tu al Santuario?"

"Ci sarei voluto andare, ma lì sono ammessi solo i cavalieri d'oro e quelli d'argento. Chi come me non è ancora nemmeno di bronzo è escluso. Almeno per ora."

"E ci vuoi andare lo stesso?"

"Certo. Te l'ho detto, appena sarò forte a sufficienza mi prenderò ciò che mi spetta di diritto."

"Ma come sai qual è la tua costellazione?"

"Tutti i cavalieri lo sanno d'istinto. Tu non lo sai?"

"A dire il vero no."

"Sei strano, amico."

"Anche tu."

"Che ne dici di fare il viaggio con me fino a Palestra?"

"Palestra? E che posto è?"

"Ci si allena per diventare cavalieri. È il posto dove tutti i giovani che possiedono il cosmo diventano eroi."

"Ma non era il Santuario?"

"Ma sei sordo? Ora lì non sono più ammessi gli aspiranti cavalieri. Non ci si allena più. Sono stati creati posti come Palestra per tale scopo."

"Ma tu sai dove si trova il Santuario?"

"Lo sto cercando. A Palestra c'è chi lo sa."

"Allora vengo con te."

Divennero subito amici e proseguirono il percorso insieme, viaggiando per boschi e campi per il resto della giornata. Lionet era un chiacchierone nato e sembrava conoscere bene quei luoghi, infatti al calar della notte portò Light dentro un anfratto roccioso che sembrava un rifugio fatto ad arte. Mangiarono qualcosa che avevano con sé e dei frutti raccolti durante il tragitto. Accesero un fuoco, più che altro per far luce, e mentre Light sarebbe voluto andare a dormire, il suo nuovo amico moriva dalla voglia di sapere tutto di lui. Malgrado la poca voglia nel confidarsi alla fine Light si lasciò andare e raccontò tutto quello che gli era capitato.

"Atena rapita? Mi sa che hai preso una cantonata o ti avranno raccontato qualche balla..."

"Zaffira non è una bugiarda!"

"Ehi, calmati. Ma te l'ha detto lei che è Atena?"

"Beh, no. L'ha chiamata così..."

"Dai, anche questa non sta in piedi. Un dio del cielo che ritorna a questo mondo e rapisce una ragazza, chiunque ella sia. Insomma è una storia da romanzo."

"Eppure è accaduta veramente."

"Magari è come dici tu, ma se Atena fosse in pericolo i cavalieri d'oro ne sarebbero al corrente e andrebbero a salvarla. Di sicuro sarebbero mobilitati tutti quanti."

"E chi ti dice che non sia così?"

"Beh, nessuno. Quando saremo a Palestra sapremo se è in atto una situazione d'emergenza o no."

"Ma quanto è ancora distante questa Palestra?"

"Come sei impaziente. Guarda che la Grecia è grande."

"Mi pareva di capire che eravamo in zona."

"Stai tranquillo, per domani ci saremo."

"Davvero? Fantastico!"

"Siamo aspiranti cavalieri d'oro o no? C'è da fare un bel pezzo di strada, ma che sarà mai per due come noi."

"Senti un po'. Hai voluto sapere tutto di me ma non mi hai ancora detto di te."

"E che vuoi sapere? Mi pareva d'averti raccontato..."

"Perché vuoi diventare cavaliere d'oro?"

Per la prima volta Lionet si fece pensieroso e perse la parola. Invece di rispondere guardò verso l'alto, come se nel cielo stellato di quella bella serata potesse trovare le risposte ai suoi dubbi e interrogativi.

"Devo riscattare l'onore di mio padre."

"L'onore di tuo padre?"

"Sì, il suo onore."

"Che vuol dire?"

"Lo so io. Adesso dormi e non ci pensare."

"Come vuoi."

In fondo a Light non importava. Pensava a Zaffira nelle mani di quell'essere e si chiese se stesse bene. Non voleva credere che fosse morta. Sentiva che era viva e l'avrebbe trovata.

Come fece per chiudere gli occhi una sensazione di pericolo lo mise in allarme. Vide il suo amico che era già in piedi, anche lui avvertendo quella sensazione.

"Che succede?"

"Sta arrivando qualcuno e possiede un cosmo."

"Un cosmo? Sarà un cavaliere?"

"Ma non di Atena. Ha un cosmo oscuro."

"Cosa?"

Doveva essere vicino. Light avvertì una presenza proprio davanti a loro, che si avvicinava rapida e senza preoccuparsi di nascondere la sua presenza. Aveva qualcosa di tenebroso in sé e gli ricordava molto il suo nemico incontrato sull'isola. Però a pensarci il cosmo che avvertiva ora non era nemmeno paragonabile a Ouranòs.

"Guarda, guarda, trovo due topi fuori dalla tana."

"Chi sei? Rivelati."

Lionet lanciò una piccola palla di fuoco che si era materializzata nella mano, colpendo un punto davanti a sé. La palla di fuoco si fermò a mezz'aria e poi scomparve.

Emerse un tizio particolarmente brutto. Era alto e magro, con capelli bianchi lunghi e folti, occhi chiari e un viso lungo e affilato contratto in una smorfia malvagia. Non sembrava vecchio, ma aveva un'aria che si poteva definire decaduta e lo faceva apparire più anziano della sua età.

Ad incutere timore era la sua armatura di colore nero come l'inchiostro, che sembrava un tutt'uno con la notte. Si intonava a lui ed era allungata e con le spalliere cadenti, mentre nel corpo la protezione diminuiva all'altezza dello stomaco per rafforzarsi di più nelle braccia e gambe.

"E tu chi saresti?"

"Sembri un attore che ha fatto un numero sbagliato ed è stato rimproverato."

"È sempre bello vedere la baldanza dei giovani topi, la cui fine è solo quella di essere schiacciati."

"E saresti tu a farlo?"

Lionet sembrava sicuro di sé e teneva le braccia alte con i pugni chiusi, pronto alla lotta. Light fece lo stesso e fissava il nuovo venuto con rabbia, sicuro che faceva parte delle schiere di Ouranòs.

"Sei uno degli scagnozzi di Ouranòs?"

"Io servo il signore di questo mondo. Voi piuttosto siete dalla parte sbagliata."

"Guarda che noi siamo dei cavalieri di Atena, mica degli avanzi di galera come te."

L'uomo rise.

"Visto che ci tenete vi accontenterò. Io sono Flagheo della stella del martirio oscuro, e sono qui per ordine del mio signore Ouranòs, per eliminare i futuri cavalieri che potrebbero ostacolarlo. Contenti di sapere chi vi ucciderà?"

"Non ci hai ancora sconfitti."

"Aspetta, Lionet. Hai detto che lavori per Ouranòs come pensavo. Cosa è successo a Zaffira?"

"Per sapere qualcosa prima dovrai sconfiggermi."

"Allora lo farò subito."

Questa volta fu Light a perdere la calma e si scagliò contro Flagheo, che agile saltò in alto sopra un ramo d'albero. Non ci restò a lungo perché Lionet gli lanciò una palla di fuoco, che evitò per poi lanciarsi su di loro e colpirli con una scarica di pugni e calci. I ragazzi ne schivarono alcuni ma due calci più potenti degli altri li presero al corpo e li fecero volare per parecchi metri, per poi sprofondare nel terreno in cui si formò un grosso solco.

"Maledizione, ma non finisce qui."

Lionet si era ripreso e il corpo era ora avvolto da una luce rossa che sembrava proprio il brillare di un incendio.

"Oh, vedo che un minimo hai imparato ad usare il cosmo, ma è impossibile per dei dilettanti sconfiggere un cavaliere."

"Adesso te lo do io l'impossibile. Prendi questo: raffica infuocata."

I colpi andarono a segno, ma al posto del nemico trovarono l'oscurità che si espanse sempre più avvolgendo totalmente la zona dove si trovavano i due ragazzi.

"Maledetto, ma posso percepire il tuo cosmo..."

Una serie di colpi prese Lionet facendolo tacere. Contrattaccò con un pugno ma l'avversario, più rapido, si era già spostato.

"Sei finito, pivello. Quella è la mia tecnica speciale: la trappola oscura."

"Non credere che basti un po' di buio per fermarmi: raffica infuocata."

Stavolta però le fiamme furono più misere e dopo poco si spensero.

"Ah ah ah. Piaciuta la sorpresa?"

"Che significa?"

"Che sei finito."

Lionet tese l'orecchio, ma non fu abbastanza svelto per fermare l'attacco di Flagheo che lo subissò di colpi. Light fu svegliato dalle urla del suo amico ma non riusciva a vederlo, non vedeva più niente.

"Lionet?"

Lo sentì urlare e poi un tonfo sordo accanto a lui.

"Maledetto, ma non mi arrendo."

"Lionet, che sta succedendo?"

"Ci ha chiusi in una gabbia d'oscurità che inibisce i miei poteri."

"Ci sarà pure un modo per infrangerla."

Light colpì da tutti i lati, ma non ottenne altro che prendere l'aria.

"Tu sei più stupido del tuo amico se pensi di distruggere la mia gabbia con dei pugni. Il mio elemento blocca tutti gli altri."

"Invece ci riuscirò."

"È inutile, Light, ha ragione lui."

"Che vuoi dire?"

"Lui ha l'elemento oscurità, che dà debolezza a tutti gli altri tranne quello luce. Ci vorrebbe tale elemento per distruggere questa gabbia."

"Elemento? Non è che ho capito molto ma non intendo darmi per vinto."

"Ti conviene invece dare retta al tuo amico. Per voi è finita. Adesso chiuderò la partita. Tentacoli oscuri."

Dal nulla comparvero dei tentacoli fatti d'oscurità, che avvolsero i due ragazzi stringendoli in una morsa che li avrebbe portati presto alla morte.

Il loro nemico rideva come un matto mentre loro sentivano l'aria fluire via e la stretta farsi sempre più forte e dolorosa. Compresero che se non si fossero liberati subito, sarebbe stata la fine. Per quanto si dimenassero il risultato non cambiava.

"Maledizione, è la fine."

"No. Non posso morire così."

"Nemmeno io, ma è inutile ostinarsi."

"Invece io voglio farlo. Non intendo morire qui prima d'aver salvato Zaffira, né voglio darla vinta a Ouranòs. Io lo voglio sconfiggere."

Light urlò e dal suo corpo si sprigionò un'energia luminosa che sembrava la luce del sole.

"Ma che succede? La mia gabbia..."

Il nemico urlò mentre la sua gabbia venne squarciata dalla luce intensa che Light emanava.

"Non è possibile. Quello è l'elemento della luce."

"Non so cosa sia questa storia degli elementi, ma è certo che non mi farò battere da uno come te, perché ho una missione da compiere e la porterò a termine."

"Non ti esaltare, ragazzo. Mi hai colto di sorpresa ma sei solo un apprendista. Non puoi di certo battere un cavaliere come me che indossa una veste del Cielo Oscuro."

"Cielo Oscuro?"

"Si chiamano così le armature del nostro signore Ouranòs. Come quelle di Atena si dividono in tre categorie. Primo, secondo e terzo livello."

"Dopo averti conosciuto sono certo che appartieni a quest'ultima categoria."

"Sì, ma dopo aver fatto fuori tutti i pivelli passerò ai cavalieri, prima di bronzo e poi d'argento. A quel punto una promozione l'avrò di sicuro."

"Al tuo posto non ci conterei."

"Il mio amico ha ragione. Oggi verrai sconfitto."

"Maledetti mocciosi, come osate. Ora vedrete. Tentacoli oscuri."

Dalle sue mani protese partirono dei tentacoli di tenebra, ma i due giovani non si fecero impressionare e si lanciarono contro di lui.

"Colpo degli infiniti pugni di luce."

I colpi di Light si fecero largo tra le tenebre nemiche che scomparvero di fronte alla potenza della sua luce, che poi lo prese in più punti danneggiandogli l'armatura e ferendolo.

"Ora tocca a me. Raffica infuocata distruttiva."

Dalle mani di Lionet partirono una grande quantità di palle di fuoco, che colpirono il nemico distruggendogli l'armatura e avvolgendolo totalmente. Urlò, poi ricadde per terra e di lui rimase solo cenere.

"L'abbiamo sconfitto."

"Sì, amico mio. Ci siamo riusciti perché abbiamo creduto in noi stessi e non ci siamo arresi. Oggi credo d'aver capito molte cose."

"Certo l'elemento luce è davvero portentoso."

"A proposito, ci sono altre cose che invece non ho capito, come questo discorso degli elementi."

"Allora ti spiegherò tutto sugli elementi, ma adesso andiamo. Vista la situazione dobbiamo affrettare i tempi e raggiungere Palestra quanto prima."

"Tanto non sarei riuscito a dormire. Andiamo, e sono certo insieme sconfiggere Ouranòs e le sue schiere."

"E diventeremo cavalieri d'oro."

"Faremo brillare la luce della giustizia."

In effetti Lionet vedeva nel suo amico proprio la luce che solo chi ha nel cuore la giustizia e l'amore per la Terra sa far brillare come una forza infinita: quello era il cosmo.

Scuola di Saint

Light parve leggermente deluso nel vedere la scuola per Saint. A dire il vero erano tre grossi caseggiati simili a degli enormi centri commerciali, messi uno al centro e due ai lati. In mezzo al grande spiazzo intorno a loro spiccava, più di tutti, una grande statua raffigurante la dea Atena con in mano la vittoria alata. A lui non ricordava per niente Zaffira però fu colpito da quella grande statua realizzata con grande cura.

Subito dopo una bella fontana e numerose panche davano un tono di colore a quei tre edifici per lo più austeri, almeno dall'esterno.

"Ti vedo perplesso."

"Pensavo che i Saint avessero molto spazio per allenarsi."

"Infatti ce l'abbiamo."

Dal nulla spuntò una ragazza dai lunghi capelli biondi lisci e dallo sguardo estremamente serio che trapelava dai suoi occhi azzurri. Sembrava non avesse mai sorriso in vita sua. Era alta e magra, non tanto formosa ma con un fisico atletico e corporatura media. Non sembrava di certo greca ma ricordava una del nord Europa, forse norvegese o giù di lì. Doveva avere la stessa età dei ragazzi ma a vedere il suo volto impassibile e serio pareva molto più grande.

Lionet sembrava conoscerla e si avvicinò subito a lei, più come uno che ci vuol provare che per stringerle la mano come faceva credere. Non poté farlo, però, perché l'attimo dopo si ritrovò a terra spinto giù da un improvviso vento gelido. Lui si mise in posizione di guardia e sembrava proprio il tipo che non dice mai di no ad una sfida.

Light sbuffò, impaziente di voler sapere qualcosa di più su Zaffira e non importandogli del resto. Il suo amico si scagliò con impeto contro la ragazza, che a ben guardarla sembrava tutto l'incontrario di lui. Contrapponeva al fare irruento di Lionet una calma glaciale e parò tutti i suoi colpi senza problemi. Lui non si fece sorprendere una seconda volta dal vento gelido e saltò in alto per poi ricadere su di lei con un pugno infuocato. Lei saltò a propria volta evitandolo con facilità, per poi lanciare un vento gelido dal braccio destro, a cui Lionet rispose con un getto infuocato. Le due energie si scontrarono senza che nessuna delle due prevalesse.

"Ma avete finito voi due?"

I due contendenti neanche l'ascoltavano, concentrati l'uno sull'altra nel dare il meglio di se stessi.

"Sei migliorata."

"Un po' anche tu."

"Che ne dici di fare sul serio?"

"Sei vuoi essere sconfitto sono pronta ad accontentarti."

"Stavolta sarai tu a perdere."

"Vediamo quanto sei migliorato."

"Ti accontento subito."

Il corpo di Lionet riluceva di un alone rosso fiammeggiante mentre quello della ragazza di uno blu gelido; stavano per usare le loro tecniche migliori.

"BASTA!"

L'urlo così forte e improvviso fece sobbalzare i due ragazzi, che si paralizzarono sul posto, mentre a Light facevano male le orecchie e se ci toglieva le mani temeva gli scoppiassero. Comparve un uomo grande e grosso che non prometteva niente di buono. Con pochi capelli castani, occhi marroni, viso marcato, mento sporto e naso aquilino sembrava uno di quelli che si vedono nelle gare di sollevamento pesi. Aveva spalle enormi, un torace che gli scoppiava dal petto villoso e muscoli sconvolgenti che la maglietta azzurra non riusciva minimamente a contenere. Anche dai pantaloni neri prorompevano le gambe muscolose.

Come Light l'ebbe vicino si sentì minuscolo e insignificante di fronte a quello che sembrava un guerriero senza pari. La ragazza si mise sull'attenti e Light comprese che doveva essere un'autorità lì dentro, mentre Lionet sembrava un bambino che sta per essere ripreso dal genitore.

"Non sapete che le lotte tra Saint sono proibite? Chi vi ha autorizzato a combattere?"

"Ecco, noi..."

"Zitto, Lionet. Sei appena tornato e già combini guai. Mi meraviglio molto di te, Cristalia, pensavo conoscessi le regole meglio di altri."

"Mi perdoni, maestro."

Fece un profondo inchino al gigante, che si girò rapido verso Light che non riusciva a muovere un muscolo.

"E tu chi saresti? Una nuova recluta?"

"Ecco... veramente volevo..."

"È un aspirante Gold Saint come me. L'ho portato qui perché si addestrasse a dovere."

"Un cavaliere d'oro?"

L'uomo lo squadrò da capo a piedi e Light si sentiva schiacciato da quello sguardo duro e penetrante.

"Sembri uno che non riesce ad esprimere il suo potenziale. Da quanto ti alleni?"

Più che una domanda era un interrogatorio ed esigeva una risposta immediata.

"Ecco... da sempre, fin da piccolo."

"Chi è il tuo maestro?"

"Il mio maestro è... era Sofia dell'aquila reale."

Un moto di sorpresa si materializzò nel volto duro dell'uomo. Guardò il giovane con ancora più intensità e sembrava stesse per schiacciarlo al suolo con le sue possenti mani.

L'uomo a sorpresa si mise a ridere.

"Sofia. Bene, oggi è davvero una giornata interessante. Bene ragazzo, d'ora in poi ti allenerai qui e sarò io ad istruirti. Sei soddisfatto, vero?"

"Sì" disse Light intuendo che non accettava un no come risposta.

"Bene. Cristalia!"

"Sì, maestro."

"Porta lui e quell'attaccabrighe di Lionet nella camera tre al terzo piano ala est e spiega loro tutte le regole."

"Sì, maestro."

"Conto su di te. In quanto a te, Lionet, vedi di non combinare altri guai o alla prima che mi fai ti sbatto fuori, sempre che ci rimanga qualcosa di te dopo la ripassata che ti darò."

"Stia tranquillo, maestro."

L'uomo, con passo fermo e marcato, si allontanò facendo riprendere fiato ai tre ragazzi.

"Accidenti a lui."

"Ma chi era?"

"Quello è il maestro Tauriel, capo degli istruttori e secondo solo al rettore supremo Cardinal il Magnifico."

"Che razza di nome."

"Non parlare così, si dice che abbia orecchie dovunque e non è indulgente come il maestro Tauriel."

A Light pareva impossibile che ci fosse qualcuno peggiore di Tauriel e comprese che stare lì non era per niente cosa facile. Cristalia portò lui e Lionet alla loro stanza dopo avergli fatto fare un giro per l'istituto.

Light pensava che i tre edifici costituissero tutta la struttura di Palestra, ma si sbagliava di grosso. Dopo di essi c'erano enormi campi costituiti per lo più da rocce, e terreno brullo dove gli aspiranti Saint avevano spazio in abbondanza per allenarsi. Non mancava una grande arena, dove si svolgevano i combattimenti e le prove più importanti.

Cristalia spiegò che le lotte tra Saint erano proibite finché non diventavano dei duelli veri e propri nell'arena, che decretavano chi fosse il vincitore di una sfida ufficiale. A lui parve più un controsenso ma forse non era così.

In lontananza, sulla sinistra, si scorgevano anche delle alte montagne dove fiumi e torrenti scorrevano rapidi, simili a tanti serpenti brillanti alla luce del sole mattutino.

C'era anche una vasta distesa d'acqua sul lato destro dopo l'arena e gli spazi rocciosi, infatti Palestra sorgeva nei pressi di un grosso lago cristallino.

La stanza era di per sé come tante altre. Piuttosto piccola, composta da un'unica stanza dove sulla sinistra c'erano due letti uno sopra l'altro e dall'altra parte alcuni mobili, un piccolo tavolo e una rientranza che doveva essere il bagno. Lì vigevano regole precise a cui tutti si dovevano attenere. Ad una certa ora ci si alzava e ad un'altra si andava a dormire. Tutto il tempo restante era dedicato agli allenamenti.

Light non era tipo a cui piacessero regole e restrizioni, ma si tenne per sé il suo disappunto e chiese invece se c'erano notizie sulla dea Atena.

"Ho sentito proprio questa mattina il maestro Tauriel che parlava con il rettore proprio della visita di Atena a questo istituto..."

"Come? Quando?"

"Calmati, Light."

La voce glaciale di Cristalia lo calmò.

"Scusa. Dimmi."

"A fine corso ci saranno le selezioni per diventare cavaliere di bronzo. A quanto ho sentito quest'anno Atena in persona sarà presente per le finali."

"E quando ci saranno? E poi cosa sarebbero?"

"Accidenti Light, bisogna sempre spiegarti tutto."

Cristalia fulminò Lionet con lo sguardo e spiegò a Light con pazienza, come una maestra con l'allievo distratto. A Light il viso di quella ragazza ricordava proprio quello di un'insegnante severa e inflessibile.

"Come penso saprai qui ci si allena per diventare cavalieri. Si tratta di un processo molto lungo e impegnativo, dove bisogna superare grandi prove e duri allenamenti. Solo pochi tra i vari allievi possono aspirare a diventare Saint. Bisogna possedere una forza d'animo senza pari ed essere supportati da un fisico temprato per ogni evenienza. Inoltre ci vuole una cosa che permette di elevarsi al di sopra della media: il cosmo!"

"Beh sì, questo lo sapevo anch'io. Ma perché queste selezioni?"

"Vedi, una volta tutti si allenavano solo al Santuario, ma adesso le cose sono molto cambiate. Si sono formate diverse scuole in tutto il mondo per gli aspiranti cavalieri. Questa è stata la prima ed è la più vicina al Santuario, ma non l'unica. Non so esattamente quante, ma al almeno una dozzina in tutto il mondo per quel che riguarda gli aspiranti cavalieri. Vanno aggiunte poi almeno una mezza dozzina per gli aspiranti cavalieri d'argento. Infine c'è il Santuario, dove si può accedere alla carica di cavaliere d'oro ed è permesso l'accesso solo a questi e a quelli d'argento. Sono stata chiara?"

"Tutto chiaro Cristalia, grazie. Insomma solo ad alcuni allievi viene consentito diventare cavalieri di bronzo..."

"Si tratta di quelli che riescono ad elevare il proprio cosmo. Inoltre essendoci 52 armature il loro numero deve essere sempre contenuto ad esse. Alla fine del torneo solo i primi tre classificati avranno la possibilità di diventare cavalieri di bronzo, mentre gli altri dovranno ripetere l'esame o diventare servitori di questi o di altri cavalieri. Inoltre il primo classificato avrà l'opportunità in via straordinaria di vedere il Santuario per un giorno, oltre che di incontrare Atena."

"Dici davvero?"

"Sì."

"Allora vincerò io."

"Calma, non montarti la testa, sarò io a vincere."

"Questo è da vedere. A proposito, quando si svolgeranno queste selezioni?"

"Tra due mesi, alla fine di agosto."

"Così tanto?"

"Bisogna allenarsi duramente nel frattempo."

"Ma che due palle, io voglio vedere Atena..."

"Il compito di noi cavalieri è preservare la pace sulla Terra e salvaguardare Atena!" disse Cristalia perentoria.

Prima che Light dicesse qualcosa la ragazza se n'era già andata.

"Accidenti che brutto carattere."

"Ma dimmi Lionet, l'ho forse offesa?"

"Ma no, quella ha un pessimo modo di fare. Non ci far caso."

"A me sembrava molto seria."

"Non perdere la testa per quella lì, ci sono tante belle ragazze meglio di lei."

"Ci sono molte donne dunque."

"C'è un misto di allievi e allieve, ma io preferisco queste ultime."

"Se è per questo anch'io."

In realtà Light pensava a Zaffira chiedendosi come stesse e se le facevano del male. Avrebbe voluto essere lì con lei, invece non sapeva nemmeno dove trovarla. Strinse il pugno con forza e fece la promessa di impegnarsi al massimo in quei due mesi, intenzionato a vincere le selezioni e vedere Atena. Avrebbe vinto il torneo!

Il tempo passò rapido e Light faticò non poco ad adattarsi alle regole ferree della scuola, nonché a stare dietro a tutti gli allenamenti e prove da superare. Non c'era solo una parte pratica d'allenamento, ma una grossa fetta teorica in cui bisognava comprendere i principi della distruzione degli atomi alla base del cosmo, le costellazioni e gli elementi della natura. Gli spiegarono che esistevano sette elementi in natura a cui tutti i cavalieri si ispiravano: fuoco, acqua, aria, terra, fulmine, luce e oscurità.

Tutti i più di cento allievi sembravano preparati in materia e sapevano quale fosse il loro elemento: tranne Light. Era comunque portato per la teoria ma la voglia d'applicarsi seriamente ad essa gli mancava totalmente. Nella pratica si sentiva molto più portato e si accorse di riuscire a tenere testa a molti allievi senza problemi. Il fatto però che non comprendesse il suo elemento e di conseguenza non lo padroneggiasse lo metteva un gradino sotto tutti.

Alla fine, durante una delle tante prove, in cui c'era da distruggere una grossa roccia a mani nude, riuscì a sprigionare il suo cosmo e fu chiaro a tutti che possedeva il raro elemento luce. Lui stesso fu stupito della cosa anche se già si era manifestato, ma più che altro a sorprenderlo era il fatto che fosse l'unico di tutti gli allievi ad averlo. Il suo e quello oscurità erano i più rari e potenti, di conseguenza chi li possedeva poteva fare la differenza in battaglia, ovviamente dovevano essere usati per la causa giusta.

Si diceva che c'era anche un allievo con l'elemento oscurità, ma lui non l'aveva mai incontrato. A dire il vero non legava molto con il prossimo anche se qualche amico, come nemico, se l'era fatto in quei quasi due mesi di allenamenti. C'erano tre brutti ceffi che già in più di un'occasione gli avevano fatto brutti scherzi e solo l'intervento del maestro Tauriel aveva impedito che ci venisse alla mani. Di amici invece, oltre a Lionet e Cristalia, aveva conosciuto un ragazzo di nome El Shadai con quale era andato subito d'accordo. Tipo pratico e diretto, era uno che non aveva peli sulla lingua ed era sempre pronto alla sfida. Alto, magro, con capelli castani corti e occhi marroni, era un esempio di serietà e compostezza. Assomigliava molto a Cristalia in quanto a compostezza e sangue freddo, ma al contrario di lei quando era il momento diventava una furia distruttiva. Era considerato uno dei migliori lì dentro ed usava l'elemento terra.

Praticamente loro quattro erano sempre insieme, e anche quel giorno mentre erano ai piedi della montagna parlavano tra loro, mentre gli anche gli altri allievi si radunavano lì. Mancava una settimana all'esame e quel giorno erano stati tutti portati lì dal maestro Tauriel per una qualche prova che ora avrebbe spiegato.

"Bene ragazzi!" esordì Tauriel con la sua voce possente. "Vi siete impegnati molto in questi mesi per diventare cavalieri e come ben sapete fra una settimana ci saranno le selezioni. Sappiate però che non tutti potranno parteciparvi."

Ci fu un forte mormorio tra i cento e passa allievi radunati lì. Nessuno comunque disse niente al maestro, che riprese a parlare.

"Non è un gioco questo e bisogna dimostrarsi degni d'essere cavalieri d'Atena. Oggi siete radunati qui proprio per vedere chi di voi ha i requisiti per diventare tale. In pratica dovrete superare una prova di preselezione."

"Una prova?" dissero in tanti.

"Proprio così. E sappiate che chi non la supererà non potrà accedere alle sfide!"

Aveva marcato quelle parole lasciando senza parole gli allievi.

"Allora basta superare la prova per riuscirci" disse El Shadai.

"Proprio così ragazzo, ma non credere che sia facile. Guardate!"

Tauriel indicò il percorso davanti a sé, composto da una parte verdeggiante per poi diventare roccioso, e infine indicò le montagne.

"Dovete raggiungere la cima di quella montagna prima che cali il sole. Chi di voi non ci riuscirà non potrà aspirare a diventare cavaliere."

"Tutto qua, maestro?" disse Borron il perfido.

Era uno dei tre tipi che ce l'avevano con Light e i suoi amici. Era alto, magro, con capelli scuri folti e occhi marroni. Aveva un ghigno maligno stampato in volto ed era sempre

40

accompagnato da due ceffi non meglio di lui. C'era Gorgor, un vero gigante tutto muscoli e niente cervello. Seguiva Nork, piccolo e tarchiato, con capelli castani e occhi chiari; era molto astuto e non meno maligno degli altri.

Avevano un'aria di superiorità stampata in volto e Light avrebbe voluto dargli una bella lezione cosa corrisposta anche dai suoi amici.

"Capisco il tuo scetticismo, Borron. È tipico dei giovani prendere le cose alla leggera e sottovalutare i pericoli."

Borron strinse i denti con rabbia ma non disse niente, come tutti temeva il maestro.

"Sappiate, ragazzi, che in questi luoghi l'uso del cosmo è limitato e non potete farne uso se non in minima parte. Questo renderà tutto più difficile e dovrete trovare delle alternative per giungere in tempo alla montagna, oppure dovrete elevare il vostro cosmo oltre il limite."

"Quindi dovremo contare solo sulle nostre forze."

"Precisamente, El Shadai. La prova comincerà subito e dovete dividervi in gruppi di due e seguire il percorso che vi sembrerà migliore. Nessuno vi aiuterà e chi non giungerà alla cima per un motivo o per l'altro avrà perso. Tutto chiaro?"

"Sì" dissero tutti.

"Allora si dia inizio alla prova!"

Light stava per chiedere a Cristalia se voleva fare coppia, ma lei era già vicina a El Shadai.

"Facciamo coppia noi, Light" disse Lionet.

"Ma com'è che lui si becca una bella ragazza ed io un uomo."

Light e Lionet partirono così per il lungo percorso, che senza l'utilizzo del cosmo si presentò subito più difficoltoso di altri più ardui che avevano affrontato.

Mentre attraversavano una zona boscosa si trovarono davanti un grosso fiume che scorreva rapido lungo il tratto pianeggiante. Normalmente l'avrebbero superato con un unico balzo usando il cosmo, ma in quel caso potevano solo passarlo a nuoto o aggirarlo, ma questa seconda cosa avrebbe richiesto parecchio tempo. L'acqua era alta e la corrente scorreva veloce, però a Light non pareva un'impresa impossibile, mentre il suo compagno appariva molto più perplesso per non dire preoccupato.

"Che ti prende? Sai nuotare, vero?"

"Ecco... insomma... io ho l'elemento fuoco e l'acqua non mi è molto congeniale."

"Capisco, però facciamo così. L'acqua è forte ma non abbastanza da impedirci di passare. Aggrappati a me e in un attimo saremo nell'altra sponda."

"Ma ce..."

"Tranquillo. Ho vissuto su un'isola per tanto tempo e ho imparato a nuotare in acque ben più difficili che questo fiume. Andiamo!"

Lionet non voleva farsi vedere debole ma comprese che non aveva altra scelta che fidarsi del suo amico, così si avviò con lui. Uno schizzo improvviso d'acqua li travolse e prima che ne capissero l'origine videro Nork sopra un mulinello d'acqua che lui stesso aveva creato. Rise divertito.

"Nork maledetto, cosa vuoi da noi?" chiese Lionet.

"Ovviamente impedirvi di diventare Saint. Solo quelli all'altezza come me lo possono diventare, non dei pezzenti come voi."

"A chi hai detto pezzenti?" chiese Lionet.

"Non sai che i Saint non devono combattersi tra di loro?"

"Lo so Light, infatti io non voglio mica combattere."

"Non vuoi combattere?" chiesero entrambi perplessi.

"No, io voglio vincere!"

Dalle sue mani partirono dei mulinelli d'acqua che travolsero entrambi e li fecero piombare in acqua bruscamente.

"Verrete trascinati via dalla corrente. In particolare tu, Lionet, come tutti quelli dell'elemento fuoco non vai molto d'accordo con l'acqua."

Nork rise e sparì alla vista mentre i due ragazzi cercavano di riemergere e non farsi trascinare dalla corrente. Lionet però non ce la fece e cominciò ad ingoiare acqua a più non posso. Light trattenne il respiro e fece forza con le braccia e le gambe per arrivare dal suo amico. Lo raggiunse e continuò a mettercela tutta per riemergere. Ansimando per lo sforzo riuscì a mettere la testa fuori dall'acqua insieme a Lionet privo di sensi.

La corrente proseguiva rapida e vide che davanti a loro il fiume cadeva in basso per forse molti metri. Se fossero caduti si sarebbero fatti molto male, inoltre Lionet doveva essere subito curato.

Light vedeva il mondo correre veloce mentre l'acqua li trascinava sempre più forte, ma poco prima del fondo un ramo di un albero leggermente piegato sporgeva a poco più di un metro d'altezza.

Devo riuscire a raggiungerlo, pensò Light. L'acqua gli sferzava il viso e gli entrava nelle orecchie e nel naso, ma lui non fece caso a niente e si isolò da tutto. Durante quei mesi d'allenamento aveva imparato a concentrarsi su un unico obiettivo. Doveva focalizzarsi su quello e non farsi traviare da tutto il resto. Sentì dall'interno di se stesso una forza espandersi sempre di più e propagarsi tutto intorno. Era ciò che distingueva i cavalieri e che gli dava forza: era il cosmo.

Un alone giallo dorato si propagò intorno a lui e l'acqua sembrò allontanarsi da lui e allentare la sua morsa. Come fu vicino al ramo si dette la spinta con le gambe e riuscì ad afferrarlo al volo tenendo con l'altra mano il suo amico, e in un attimo si ritrovarono sulla riva.

Lionet si risvegliò solo molte ore dopo e si sentiva come gli fosse passato sopra un camion, per poi tornare indietro a completare l'opera.

Sputò acqua e vide Light accanto a lui mentre il sole indicava che doveva essere passata l'ora di pranzo.

"Ma cos'è successo?"

Light spiegò quello successo dicendo che si erano salvati per miracolo.

"Maledetto Nork."

"Adesso non ci pensare e riposati..."

"Cosa dici? Dobbiamo completare la prova o saremo fuori."

"Lo so ma..."

"Io sto bene e non..."

"Ma sei ancora debole."

"Non sottovalutarmi, Light. Io diventerò cavaliere d'oro e non posso farmi fermare da una semplice prova da quattro soldi. Avanti, andiamo!"

Lionet si alzò come fosse nella migliore delle forme e un alone fiammeggiante l'avvolgeva tutto: non si sarebbe dato per vinto.

Light lo stesso non era intenzionato ad arrendersi. Non era la gara in sé o il torneo che gli interessava, ma era l'unico modo per vedere Atena, e poi non poteva darla vinta a quei tre farabutti.

Si rimisero così in marcia mettendocela tutta. Corsero a più non posso tra terreni brulli e alti rialzi, per poi inerpicarsi in pericolosi sentieri montani. Durante il tragitto incontrarono alcuni allievi che si erano ritirati o erano rimasti senza forze non potendo usare il cosmo: loro invece intendevano farcela. Non conoscevano la strada esatta da percorrere ma l'importante era giungere in cima.

Si trovarono ai piedi di ripide rocce e non rimase che scalarle mettendocela tutta prima che il sole calante tramontasse del tutto. Sapevano di non avere molto tempo, ma non avevano dormito sugli allori e intendevano fare quell'ultimo sforzo.

A metà strada alcune rocce dall'alto rotolarono giù causando una piccola frana diretta verso di loro. Non vedevano modo di sfuggirgli e sapevano d'aver pochissime possibilità di sopravvivere. Si lasciarono calare di sotto nel versante appena scalato, strusciando in più punti contro la roccia che gli causò numerose ferite, ma non ci fecero caso. Se la frana li avesse travolti ne avrebbero avute di ben peggiori. Anche così le possibilità di sfuggirgli erano sempre minime e vedevano già grossi massi a pochi metri da loro.

"Maledizione."

"Guarda, Light! Là c'è una grotta."

Lionet indicò una spaccatura nella roccia sottostante che poteva rappresentare la loro salvezza. Si buttarono con un balzo in quella direzione sperando di raggiungerla in tempo. Light ci arrivò vicino aggrappandosi all'ultimo ad una sporgenza e Lionet era invece poco dietro a lui.

"Presto, Light."

"Maledizione, ci sono addosso."

Si mossero più rapidi possibile ma le rocce cadenti erano ormai addosso a loro.

"Entra, presto."

"E tu che..."

Light non poté finire la frase che venne spinto dentro mentre Lionet cercava di far ricorso al cosmo e in un attimo ci riuscì. Un alone fiammeggiante lo avvolse e scagliò getti infuocati contro le rocce, deviandone in parte la traiettoria per poi buttarsi anch'egli dentro la grotta. Light gli prese la mano e lo tirò dentro. I macigni passarono rapidi facendo tremare tutto e bloccando il passaggio. Erano entrambi stremati ma dovevano trovare un modo per arrivare in cima in tempo.

"Accidenti a quella frana. Ce l'avevamo quasi fatta."

"Mi chiedo se sia stata accidentale."

"Light, che vuoi dire?"

"Che non ti sembra strano che sia avvenuta così all'improvviso e proprio nel punto dove eravamo noi?"

"A pensarci, c'è Gorgor, l'amico di Nork, che è bravo con l'elemento terra."

"Allora è chiaro che è stato lui. Quei tre sono dei gran bastardi."

"Maledetti. Li farò a pezzi con le mie mani."

"Ascolta, Lionet, non dobbiamo dargliela vinta. Troviamo un modo d'uscire da questa grotta e arriviamo in cima. Sono certo che non manca molto."

"Hai visto anche tu la distanza che ci separa dalla cima."

"Sì, ma intendo colmarla. Sei con me?"

"Certo! Voglio vincere il torneo."

"Ed io pure. Andiamo!"

Si misero in marcia facendo luce con il fuoco di Lionet, che creò una scintilla come un fiammifero e lo mise sopra un bastone creando una piccola torcia.

C'erano una serie di cunicoli scavati nella roccia. Non sapevano che posto fosse ma di sicuro almeno in passato era stato usato dagli esseri umani.

"Deve essere una vecchia miniera" disse Lionet.

"Allora deve esserci un'uscita da qualche parte."

Il percorso in alcuni punti saliva, in altri scendeva per poi dividersi in molti altri. Ognuno portava in direzioni che non sembravano sbucare da nessuna parte se non in altri svincoli. Girarono a vuoto per un tempo che non seppero definire, ma erano certi mancasse molto poco al tramonto.

"Maledizione, non usciremo mai in tempo da questo labirinto."

"Invece troveremo il modo."

"Se potessimo usare il cosmo magari potremmo aprirci un varco o espanderlo fino a che non salti fuori un'uscita."

"Che vuoi dire?"

"Non segui molto le lezioni, mi sa. Il cosmo ti pone in sintonia con tutto l'universo, diventi un tutt'uno con l'ambiente circostante. Può essere utile anche per uscire da posti come questo."

"Ho capito. Allora, Lionet, non ci resta che usare il cosmo."

"Cosa? Ti sei rincitrullito? Qui non si può usare."

"Invece sì. Questi luoghi forse ne diminuiscono le capacità ma di sicuro non possono frenare più di tanto una forza così devastante. Ne è la prova il fatto che sono riuscito ad uscire dall'acqua e tu hai lanciato le palle di fuoco contro le rocce. Inoltre se, come penso, non è stato un incidente quella frana, quel Gorgor deve aver usato il cosmo per provocarla. Sono sicuro che non siamo inferiori a quei tre farabutti."

"Hai ragione, non sarò da meno di tre buffoni simili."

Si concentrarono e riuscirono a espandere il loro cosmo ma non a trovare un'uscita.

"Non è ancora sufficiente."

"Lionet, dobbiamo unire il nostro cosmo. Se anche singolarmente non riusciamo ad elevarlo, insieme possiamo farcela."

"Io posso farcela..."

"Non è questo il momento, Lionet. Dobbiamo unire le forze se vogliamo vincere e poter accedere alle selezioni. Solo per questa volta. Dammi la mano adesso."

Lionet, seppur orgoglioso, si rendeva conto che il suo amico aveva perfettamente ragione e non voleva rinunciare a diventare cavaliere né darla vinta a quei tre. I loro cosmi uniti dettero vita ad una forza nuova e in quel mentre Light riuscì a diventare un tutt'uno con l'ambiente circostante. Vide l'interno di quella che era stata una miniera e le tante vie che la percorrevano. Si spinse anche oltre e cercò un punto per arrivare il più vicino possibile alla cima della montagna. C'erano una serie di cunicoli che portavano in alto ed uno fino in cima.

"Ci siamo. Da quella parte."

Light fece strada a Lionet e insieme corsero a perdifiato in quell'infinità di cunicoli sempre uguali, per poi salire sempre di più e arrivare all'apertura che cercavano. Lì però un imprevisto impediva loro di passare: una grossa roccia bloccava loro il passaggio.

"Abbiamo sbagliato strada, mi sa."

"No, Lionet, sono sicuro. È questa quella giusta. Dietro quella roccia saremo a un passo dalla cima della montagna."

"Allora non ci resta che distruggerla."

Colpirono insieme la grossa roccia ma si fecero male alla mano, da cui uscì del sangue, ma per fortuna non si ruppe. Riprovarono più volte ma il risultato fu sempre lo stesso. Eppure in allenamento avevano distrutto rocce ben più grandi.

"Dobbiamo ricorrere al cosmo."

"Questa volta, Light, lascia fare a me."

"Ma cosa..."

Prima che Light potesse far qualcosa, Lionet espanse più che poté il suo cosmo rosso fiammeggiante e colpì la roccia con tutte le sue forze, che finì in mille pezzi. La via era finalmente libera ma Lionet si accasciò a terra senza forze.

"Sei pazzo. Che ti è saltato in mente di consumare così le tue ultime forze..."

"Light, voglio che almeno tu raggiunga la meta."

"Dobbiamo raggiungerla insieme."

"Non ho più forze."

"Ma perché..."

"Perché mi hai salvato al fiume e volevo contraccambiare. Non mi va di essere in debito con nessuno."

"Accidenti al tuo orgoglio."

"Vai, so che puoi farcela."

"Amico, questa gara l'abbiamo iniziata insieme e la finiremo insieme!"

Nella cima della piccola montagna Tauriel a braccia conserte aspettava gli ultimi allievi che ancora avevano in quei minuti la possibilità d'accedere alle selezioni. Quasi tre quarti degli allievi avevano superato la prova. Tra quelli che considerava più abili ne mancavano solo due all'appello. Erano quei due ragazzi irruenti ma pieni di talento ancora inespresso che quella prova aveva il compito di far uscire fuori.

Accanto a lui El Shadai e Cristalia erano in apprensione per i loro amici. Anche per loro due non era stato facile arrivare alla cima. Durante una salita, a ridosso di un precipizio, un vento forte e improvviso li aveva spinti di sotto. Cristalia pensava di non farcela, ma la prontezza di riflessi di El Shadai l'aveva salvata. Erano rimasti aggrappati ad una sporgenza rocciosa, sospesi nel vuoto. Non sembrava possibile uscirne vivi, ma avevano fatto ricorso al cosmo e unendo le forze erano riusciti infine ad uscire da quella brutta situazione. Avevano preso poi un'altra via ed infine erano giunti alla meta, stremati ma contenti d'avercela fatta.

Pensavano che i loro amici fossero già lì, invece ancora non si vedevano e mancavano solo pochi minuti al tramonto. Il buio aveva già preso il suo posto dietro di loro, e come il sole se ne fosse andato del tutto anche da lì sarebbe finito il tempo a disposizione per i loro amici.

Gli altri allievi erano più indietro, riprendendo le forze e aspettando anche loro gli ultimi arrivi. Cristalia notò Borron e i suoi amici che sghignazzavano e si chiese da dove fosse comparso il vento improvviso che li aveva spinti di sotto. Sapeva che Borron era molto bravo con l'elemento vento e l'idea che fosse opera sua prese subito piede nella sua testa. Non lo disse a El Shadai altrimenti sarebbe andato subito lì per farli a pezzi, ma se quei tre avevano fatto qualcosa ai suoi amici non gliela avrebbe fatta passare liscia.

"Maestro, ormai il tempo è finito, non verrà più nessuno."

"Invece, Borron, ti sbagli, sta arrivando qualcuno."

Tauriel guardò verso il basso in una via che conduceva di sotto, e da essa sbucarono due persone che riconobbero come Light e Lionet. Quest'ultimo sembrava svenuto ed era sostenuto da Light che riluceva alla luce morente del sole di una luminosità che il maestro riconobbe come il potere della luce. Arrivarono alla cima e si accasciarono al suolo ma i loro amici li sostennero, e in quel mentre il sole tramontò.

"Ce l'avete fatta" disse El Shadai.

"Ero certo ci sareste riusciti."

"È stata dura ma non intendevamo darci per vinti."

"Complimenti ragazzi. Siete riusciti a unire il vostro cosmo per dare vita ad un potere superiore."

"Maestro, come fate a saperlo?"

"L'ho percepito chiaramente. Era lo scopo della prova di oggi."

"Che vuol dire?" chiesero tutti loro e anche diversi allievi.

Tauriel si rivolse a tutti quanti.

"La prova di oggi era atta a migliorare il vostro spirito. Pensavate di dover contare solo sulle vostre forze, è quello che vi ho fatto credere, ma lo scopo ultimo era invece imparare a fidarsi e collaborare gli uni con gli altri. Solo dall'unione dei cuori può nascere una forza superiore che può illuminare il mondo anche nell'oscurità più assoluta."

Tutti parvero perplessi alle parole del maestro ma subito le assimilarono, comprendendo che diventare cavalieri voleva dire qualcosa in più che essere forti e coraggiosi.

"In pratica dobbiamo sempre collaborare tra di noi e non essere presuntuosi."

"Proprio così, Light. Essere cavalieri d'Atena non significa essere forti e senza pietà, ma al contrario essere umili e generosi verso il prossimo e far germogliare cose come l'amicizia e l'altruismo. Tutti voi che siete qui avete dimostrato d'aver colto il significato di queste parole. Alcuni non ce l'hanno fatta a superare la prova, ma non per questo devono essere sminuiti, ma al contrario aiutati. Alcuni di voi, però" guardò in direzione di Burron e i suoi, "non hanno compreso affatto cosa voglia dire essere Saint. Al contrario hanno ostacolato i loro compagni e pensato solo a se stessi. Voi tre!"

"Noi!" dissero tutti e tre.

"Non vi ho persi di vista un solo attimo e avete a più riprese cercato d'eliminare i vostri compagni pensando solo alla gloria e al potere, senza considerare i principii di lealtà e giustizia che rispecchiano i cavalieri d'Atena. D'ora in avanti siete banditi da questa scuola, né potrete più accedere alle prove. Meditate bene su quanto avete fatto e cercate di rimediare ai vostri errori."

"Non potete..."

"Sparite ora, prima che perda la pazienza!"

Alle parole piene di vigore e rabbia del maestro se la fecero sotto e fuggirono a gambe levate mentre gli altri esultavano per la doppia vittoria.

"È davvero un maestro in gamba" disse Light.

"Devo però lodare uno degli allievi che da solo e nel minor tempo di tutti è arrivato fino a qui. Liliana, fatti avanti!"

Dall'oscurità emerse una ragazza di media altezza e corporatura, dai lunghi capelli neri e dagli occhi scuri come le tenebre più fitte, le stesse che sembrava emanare il suo vasto cosmo. Era il più potente che Light avesse avvertito tra gli allievi ed era l'unico che aveva un elemento raro quanto il suo, ma completamente opposto: l'oscurità.

Le selezioni

L'atmosfera che si respirava nella grande arena era di esultanza ma anche tensione. Si erano radunati tutti gli allievi, sia quelli a cui sarebbe toccato combattere, sia quelli che avevano fallito la prova. Venivano anche ex allievi o membri di altre scuole, anche se al momento erano pochi. I contatti tra le varie scuole erano pochi, ma negli ultimi tempi si erano ridotti a meno che niente. Ognuno faceva il suo lavoro e se ne stava per conto proprio. Solo durante gli incontri annuali venivano spesso membri stranieri ma al momento non c'erano, lasciavano ampi spazi vuoti.

A ben guardare non c'erano più di duecento persone, mentre l'arena ne avrebbe potute contenere venti volte tanti, ma da come gridavano parevano essere tali.

Durante la settimana appena iniziata si sarebbero svolti tutti gli incontri. Nel primo giorno ci sarebbe stata la grossa scrematura che avrebbe dimezzato il numero attuale di 64 combattenti. Questi poi si sarebbero dimezzati nuovamente e così via. Entro il quarto giorno ci sarebbero stati gli otto finalisti ed era prevista la visita di Atena giusto per quel momento.

Non era a dire il vero una cosa certa, ma le voci che circolavano affermavano che Atena sarebbe stata ospite lì per quattro giorni e sarebbe rimasta fino alle finali.

Vero o no, tutti i combattenti erano determinati a vincere e giusto in quel mentre Light faceva il suo ingresso nell'arena nel suo primo vero combattimento. Del gruppo di quattro amici toccava a lui per primo, ma durante la giornata avrebbero combattuto anche gli altri e sperava che fossero tutti in finale insieme a lui.

Visto che era il primo giorno e c'erano tanti combattenti si svolgevano più duelli in contemporanea e l'arena era di fatto divisa in tre parti. Muri di roccia che si innalzavano dal terreno facevano da divisori e impedivano la vista del combattimenti a fianco. Inoltre delimitavano il ring. Se uno usciva da esso ed invadeva la zona avversaria veniva squalificato, come se continuava ad infierire contro un avversario che si era arreso o era svenuto.

Lo spazio a disposizione era comunque più che sufficiente e Light si sentiva emozionato ma deciso a vincere. Il suo primo avversario era un tizio piccolo e brutto, con capelli e occhi scuri, che non pareva il massimo della simpatia. A dire il vero l'aveva visto alcune volte con quei tre balordi che erano stati cacciati e non sembrava meno perfido di loro. Questo invogliò ancora di più Light a fare del suo meglio per vincerlo.

La voce forte di Tauriel diede il via all'incontro. Il suo nemico, di nome Moght, aveva un'aria sicura di sé e rimaneva immobile con le braccia alzate. Di sicuro aveva in mente qualcosa, pensò Light, ma non intendeva dargli il tempo di farlo e attaccò con impeto verso di lui.

Come fu vicino una colonna di roccia si innalzò dal terreno verso di lui. L'insolito e inaspettato attacco lo prese in pieno volto, facendolo volare indietro per parecchi metri e sbattendolo a terra.

I suoi amici che guardavano l'incontro lo incoraggiavano a non darsi per vinto mentre Tauriel contava il tempo. Se entro il 10 non si rialzava veniva considerato sconfitto. Light si sentiva confuso e la testa gli faceva male, però comprese la gravità della situazione e fece forza con le braccia per rialzarsi.

"È già finita. Lo dicevo che era un pivello" disse Moght ridendo.

Light si rialzò in piedi circondato da un'aura dorata. L'avversario non si fece impressionare e rimaneva nella stessa posizione di prima. Light attaccò nuovamente caricando frontalmente l'avversario. Questi rise e fece come prima. Light all'ultimo spiccò un salto e dalla sua mano destra partirono raggi di luce dorata.

Una grossa roccia emerse dal terreno davanti a Morgh proteggendolo dall'attacco, e altre ancora vennero lanciate su Light che tentò d'evitarle ma venne nuovamente respinto. Riuscì a mantenere l'equilibrio ma ancora una volta non era riuscito a colpire il suo avversario né a togliergli la sua aria di superiorità dal volto presuntuoso.

"È inutile, pivello, non ce la farai mai a superare la mia difesa."

Pure la sua voce era fastidiosa come lui.

"Sai solo startene in difesa. Di questo passo nemmeno tu vincerai."

"Tu credi? Allora guarda questo: schegge di pietra."

Dal terreno davanti a Morgh si formarono tanti piccoli pezzi di roccia appuntita più taglienti di tanti coltelli, e vennero lanciati con rapidità contro Light. Saltò di lato e poi indietro per evitarli ma erano tanti e insidiosi e alla fine lo travolsero. Riuscì a mettere le braccia davanti ma lo stesso molti colpi gli arrivarono ferendolo in più punti e facendolo sanguinare.

"Visto, pivello, di cosa sono capace? Meglio che ti ritiri subito se non vuoi rimetterci la pelle."

"Non mi arrenderò mai e non verrò di certo sconfitto da un tipo come te."

"Sono le tue ultime parole."

"Come fa a dire tante spacconate? È ridotto un colabrodo."

"Al contrario Lionet, penso che ora ci mostrerà di cosa è capace."

"Concordo con El Shadai. Il prossimo attacco sarà decisivo."

In quel mentre Moght lanciò le pietre, ma Light le schivò una dietro l'altra per poi correre rapido verso il suo avversario. Questi lasciò perdere l'attacco e si concentrò sulla difesa, pronto a dare un'altra umiliazione a Light per poi finirlo l'attimo dopo. Lui attaccò frontalmente come al solito e l'avversario, sicuro della vittoria, innalzò le colonne di roccia che colpirono Light ributtandolo a terra. Aveva però tenuto le braccia davanti e si rimise in equilibrio in men che non si dica caricando nuovamente contro l'avversario. Questi, malgrado la sorpresa della rapida riprese, non si fece impressionare e innalzò nuovamente altre colonne rocciose. Light però schivò la prima buttandosi di lato, per poi saltare in alto ed evitare la seconda, saltare sulla terza e darsi lo slancio contro il suo avversario che mise una roccia davanti per proteggersi.

Light all'ultimo ruotò su se stesso, mise il piede sulla roccia per poi saltare in alto e sparire alla vista del sorpreso avversario.

"Dov'è finito?"

"Sono qua, Morgh. Affronta il tuo destino."

Light era dietro Morgh avvolto in una luce dorata che aumentava d'intensità. Il nemico per la prima volta perse la sua solita sicurezza, ma mosse rapido le mani per lanciare le schegge di roccia. Però Light era vicino e si mosse come un fulmine non dando il tempo all'avversario di fare niente.

"Morgh, non mi sfuggirai: infiniti pugni di luce."

Il nemico poté solo urlare, mentre il suo corpo veniva subissato di colpi che lo fecero volare contro la sua stessa roccia, per poi accasciarsi al suolo svenuto.

Light non aveva infierito nei colpi che altrimenti potevano portare alla morte il suo avversario, e Tauriel fece un cenno d'assenso per poi proclamarlo vincitore. Esultò e andò dai suoi amici che avrebbero combattuto a breve.

"Bravo campione, ora guarda me."

"Cerca di non farti ammazzare piuttosto."

Lionet andò sicuro di sé nell'arena mentre entrava il suo avversario, un tipo alto con capelli castani folti, occhi scuri e dall'aria astuta.

"È forte?" chiese Light.

"Lo conosco, si chiama Borr ed è uno dei più esperti nell'elemento vento" rispose Cristalia.

"Lionet vincerà" disse sicuro El Shadai.

"Spero non faccia qualche sciocchezza."

Nei giorni precedenti al torneo erano stati tutti tesi e in costante allenamento. Avevano parlato molto tra loro e pensato alle tattiche da adottare, ma una volta lì cambiava tutto. Tutte le certezze venivano meno e bisognava confrontarsi con se stessi, con le proprie paure, con i propri desideri, ancora prima che con gli avversari.

Lionet gli aveva detto che combatteva per riscattare l'onore di suo padre. Era un forte cavaliere d'argento ma era stato ucciso da un cavaliere di Ouranòs. Secondo Lionet l'aveva ucciso a tradimento, ma comunque fosse era intenzionato a vendicarsi e diventare cavaliere.

L'incontro cominciò e Lionet attaccò con impeto Borr con una serie di palle di fuoco. Era partito subito al massimo non volendo dare tempo al nemico di reagire, ma questi creò un vortice d'aria davanti a sé assorbendo l'attacco di Lionet. Questi non si dette per vinto e attaccò Borr, ma una scarica di vento lo buttò indietro. Attaccò di nuovo ma il risultato fu lo stesso e questa volta si trovò a terra. Fece per rialzarsi ma un vortice si propagò tutto intorno a lui e lo fece ruotare a tutta velocità per poi scagliarlo in aria.

Ricadde di testa e non sembrava si potesse rialzare. Perdeva sangue e tutti pensarono che l'incontro fosse finito, mentre i suoi amici urlavano di rialzarsi. Light vide che anche Cristalia, sempre fredda, fremeva e stringeva le mani fino a farsi male. L'arbitro, un altro maestro, contava ed era già a metà e Lionet non si rialzava.

"Forza Lionet, non ti arrendere" gridò Light. "Ricorda quello che mi hai detto. Devi diventare un cavaliere d'oro e riscattare l'onore perduto."

Qualcosa scattò nella mente di Lionet e malgrado si sentisse a pezzi il suo cosmo risplendette di rosso e lo sostenne rimettendolo in piedi.

L'avversario era sorpreso ma attaccò nuovamente. Lionet saltò in alto evitando il vortice che si era formato sotto di lui.

"Meteore fiammeggianti."

"Le respingerò: vortice divino."

Il vortice respinse con facilità le fiamme, anche troppa, pensò l'avversario, che capì solo troppo tardi che era una finta. Lionet era davanti a lui e caricò con impeto. Borr creò atri vortici ma Lionet era talmente rapido che li sorpassava prima che si formassero. Mise le braccia davanti, che divennero infuocate, l'intero corpo venne avvolto dalle fiamme e come una grande palla infuocata si scagliò sullo stupito avversario.

"Bomba infuocata."

Esplose a contatto con l'avversario che venne scaraventato a terra e avvolto dalle fiamme. Urlò e si rotolò per terra, ma presto le fiamme finirono, ma non le ferite che ricoprivano il suo corpo e che lo portarono alla sconfitta.

Fu il turno poi di El Shadai, il cui incontro fu veramente breve, in quanto l'avversario era uno dei più deboli e usavano entrambi lo stesso elemento terra. El Shadai era molto più bravo e con il taglio della mano creò una spaccatura che dal terreno corse rapida contro l'avversario superando le sue difese e ferendolo al corpo e alla testa. Questi si accasciò al suolo in un attimo.

Anche l'incontro di Cristalia non fu difficile. L'avversario usava il fuoco e lei l'acqua, o meglio il ghiaccio, e lo trasformò in breve in una statua bianca, finché non venne portato via tutto congelato e poi liberato.

Avevano tutti superato la prima fase ed esultarono. L'attenzione di Light venne attratta da un lampo nero proveniente dall'arena. Vide Liliana che si allontanava e veniva proclamata vincitrice. Il suo incontro era durato pochi secondi. Con un solo colpo aveva stesso l'avversario. Light la guardò allontanarsi, solitaria e affascinate ma allo stesso tempo inquietante. Sembrava essere coperta da uno strato d'oscurità che l'accompagnava sempre ed era la favorita al torneo. Giravano varie voci su di lei, alcune inquietanti altre forse solo dicerie, ma non c'era allievo che non la temesse ed evitasse.

A Light sembrò una ragazza sola e triste che condivideva con se stessa le proprie vittorie, e si chiese se fosse davvero felice. Il giorno seguente Ligth si trovò davanti un ragazzo dall'aspetto comune e dall'aria insicura che era bravo a lanciare scariche elettriche. Light schivò con facilità i suoi colpi e lo prese allo stomaco con un pugno di luce. L'avversario sembrava già in difficoltà e pensò che avrebbe potuto infierire ma non lo fece e aspettò che si riprendesse.

"Forza, fammi vedere cosa sai fare. Aspetto il tuo attacco."

"Che hai in mente."

"Voglio vincere sconfiggendo la tua tecnica. Fammi vedere di cosa sei capace."

L'avversario, prima insicuro, spronato da quelle parole si concentrò al massimo.

"Lampo shock."

Dalle mani partirono scariche elettriche che Light parò con le sue, e il suo corpo venne percorso da terribili scariche. Erano molto dolorose e l'avrebbero portato alla sconfitta se non reagiva. Lui però era intenzionato ad arrivare fino in fondo e voleva vincere al massimo delle possibilità. Concentrò l'energia del cosmo nelle sue mani, che risplendettero di giallo e assorbirono la potenza delle scariche mentre Light avanzava verso il suo avversario.

"Impossibile! Nessuno può resistere alle mie scariche. Una volta che colpiscono è la fine."

"Mi dispiace ma non c'è cosa che non si possa fare quando ci si crede fermamente. Ricordalo sempre."

Light si avvicinò ulteriormente per poi respingergli contro le sue stesse scariche, che lo paralizzarono, e infine metterlo giù con un pugno luminoso.

Anche i suoi amici ebbero incontri relativamente facili. Solo Cristalia dovette impegnarsi a fondo contro un avversario grande e grosso, che alla fine bloccò congelandogli le gambe per poi finirlo con i proiettili di ghiaccio. Anche questo venne portato a scongelare e passarono tutti il secondo turno.

Al terzo incontro Light si trovò di fronte un gigante ancora più grosso di quello affrontato da Cristalia. Non si degnava d'evitare i colpi e li assorbiva tutti con il suo corpo di pietra. Light colpì con forza con i pugni di luce, ma piegarono appena il gigante che colpì con due pugni fatti di roccia. Il giovane evitò a pelo e il gigante gli scagliò una roccia gigante, che Light distrusse con un pugno luminoso. Gli usciva comunque sangue dalla mano e si sentiva sempre più stanco, mentre il gigante rideva sicuro della vittoria.

Era tra i favoriti, uno dei più bravi dell'elemento terra e non sembrava avere punti deboli.

"Infiniti colpi di luce."

Anche questa volta si infransero nella sua pelle di pietra.

"Uh uh, non l'hai ancora capito che è inutile? I tuoi attacchi non li sento nemmeno. Prendi questo: pugno di granito."

La mano del nemico si ingrossò e divenne di pietra. Colpì Ligth alla bocca dello stomaco lasciandolo senza fiato e scaraventandolo a terra. Il giovane sentì le ossa spezzarsi. Lui però era un cavaliere, o almeno voleva diventare tale, e non poteva arrendersi davanti a simili ferite.

Urlò ma si rialzò avvolto da un cosmo lucente. Il gigante, seppur stupito, non perse la sua sicurezza e lo attaccò nuovamente con un pugno fatto di granito.

Light rimase calmo, facendo scorrere il cosmo che sentiva dentro di sé e che rappresentava una forza infinita.

"Devo solo crederci, tutto è possibile."

In quel mentre non sentiva dolore ed era guidato dalla determinazione a raggiungere il suo obiettivo senza mai arrendersi. Tutta la sua energia si concentrò sul pugno destro che si scontrò con quello del gigante. Entrambi urlarono e vennero scaraventati indietro.

Il gigante si toccò la mano dolorante e vide che era gravemente ferita, anzi probabilmente si era rotta.

"Come può essere? La mia mano è fatta di roccia."

Vide ancora il cosmo lucente di Light espandersi sempre più e non sembrava avere limiti. Non poteva comunque farsi sconfiggere da quello che considerava solo un ragazzino dilettante e attaccò nuovamente usando l'altro pugno, anch'esso di roccia. Credeva che il colpo di prima fosse stato solo una casualità, ma quando successe nuovamente la stessa cosa e anche l'altra mano si ruppe, comprese d'essersi sbagliato. Gridò nuovamente.

"Ma com'è possibile? Come ci sei riuscito?"

"È stato semplice."

"Semplice?"

"Sì. Mi è bastato concentrare il mio cosmo in un punto solo. Normalmente lo divido in tante parti per confondere l'avversario e colpire più volte, ma ho compreso che per superare la tua corazza lo devo usare in pieno in un unico punto."

"Maledizione. Non posso perdere."

Il gigante fece per scagliarsi nuovamente su Light con solo il peso del suo corpo ma, quando incrociò il suo sguardo e vide il suo cosmo risplendere, capì che non ce l'avrebbe fatta.

"Hai vinto, mi arrendo."

Si inginocchiò a Light che gli andò vicino e lo tirò su.

"Per noi cavalieri d'Atena non è importante vincere o perdere ma far trionfare la giustizia."

"Vedo in te un vero cavaliere d'Atena, e sono fiero di essermi battuto con te."

Si strinsero la mano e così Light si aggiudicò un posto nei top otto.

Anche i suoi amici dovettero impegnarsi duramente contro i loro avversari ma li superarono tutti. Furono così decretati gli otto finalisti, che si radunarono nell'arena. Oltre loro quattro, c'erano Liliana, due ragazzi e una ragazza. Light non rammentava i loro nomi, ma li ricordava tra quelli più abili nell'utilizzare il cosmo e il loro elemento. Di sicuro erano tutti avversari validi. Desiderava battersi con loro e sconfiggerli.

Al contrario degli altri turni, lì si sapevano già gli abbinamenti del giorno seguente e vennero infatti elencati.

Light si sarebbe battuto con il suo amico Lionet.

Cristalia con l'altra ragazza di nome Maris.

El Shadai con uno dei ragazzi di nome Schokor.

Liliana con il ragazzo rimasto di nome Cocus.

Tutti si strinsero la mano per poi ritirarsi nei loro alloggi e prepararsi per il giorno seguente. Quella sera Light e Lionet parlarono pochissimo, ognuno immerso nel pensiero dell'incontro di domani.

"Dai, non fare quella faccia" disse Lionet rompendo il silenzio.

"Lo sai che è mio intento diventare cavaliere e vedere Atena."

"Certo, come il mio. Domani dovremo combattere al massimo delle nostre capacità. Sono sicuro che sarà un grande incontro e che non me ne vorrai quando ti sconfiggerò."

"Su questo non ci contare."

"Ho visto che sei migliorato molto da quando ci siamo conosciuti, ma non intendo farmi battere."

"Nemmeno io."

Parlarono per un po', poi andarono a dormire. A dire il vero nessuno dei due riusciva a farlo. Light aprì gli occhi ma non vide il suo amico. Decise di uscire fuori a fare una passeggiata. Di norma era proibito uscire di notte, ma a lui quelle restrizioni non piacevano e se ne fregò altamente. Dopo alcuni giri vide il suo amico Lionet in cima al loro edificio che contemplava le stelle. Anche se distante comprese chiaramente che era lui vedendo brillare il suo corpo avvolto da un cosmo fiammeggiante. Lo lasciò ai suoi pensieri e si ritrovò di fronte alla statua di Atena.

"Zaffira dove sei?" disse guardando la statua.

Si aspettava quasi una risposta ma non arrivò, così andò verso la fontana. Diede un pugno all'acqua che cadeva facendo schizzare centinaia di gocce che colpì rapido con altrettanti pugni. Era convinto di essere in forma, eppure conosceva il valore del suo amico come la sua determinazione, e non sapeva come fare.

"Non riesci proprio a dormire!"

Una voce possente e inaspettata lo fece trasalire. Vide sbucare, in apparenza dal nulla, il maestro Tauriel. Sapeva che essere sorpresi fuori portava ad una punizione non da poco, e soprattutto all'ira dell'insegnante. Il maestro sembrava incenerirlo con lo sguardo ma poi si andò a sedere su una delle panchine, appoggiando pensieroso le mani sotto il mento.

"Sai, mi ricordi molto me stesso quando affrontai il mio primo vero combattimento."

"Anche voi siete stato allievo?"

"Certo! Nessuno nasce imparato. Ci vuole costanza e determinazione per conseguire risultati, ma anche una profonda fede in quello che si fa. Come te allora avevo dei compagni che consideravo come fratelli. Ricordo ancora una ragazza che mi incoraggiava sempre a non arrendermi e continuare a lottare: si chiamava Sofia."

"Sofia? Come la mia maestra."

"Lei come me era determinata a diventare cavaliere. Con molti sacrifici riuscì a superare molte dure prove ed elevarsi a cavaliere d'argento. Il cavaliere dell'Aquila."

"Cosa? Allora si trattava proprio della mia maestra. Ma com'è possibile?"

"Io ero più grande di lei ma avevo la brutta abitudine di non credere abbastanza in me stesso, così alla fine venivo sempre sconfitto. Se sono riuscito a superare le mie paure e diventare quello che sono lo devo soprattutto ai miei compagni, soprattutto a Sofia che mi spronava a dare il meglio in ogni cosa."

"Davvero incredibile."

"Lei era certa che un grande pericolo minacciasse l'umanità e che il suo destino era legato ad un'altra persona. Quando venni a sapere che si era trasferita su un'isola per allenare un giovane cavaliere, compresi che il suo destino si stava compiendo."

"Maestro... ecco... Sofia..."

"È morta!"

"Allora..."

"Sì, l'ho percepito, e quando ti ho visto qua ho compreso che il suo spirito vive ancora nel suo allievo, che ne segue le orme e porta avanti il suo credo e i suoi ideali. Quell'allievo sei tu, Light."

Light rimase un po' pensieroso non sapendo cosa dire.

"Maestro, davvero pensa questo? Io sinceramente non so."

"L'insicurezza è il peggiore ostacolo che un cavaliere si possa trovare di fronte, perché genera la paura di non credere nelle proprie capacità. Ogni uomo dentro di sé ha forze immense con cui può realizzare l'impossibile. Solo pochi però riescono a farle emergere perché esse sono bloccate dalle nostre paure e debolezze."

"Maestro, io voglio vincere e diventare cavaliere ma..."

"Temi per il tuo amico o di non essere all'altezza?"

"Beh, sì."

"Non devi!" Tauriel lo guardò dritto negli occhi. "Vedi, essere cavaliere d'Atena non significa essere forti e spietati, ma al contrario sensibili e altruisti. Ricorda ciò per cui combatti e gli ideali che ti sostengono e vedrai che ogni ostacolo, per quanto ti possa sembrava insormontabile, si può superare."

"È quello che mi diceva anche Sofia. Ed io voglio diventare cavaliere per salvare Atena e difendere la gente da coloro che vogliono turbare la pace."

Il cosmo di Light aumentò d'intensità e l'acqua della fontana schizzò in alto per poi ricadere. Tauriel si alzò per poi voltarsi.

"Bene, vedo che hai già tutto quel che ti serve per vincere nella vita. Adesso torna dentro o sarò costretto a punirti."

Mentre Light guardava il suo maestro allontanarsi per la prima volta comprese che lui non aveva solo un corpo d'acciaio ma anche un cuore caldo. Anche se voltato era certo che stesse piangendo, e forse per lui Sofia era una persona più importante di quanto esprimesse con le parole.

La battaglia più difficile

Quando Light entrò nell'arena si sentiva fresco e riposato. Dopo aver parlato con Tauriel era tornato in camera, si era buttato nel letto e incredibilmente si era addormentato. Anche Lionet doveva essere tornato in camera, perché l'aveva trovato ancora a letto. Poi si erano augurati buona fortuna a vicenda ed erano andati a prepararsi.

Ora Lionet l'aspettava al centro dell'arena e mentre Light si avvicinava a lui spaziava lo sguardo in alto sugli spalti cercando di scorgere Atena, ma non ve n'era traccia. La voce più comune era che sarebbe venuta in quei giorni ma non era chiaro quando, la maggior parte propendeva per credere che venisse solo alla finale.

Anche del rettore non c'era traccia. Light l'aveva visto all'inaugurazione dei tornei e a dire il vero non gli era piaciuto affatto. Era una figura di grande carisma, alto, bello, impeccabile nell'abbigliamento e nel parlare, ma aveva qualcosa che non gli piaceva. Non capiva cosa ma gli dava l'impressione di una persona molto egoista e fredda, tutto l'incontrario di come doveva essere un cavaliere d'Atena. Comunque ora non c'era. Vide il maestro Tauriel e altri due maestri, anch'essi robusti ma non quanto lui, e molti spettatori, sia allievi che non. Si concentrò solo sul suo avversario.

"Lionet, fai del tuo meglio."

"Anche tu. Non ci sarebbe altrimenti gusto a vincere."

"Mi hai tolto le parole di bocca."

Si strinsero la mano e l'incontro cominciò. Si gettarono l'uno contro l'altro con foga, colpendosi a ripetizione con pugni e calci. Si colpivano, paravano, si allontanavano per poi gettarsi nuovamente l'uno contro l'altro.

Light attaccava con scariche di pugni e calci, mentre Lionet stava in guardia alta e attaccava con micidiali pugni. Qualche colpo passava ad entrambi ma continuavano a colpirsi reciprocamente senza farci caso, mantenendo la concentrazione solo sul proprio avversario.

Lionet schivò un pugno alto abbassandosi, per poi colpire con un montante che prese in pieno la faccia di Light facendolo volare di parecchi metri. Fece un solco nel terreno e rimase parecchio stordito. Lionet sapeva che non doveva fargli concessioni, né voleva. Lui era lì per vincere e anche in rispetto al suo avversario voleva dare il massimo di se stesso. Con un salto si gettò su di lui con il pugno infuocato, che prese però solo il terreno, mentre Light con un possente balzo era saltato indietro. Attaccò a sua volta con una serie di pugni che Lionet parò, ma non poté evitare un calcio ruotato che prese anch'egli al volto facendolo volare indietro.

Riuscì a mantenere l'equilibrio e si rimise in assetto mentre Light attaccava con una serie di calci lucenti. Li parò tutti e attaccò con un pugno infuocato, che Light parò, ma venne spinto indietro di parecchi metri dalla sua potenza.

Entrambi ansimavano e sudavano abbondantemente ma non avevano intenzione di cedere. Si fissavano e si studiavano pronti per il nuovo assalto, mentre la folla esultava e i loro amici incitavano l'uno o l'altro. A dire il vero non si capiva per chi facessero il tifo e prima che combattessero avevano detto ad entrambi di fare del proprio meglio.

Entrambi i contendenti muovevano rapidi le mani ed espandevano il loro cosmo.

"Sei pronto per fare sul serio?" chiese Lionet.

"Sono pronto" rispose Light.

Le loro aure, rossa e gialla, si estesero ulteriormente e formarono un quadro multicolore di straordinaria bellezza. La folla era ammutolita in attesa della mossa seguente. Tra gli spettatori, Liliana guardava con scarso interesse l'incontro sicura della sua superiorità, ma le sfuggì lo sguardo ora più attento del maestro Tauriel poco distante, che sembrava risplendere di gioia. In effetti aveva notato come guardava il giovane di nome Light, che tutti davano per perdente ed invece era riuscito ad imporsi tra i primi otto. Le sembrò che ci fosse qualcosa di più del semplice interesse di un maestro per un allievo. Inoltre Light era l'unico allievo che possedeva l'elemento luce, contrario al suo che era l'oscurità, e in teoria l'unico che avrebbe potuto ostacolare la sua vittoria. Non se ne preoccupò, tanto sapeva già come sarebbe finita la sfida tra i giovani Saint: non ci sarebbe stato alcun vincitore, ma tutti avrebbero perso.

Lasciò perdere i suoi pensieri per concentrarsi anch'ella sull'incontro, sempre più entusiasmante. Il cosmo di entrambi aveva raggiunto il suo apice e stavano per scagliare le loro tecniche mortali.

"Preparati a perdere, Light. Raffica infuocata dirompente."

Dal pugno destro di Lionet partirono un'infinità di palle di fuoco grandi quanto una mano, che si scagliarono contro Light con forza e rapidità.

"Non sarò sconfitto prima di rivedere Zaffira. Infiniti pugni di luce."

Anche dal pugno di Light partirono innumerevoli raggi di luce piccoli e fulminei, che si scontrarono con le potenti palle di fuoco. Le due energie si scontrarono in una concatenazione di bagliori luminosi ed esplosioni.

Le forze si equivalevano ed entrambi si sforzarono di dare maggior potenza ai loro colpi. Nessuno prevalse sull'altro e vennero scagliati entrambi indietro in un'esplosione di luce gialla e rossa. Si trovarono a terra ma rapidi si rialzarono. Erano entrambi al limite, ma non intendevano mollare e nello sguardo di ognuno non c'era traccia di cedimento.

"Complimenti Light, sei migliorato molto."

"Anche tu."

Cercando di riprendere fiato e di espandere il loro cosmo si preparavano per l'attacco seguente.

"Sei pronto, Light? Il prossimo attacco sarà decisivo."

"Sono pronto."

"Allora preparati alla sconfitta!"

"Non sarò io a perdere."

"Mi spiace, amico, ma ho in serbo per te una sorpresa. Guarda il mio colpo migliore."

"Il tuo colpo migliore?"

Il cosmo infuocato di Lionet si espanse. Il suo corpo venne avvolto interamente dalle fiamme, che si riversarono sulle sue braccia, mentre lui si piegava leggermente e fletteva le gambe pronto allo scatto. Light non capiva cosa avesse in mente ma doveva essere la sua tecnica migliore e doveva impedirgli di usarla.

"Qualunque tecnica sia non te la farò usare. Infiniti colpi di luce."

"Mi dispiace amico, ma il mio colpo una volta lanciato non può essere fermato. Bomba infuocata."

Il fuoco si riversò sulle braccia di Lionet, che scattò in avanti diventando un'enorme palla di fuoco umana, che si scagliò a tutta velocità contro Light. Ignorò totalmente i suoi travolgendo tutto e lasciando terreno bruciato al suo passaggio. Light poté solo mettere le braccia davanti cercando d'attutire l'impatto, che si rivelò tremendo, e il suo corpo venne avvolto dal fuoco e scaraventato contro il muro di cinta dell'arena per poi cadere pesantemente a terra.

Lionet era stremato e a stento si reggeva in piedi, ma anche contento perché era riuscito ad usare la sua tecnica migliore e vincere il suo avversario. Durante le finali non c'era conteggio, ma se uno non si rialzava dopo un minuto veniva considerato sconfitto. Tutti davano ormai per spacciato Light, che era a terra dolorante e con il corpo che fumava.

Strinse i denti e poi urlò cercando di farsi forza per rialzarsi. Era a pezzi. Di sicuro le sue ossa si erano rotte e aveva ferite dappertutto. Voleva solo che quel dolore finisse e una volta finito il conteggio tutto si sarebbe risolto.

Però così avrebbe perso. Sapeva di non poter perdere, di dover reagire. Sentiva i suoi amici che lo incoraggiavano a rialzarsi e gli sguardi di tutti puntati su di lui. Sentì uno dei maestri dire che erano passati trenta secondi. Doveva rialzarsi.

"È inutile, amico. C'è un motivo per cui non potrai battermi."

"Che diavolo blateri?"

"È semplice. Non conosci la tua costellazione."

"La mia costellazione?"

"Esatto."

"Noi tutti cavalieri siamo guidati dalle stelle e abbiamo una costellazione che ci è propria e ci dà la forza. Io, anche se non sono ancora cavaliere, appartengo al Leone, tu invece?"

"Non saprei."

"Appunto. Ci sono cavalieri tra di noi che non conoscono ancora la propria costellazione e che non potranno mai elevarsi. Tu sei fra questi."

Light sentì venirgli meno le ultime forze e si lasciò andare al buio che lo prendeva per portarlo nell'incoscienza.

"Non ti arrendere!"

Sentì una voce esortarlo a reagire. Era nell'isola che stava facendo duri allenamenti ed era arrivato al limite. C'era la sua maestra Sofia che lo esortava a non arrendersi mai.

"Qualunque ostacolo ti troverai ad affrontare nella vita, non dovrai mai arrenderti."

Gli vennero in mente le parole della sua maestra e avrebbe voluto che fosse lì con lui. Avrebbe voluto ci fosse anche Zaffira e si chiese dove si trovasse ora e come stesse. Per un attimo vide il suo volto candido segnato dalla sofferenza. Era certo che le stessero facendo del male. Lui aveva giurato a se stesso di ritrovarla e salvarla da Ouranòs e dai suoi servitori. Aveva giurato di vincere il torneo per poterla rivedere. Però malgrado i suoi propositi si chiese chi era lui in fondo per riuscire a tanto.

"La forza che uno ha dentro di sé non ha limiti. È stata proprio la tua maestra Sofia a farmelo capire a suo tempo."

Gli vennero in mente le parole di Tauriel. Anche se non era nessuno, non aveva una costellazione, non era ancora cavaliere, Light non intendeva darsi per vinto. Perché lui era pur sempre un cavaliere d'Atena, che combatte per la giustizia e non viene mai meno ad una promessa fatta.

Urlò mentre il suo cosmo d'orato si espandeva e lo sorreggeva. In un attimo fu nuovamente in piedi, tra lo stupore della folla e il grido d'incitamento dei suoi amici. Sul volto di pietra di Tauriel si materializzò un sorriso. Anche Liliana poco distante si stupì molto della sua forza d'animo.

"Osservalo attentamente, Liliana, lui è un vero cavaliere d'Atena."

"Che vuoi dire? Anche gli altri lo sono e non è nemmeno così forte, che a stento si regge in piedi."

"Non è la forza a fare un cavaliere d'Atena. Perché, vedi, non è forte chi sa colpire duramente, ma chi riesce sempre a trovare dentro di sé la forza di rialzarsi."

"Comunque non potrà fare molto. Così prolungherà solo le sue sofferenze e al prossimo attacco sarà finita."

"Al tuo posto non ci giurerei."

"Perché no?"

"Perché la forza di un cavaliere d'Atena gli deriva dagli ideali che lo sostengono e da un cuore che batte per la giustizia. Guarda com'è splendente il suo cosmo e fiero il suo sguardo. Una persona simile non potrà mai essere sconfitta."

Liliana voleva replicare, ma anche lei venne colpita dallo sguardo determinato del giovane, che malgrado la situazione riusciva a far risplendere a tal punto il suo cosmo.

"Lionet, non è ancora finita. Anche se non ho una costellazione ti batterò."

"Hai una grande forza d'animo, amico mio, ma solo quella non ti basterà per vincere."

"Allora ti mostrerò anch'io il mio colpo migliore."

"Colpo migliore? Da quando ne hai uno oltre il tuo solito?"

"Adesso lo vedrai."

Lionet, per un attimo stupito, sorrise e con un balzo si buttò indietro ed espanse il suo cosmo infuocato.

"D'accordo, fammi vedere questa tua tecnica. Io userò la mia e vedremo qual è la migliore."

Light non disse niente, era concentrato totalmente ad espandere il suo cosmo. Urlò e alzò le braccia in alto. Sentiva la forza infinita che albergava dentro di lui come un fiume in piena, che non doveva trattenere ma lasciar scorrere fino all'infinito.

Pensava a Zaffira prigioniera che aspettava il suo aiuto. Ripensò agli allenamenti fatti e alle parole della sua maestra. Rammentava le parole di Tauriel sulla forza che è dentro ognuno di noi e che nei cavalieri d'Atena, guidati da nobili ideali, non sarà mai sconfitta da nessuno. Anche Lionet era un cavaliere degno di quel nome ma doveva superarlo, doveva elevarsi fino a limiti dell'universo.

Come nell'attimo in cui aveva combattuto con Ouranòs sentì nuovamente l'energia dell'universo dargli la forza infinita che non aveva rivali. Urlò ancora e intorno a lui si formarono delle sfere di luce che assunsero l'aspetto di grandi stelle e l'universo stesso sembrò materializzarsi in tutta l'arena.

Gli spettatori gridarono spaventati e meravigliati quell'insolito fenomeno. El Shadai e Cristalia non erano meno sorpresi, e persino il volto impassibile di Liliana fu percorso da gocce di sudore.

"Come può essere che un apprendista cavaliere possa espandere così il suo cosmo? Chi è veramente quel ragazzo?"

"È solo la forza di un cavaliere che crede nel giusto."

Guardò il maestro Tauriel che era l'unico non sorpreso della cosa, e dai suoi occhi comprese che sapeva ben di più di quanto rivelasse.

Pure Lionet era impressionato ma non si lasciò intimidire.

"Light, dovrai fare ben di più che qualche gioco di prestigio o illusione per battermi. Io, Lionet, ti sconfiggerò! Devo farlo per riscattare l'onore di mio padre. Preparati!"

Light non l'ascoltava e in quel mentre si sentì in perfetta sintonia con tutto l'universo.

"Qualunque tecnica sia non ti permetterò d'usarla. Bomba infuocata."

Lionet si gettò su di lui usando tutte le forze che gli erano rimaste. Light in quel mentre vedeva chiaramente il colpo di Lionet come fosse al rallentatore. Riusciva a scorgere ogni movimento del suo corpo, ogni contrazione dei suoi denti e sentiva anche ogni pensiero del suo amico. Saltò in alto un attimo prima di essere travolto e poi rimase sospeso in aria sorretto dal suo cosmo mentre abbassava le braccia puntate verso Lionet, che si era nel mentre voltato pronto ad attaccare nuovamente.

"Anche se non ho una costellazione ti vincerò. Perché non sono le stelle a guidare noi uomini, ma noi che guidiamo loro. Questo è la forza che deriva dal mio cosmo. Pioggia di stelle!"

Le tante sfere di luce si allungarono formando raggi lucenti che come migliaia di aghi si riversarono su Lionet colpendolo in tutte le direzioni.

"Resisterò a questa tua tecnica."

Lionet mise le braccia davanti e cercò di fermare i colpi nemici ma era impossibile. Venivano da tutte le direzioni ed erano portati ad una velocità che lui non riusciva minimamente ad eguagliare.

In quel mentre vide qualcosa dietro Light. Sembrava una corazza ma era fatta d'oro, anzi pareva proprio un'armatura d'oro. Lionet urlò mentre il suo corpo venne subissato di colpi e tutto intorno a lui esplose in una luce dorata che l'avvolse totalmente.

Light si ritrovò a terra ansimante. Aveva desiderio solo di riposarsi, ma fece un ultimo sforzo per raggiungere il suo amico a terra in una pozza di sangue.

"Lionet, come ti senti?"

Il suo amico abbozzò un sorriso.

"Accidenti... sei diventato davvero abile..."

"Sono riuscito a tanto perché avevo te come avversario."

Si strinsero la mano, poi Lionet perse i sensi e arrivano i medici che lo portarono via. Light, seppur a fatica, rimase in piedi e venne proclamato vincitore. Arrivò fino all'uscita dove svenne anch'egli, sostenuto però dai suoi amici sopraggiunti che portarono anche lui in infermeria. Era contento perché non solo era riuscito ad arrivare alle semifinali, ma anche perché aveva superato la prova più grande: quella contro se stesso, contro le sue paure.

Il giorno seguente Light era nuovamente in forze, o quasi. Aveva dormito quasi tutta la giornata precedente e tutta la notte. Si era svegliato solo verso la serata perché voleva sapere le condizioni di Lionet e i medici gli avevano riferito che era fuori pericolo. La notizia gli ridiede le forze, come l'aver saputo che anche i suoi amici avevano superato la sfida e anche la loro avversaria Liliana.

Gli avevano anche riferito l'abbinamento del giorno seguente e non era molto incoraggiante. Il primo incontro, che si sarebbe svolto durante la mattina, era tra El Shadai e Cristalia mentre il secondo, che si sarebbe svolto nel pomeriggio, tra Light e Liliana. Lui pensava d'affrontarla nella finale e quella notizia l'aveva spiazzato, ma non gli aveva tolto il buonumore. Inoltre girava voce insistente che il giorno seguente sarebbe venuta Atena per assistere alle semifinali, anche se non era ancora confermata. Lui comunque aveva la sensazione che fosse così.

Si sentì nuovamente in forze e non volle stare nemmeno in ospedale, tornando poi nella sua camera. Non aveva che pensato a Zaffira ma poi si era addormentato. Ora era poco distante dalla fontana a fare una passeggiata mattutina. Essendo un cavaliere, grazie al cosmo, poteva guarire velocemente ferite che ad una persona comune richiedevano settimane o mesi, ma si sentiva ancora un po' stordito.

Poco prima era andato dai suoi amici ad augurargli buona fortuna, ma entrambi volevano stare soli e così era uscito.

Sarebbe andato poco dopo a vedere il loro incontro, ma nel mentre si guardava attorno cercando di scorgere qualche possibile traccia di Atena.

Quasi come un miraggio gli sembrò l'apparizione che scorsero i suoi occhi chiari. In cielo, a non molta distanza dal palazzo centrale, sede del rettore e proibito agli allievi, si distingueva chiaramente una carrozza stile antico trainata da quattro bianchi cavalli alati. In un'epoca dove c'erano aerei e satelliti non sembrava proprio una cosa possibile, e rimase parecchio incantato davanti all'apparizione. La splendida carrozza si posò sopra all'edificio centrale e poi scomparve alla vista, come inghiottita da esso.

Diverse persone corsero in quella direzione. Si trattava di uomini grandi e grossi, che Light non aveva mai visto, e poco dopo due giovani ben vestiti annunciarono l'arrivo di Atena. La voce si sparse subito e riempì d'entusiasmo tutti gli allievi, che non vedevano l'ora di poterla vedere.

Light, preso dall'impazienza, non volle perdere tempo e corse direttamente verso l'edificio centrale. Sapeva che l'ingresso era vietato ma lui voleva assicurarsi che fosse davvero Zaffira e delle sue condizioni. Gli bastava anche solo una breve, fulgida occhiata, ma non voleva rimandarla neanche di un secondo. Alla porta d'ingresso vide quattro di quei tizi grandi e grossi e decise di cambiare direzione. I cinque piani di quell'edificio erano messi piuttosto in alto, anche il primo di essi, ma lui era un cavaliere e arrivare lì era un gioco da ragazzi.

Andò sul retro e fece un salto che lo portò poco sopra il primo piano, dove poco sopra c'era un balcone. Si arrampicò fino a lì per poi entrare dentro una piccola stanza in cui non vide nessuno, e da lì fino alle scale che portavano di sopra. Stette ben attento a non farsi notare da nessuno ma l'edificio sembrava vuoto. Però come saliva sentiva l'inquietudine aumentargli, come la sensazione che Zaffira fosse lì e in pericolo.

Avvertì la presenza di più persone poco sopra di lui all'ultimo piano, e avevano un qualcosa di strano. Si avvicinò cauto e vide sette uomini, alti più di due metri e anche oltre, davanti ad una porta chiusa. Sentiva che lì dentro c'era Zaffira e anche che non c'era verso di aggirarli. Era certo che non l'avrebbero fatto passare e che Zaffira non era lì per sua scelta, ma come prigioniera. Avvertiva in tutti loro un cosmo oscuro, in tutto e per tutto uguale a quello di Ouranòs, e d'istinto comprese che erano suoi uomini. Così lasciò perdere ogni remora e si lanciò su di loro prima che potessero reagire.

Loro però non si fecero sorprendere e percepirono subito il suo cosmo che si avvicinava aggressivo verso di loro. Due di loro si lanciarono contro Light, ma uno di questi venne steso con un colpo mentre l'altro colpì il giovane con un pugno pregno d'oscurità, che lui parò ma venne respinto indietro. Gli altri si avvicinarono a lui e rivelarono avere un'armatura nera che non si avvicinava minimamente a quelle dei cavalieri, ma era un mera corazza a protezione del corpo massiccio.

"Una zanzara è venuta a infastidirci" disse uno di essi.

Sogghignarono tutti e si avvicinarono a lui sicuri di sé. Light sapeva di non doverli sottovalutare, ma nemmeno il contrario. Malgrado la loro mole e sicurezza non erano che dei servitori di qualcuno molto più forte, che sentiva dietro la porta dove c'era anche Zaffira. Chiunque fosse aveva un cosmo oscuro e vasto, più potente di chiunque altro avesse mai sentito, tranne Ouranòs.

Gli uomini si gettarono contro di lui, che si mosse fulmineo e sembrò passarci in mezzo tanto fu veloce nell'esecuzione degli infiniti colpi di luce. Gli uomini vennero scaraventati contro la parete o per terra, mentre uno di essi volò contro la porta d'ingresso, che si aprì rivelando una ampio ambiente dove c'erano due persone.

Light vide chiaramente la figura di Zaffira distinguersi in mezzo alla stanza davanti alla carrozza con i cavalli ferma lì.

"Zaffira!" urlò buttandosi dentro.

Si scontrò con qualcuno e si ritrovò a terra mentre dietro di lui la porta si richiudeva di scatto. Vide davanti a sé la figura immacolata di un uomo giovane che riconobbe come il rettore. Era alto, con i capelli biondi lunghi, occhi azzurri, vestito con giaccia chiara, cravatta scura e pantaloni bianchi. Aveva anche una specie di farfallino a forma di rosa e risplendeva di pulito e di precisione, ma aveva anche qualcosa di più luminoso intorno a lui: il cosmo. Era un cosmo dorato e vasto ma aveva in sé anche tonalità scure. Malgrado le apparenze quell'uomo emanava un'energia fredda e oscura. Light si rimise in piedi con la guardia alzata pronto alla sfida.

"Bene, qua abbiamo qualcuno che vuole anticipare la sua fine invece d'aspettare il suo turno."

La voce di Cardinal era leggera ma autoritaria, oltre che di scherno.

"Maledetto, che hai in mente?"

"Non sai che ti devi rivolgere a me con il dovuto rispetto?"

"Sai dove te lo puoi mettere il rispetto, farabutto? Cos'hai fatto a Zaffira?"

Guardò in quella direzione e vide la ragazza in piedi davanti alla carrozza, che sembrava estranea ad ogni cosa, e il suo sguardo era assente, come perso nel buio.

"Zaffira!" urlò Light.

Lei non rispose e notò che rispetto all'ultima volta, oltre ad indossare un vestito di seta celeste chiaro e pantaloni bianchi, aveva un cerchio nero intorno alla fronte. Avvertì subito qualcosa di sinistro provenire da quell'oggetto, come se emanasse un'aura oscura anch'esso.

"Non ti può sentire."

"Cosa le hai fatto?"

"Io proprio niente. Ora lei appartiene al mio signore Ouranòs."

"Cosa?"

"Hai capito. Lei è una sua proprietà, come qualsiasi persona a questo mondo. Tutti quanti sono nati per servirlo e a chi si oppone a lui non spetta che una giusta e sicura fine prematura."

"Maledetto! Non dovresti essere al servizio di Atena tu che dirigi questo posto dove si addestrano i Saint?"

"Io sono sempre dalla parte del più forte. Il mio signore ora è Ouranòs, che di Atena è dio ben più potente e riporterà una nuova luce nel mondo."

"Che vuoi dire? Che ha in mente quel pazzoide?"

"Sai, sei divertente, ragazzo. Ti resta poco da vivere e ti ostini a voler sapere cose a cui non dovresti neanche pensare." Cardinal gli sorrise quasi cordialmente, ma nascondeva una minaccia palese quel suo gesto. "D'accordo, ti accontenterò. Devi sapere che il mio signore Ouranòs vuole creare un nuovo mondo, migliore in tutto e per tutto di questo governato malamente da Atena. Per farlo c'è bisogno del cosmo di Atena, che almeno avrà dato un'utilità alla sua misera vita sacrificandola per il mio signore, e lo stesso dovrete fare voi Saint."

"Tu sei pazzo! Non ti permetterò di far del male a Zaffira né di distruggere il mondo. Perché se ho ben capito è quello che vuol fare quel pazzo di Ouranòs."

"Sei sveglio, ragazzo. È proprio così. Toglierà la vita a questo inutile mondo per trasferirla sul pianeta che da lui prende il nome e che gli è proprio: Urano."

"Cosa? Ma così porterà la morte..."

"Moriranno tutti, tranne quei pochi che si sono uniti a lui giurandogli eterna fedeltà. Nascerà così una cerchia di eletti in un mondo perfetto, in cui solo i più forti potranno sopravvivere e non ci sarà più posto per i pezzenti che con la loro presenza sporcano questo mondo."

Cardinal rise come un pazzo - quale Light lo considerava - mentre lui era preso dalla rabbia e stringeva il pugno con forza. Sentiva il suo cosmo crescere in lui e dargli forza.

"Maledetto pazzo. Io in quanto Saint di Atena non permetterò tutto ciò."

"Non puoi impedirlo in alcun modo. Il destino di voi tutti è segnato."

"No! Infiniti pugni di luce."

Si scagliò con impeto contro Cardinal, che tranquillo mise una mano nella rosa che portava come farfallino e fulmineo la portò davanti a sé e tutti i colpi si infransero su di essa.

Il pugno lucente di Light non riusciva ad avanzare di un millimetro bloccato dalla rosa rossa che riluceva d'energia dorata. Light comprese essere quella di Cardinal che concentrava lì il suo potere in quel punto, ma ancora non credeva che una cosa simile fosse possibile.

"Come può essere? Una semplice rosa blocca i miei colpi."

"Per chi è debole è inevitabile la sconfitta. Sprofonda nell'oblio che le mie rose portano con sé. Royal Demon Rose!"

Le rose si moltiplicarono avvolgendo Light e facendolo sprofondare in un mondo oscuro. Perse la cognizione del tempo e della realtà che lo circondava. Non riusciva più a vedere o sentire niente, ma nemmeno gli odori gli arrivavano più e la gola era secca e con le mani annaspava l'aria non riuscendo più ad orientarsi.

"Che mi sta succedendo?" urlò Light.

"È l'effetto delle mie rose velenose. Quando si viene colpiti dalle rose rosse di sublime bellezza si perde l'uso dei cinque sensi, portando inevitabilmente alla morte e all'oblio."

"Non può essere!"

"È quello che ti sta succedendo. Non percepisci più l'ambiente che ti circonda né senti i rumori dell'arena che in questo momento sovrastano ogni cosa con l'inizio dell'ultimo incontro. Solo la mia voce tramite il mio cosmo ti giunge, ma sarà l'ultima cosa che sentirai prima di morire."

"Che vuoi dire come ultimo incontro?"

"Ormai non hai motivo di porti altri domande. Tutto sprofonderà nell'oblio della morte. È inutile ed effimera ogni resistenza, non c'è nulla che puoi fare per arrestare il tuo destino e quello dei tuoi amici."

"Che significa? Che hai in mente?"

"A cosa ti servirebbe saperlo, ora che stai per morire? Avanti, lascia che la morte ti prenda, ma non temere, sarà una morte dolce senza dolore."

Cardinal rise come un matto mentre Light sprofondava in un mondo di tenebre, lontano da quello reale della luce a cui sembrava impossibile tornare.

"Possibile che non ci sia nulla da fare? Ora che sono riuscito finalmente a rivedere Zaffira devo morire senza averla salvata? Devo finire la mia vita senza avere la possibilità di salvare i miei amici e la gente del mondo? Non è missione di un cavaliere salvaguardare la vita sulla Terra?"

Quelle domande gli rimbombavano nella testa mentre le rose l'avvolgevano portandolo ad un sonno eterno ma non di pace. Le forze lo abbandonavano sempre di più e si piegò sulle ginocchia per poi finire per terra.

Possibile che il suo destino fosse di morire così? Zaffira era ad un passo da lui, possibile non potesse salvarla? Per quanto i suoi sensi erano sempre più offuscati non voleva lasciarsi andare senza combattere. C'era troppo in ballo perché la sua vita finisse così.

Si ricordò il combattimento contro Lionet. Sembravano passati anni da allora, ma era stato solo il giorno prima. Lì era riuscito a superare le sue paure ed elevare il proprio cosmo. Era quello che faceva la differenza. Aveva creduto in se stesso e il cosmo si era espanso. Doveva fare ancora così. Doveva sconfiggere lo strato di morte che l'avvolgeva e portava all'oscurità e ritrovare la via che conduceva alla luce.

Cardinal lo osservò ancora un attimo e poi si girò verso Zaffira.

"Bene, ora è arrivato il momento d'attuare il piano..."

Qualcosa dietro di lui attirò la sua attenzione e comprese subito cosa fosse: il cosmo. Light, avvolto dalla luce dorata, si stava rialzando, mentre le rose intorno a lui si dissolsero come non fossero mai esistite.

"Come può essere? Le mie rose non gli fanno effetto."

"Non voglio sprofondare nell'oscurità ma vivere nella luce, con cui voglio illuminare questo mondo per scacciare i malvagi come te che lo oscurano con la loro malvagità."

Light alzò le braccia e una serie di sfere di luce si formarono intorno a lui, mentre il suo cosmo si espandeva sempre di più.

"Come può un apprendista avere un cosmo così vasto?"

"È il miracolo di cui sono capaci le persone che seguono la strada della giustizia. Pioggia di stelle."

"Sprofonda nella morte: Royal Demon Rose!"

Le rose rosse vennero trafitte da infiniti raggi di luce dorata che si riversarono su Cardinal in tutte le direzioni, e neppure la sua abilità gli permise d'evitarle. Urlò mentre veniva trafitto in ogni direzione e tutto intorno a lui esplodeva in una luce abbagliante.

Light ansimava ed era nuovamente sulle ginocchia ma si rialzò subito.

"Ce l'ho fatta. L'ho sconfitto."

"Davvero notevole. Ammetto che sei il primo allievo della mia scuola ad avere un simile talento."

"Come può essere?"

Light vide il suo avversario che emergeva dalla luce, ma aveva qualcosa di diverso. Ora il suo corpo era avvolto da un'armatura luccicante e brillante in maniera incredibile. Era fine ed elegante, lo proteggeva in tutto il corpo e brillava come non mai: si trattava di un'armatura d'oro.

"Non può essere! Quella è un'armatura d'oro. Come fai ad averla?"

"Perché vedi, mio ingenuo giovane, io sono un cavaliere d'oro. Cardinal dei Pesci."

La sorpresa passò subito a Light per far posto alla rabbia.

"Ma che storia è mai questa? Uno scagnozzo di Ouranòs che indossa un'armatura d'oro. Come si spiega una cosa simile? Come può un'armatura dedita ad Atena e alla giustizia essere indossata da uno come te?"

"È possibile questo e altro grazie al potere del mio signore Ouranòs. Io, anche se cavaliere d'oro, ho giurato fedeltà a lui, e il suo potere così superiore a quello di Atena mi permette d'andare contro la stessa dea e continuare ad indossare l'armatura d'oro."

"Maledetto!"

Light stringeva i denti con rabbia tanto da farseli sanguinare e mai sentiva la furia farsi così strada in lui.

"Hai capito la situazione? Non puoi fare proprio niente contro di me."

"Questo è da vedere. Pioggia di stelle."

"Pensi che un attacco già sperimentato funzioni due volte su un cavaliere del mio livello?"

Ancora prima che i raggi arrivassero al bersaglio, Cardinal si era già mosso fulmineo e portato alle spalle di Light. Lui riuscì solo a vedere un bagliore dietro di lui e venne scaraventato a terra da una potenza inaudita.

"Tu, misero uomo che non indossi nemmeno un'armatura, pretendi di battere me che al tuo confronto sono come un dio?"

"Io ci riuscirò a qualunque costo!"

Light, furente, si rialzò per poi scagliarsi contro il suo avversario, che nuovamente l'anticipò per poi colpirlo alle spalle. Si spostò fulmineo e lo colpì nuovamente prima che cadesse a terra e un'altra ancora. Venne infine scaraventato a terra facendo un solco sul pavimento.

Light sentiva le ossa nuovamente a pezzi e comprese che il suo cosmo non era niente in confronto a quello senza limiti del suo avversario.

"Hai compreso la differenza che c'è tra noi. Certo sei abile come apprendista. Di sicuro possiedi le capacità per diventare pari ad un cavaliere d'argento, ma nulla in confronto a me. Noi cavalieri d'oro possiamo muoverci alla velocità della luce, non potrai mai colpirmi con le tue misere capacità."

"Eppure io... ti sconfiggerò!" urlò Light rialzandosi nuovamente.

"Perché tanta ostinazione? Così soffrirai solo di più."

"Se fossi un cavaliere d'Atena lo sapresti il perché."

"E come pensi di battermi? Sono con parole e ideali?"

"Non lo so ma ti sconfiggerò. Infiniti pugni di luce."

Anche questa volta l'attacco non andò a segno e un lampo investì Light buttandolo nuovamente a terra.

"Misera creatura. Non ti senti una nullità di fronte ad un uomo che indossa un'armatura d'oro?"

Cardinal rise e lanciò una quantità impressionante di rose rosse contro Light che ne venne travolto totalmente.

"Non mi farò sconfiggere da te!"

Light ruotò su se stesso creando delle onde di luce che formarono una barriera luminosa, che respinse le rose rimandandole contro il loro padrone.

"Non è possibile! Le rose di sublime bellezza si rivolgono contro di me. No!"

Le rose travolsero Cardinal ma ad un certo punto lui scomparve per riapparire poco distante da Light. Rimase comunque sconcertato, non riuscendo a capire come un giovane apprendista senza nemmeno un'armatura potesse respingere un suo attacco.

Light non si lasciò scoraggiare e si lanciò nuovamente contro di lui con un pugno luminoso di luce dorata. Cardinal parò con la rosa rossa e anche questa volta Light sentì il suo corpo irrigidirsi e non superare la difesa nemica.

"Non l'hai ancora capito che è tutto inutile? Non so come hai fatto prima ma deve essere stato un caso fortuito. Capitano una volta nella vita... ma che succede?"

Il cosmo di Light si espanse e facendo forza in avanti riuscì a far indietreggiare Cardinal.

"Ma come puoi..."

"Credendo in se stessi si può superare qualsiasi ostacolo, anche il più insormontabile. Brucia, cosmo, e permettimi di fare il miracolo."

"Non può farcela..."

Il cosmo di Light aumentò d'intensità superando la rosa rossa che si dissolse per poi insinuarsi nel petto di Cardinal e farlo indietreggiare contro il muro. Il giovane rimase fermo in quella posizione per un po', cercando di riprendere fiato, mentre

Cardinal si rimise in assetto ma l'inconcepibile miracolo appena visto l'aveva spiazzato.

"Com'è stato possibile? Un giovane senza armatura riesce a colpire me che sono un cavaliere d'oro? Di sicuro se non avessi avuto l'armatura sarei finito male."

Però Cardinal indossava un'armatura d'oro e questo gli ridette sicurezza e si avvicinò al giovane, che si mise in guardia.

"Davvero sorprendente. Ma per quanto ti sforzi non potrai mai arrecarmi alcun danno."

"La vedremo."

Light si gettò contro di lui. Cardinal non si degnò nemmeno di schivare i suoi colpi. Per quanto Light desse forza ai suoi attacchi l'armatura d'oro era uno scudo impenetrabile e impediva al suo possessore d'essere danneggiato. Lo colpì allora al volto, l'unico punto non protetto, ma una rosa nera bloccò il suo attacco e lo respinse.

"Cos'è quella rosa nera?"

"È la rosa piranha. Al contrario di quella rosa causa un dolore fortissimo e distrugge ogni cosa al suo passaggio. Anche avessi un'armatura la farebbe a pezzi ma così ridotto sarà uno scherzo trapassare il tuo corpo."

"Non te lo lascerò fare. Infiniti pugni di luce."

Cardinal si lasciò colpire facendogli comprendere che i suoi attacchi erano inutili, per poi mettere davanti a sé la rosa nera, e Light si ritrovò a terra.

"Hai capito? L'armatura d'oro protegge il mio corpo rendendo vano qualsiasi tuo attacco. Non hai speranze di battermi."

Light sapeva che diceva il vero sulla resistenza dell'armatura, eppure un modo era certo che ci fosse.

"Un modo c'è sempre, devo solo trovarlo."

Cardinal rideva vedendo l'impotenza del suo avversario.

"Rassegnati alla sconfitta."

Light posò lo sguardo dietro di lui e vide Zaffira assente e questo accese in lui altra rabbia.

"Non mi rassegnerò mai alla sconfitta."

Light si gettò contro Cardinal con un pugno caricato con estrema velocità. Per il cavaliere d'oro era comunque un attacco ridicolo, ma lasciò fare ridendo dei suoi ridicoli tentativi. Il colpo però lo prese alla fronte, anzi andò oltre e penetrò dentro fino al suo cervello superando le sue difese.

"Light Illusion! Se non posso distruggerti il corpo ti distruggerò la mente."

Cardinal era preso da visioni sconcertanti, perdendo il senso della realtà e piegandosi sulle ginocchia. Light era esausto come non mai e faticava anche solo a stare in piedi. Vide Zaffira che guardava verso di lui e qualcosa nella sua mente sembrò essersi sbloccato.

"Zaffira!"

Si avvicinò a lei più velocemente che poté. Era vicina eppure gli sembrava irraggiungibile. Quando finalmente la raggiunse sentì ogni dolore scomparire e una sensazione di pace prenderlo. Anche lo sguardo di lei tornò normale, almeno per un po'. Un dolore alla testa la prese piegandola sulle ginocchia ma lui la sorresse.

"Zaffira, ti ricordi di me? Sono Light."

"Light..."

Il dolore alla testa la fece urlare e lui prese il cerchio oscuro cercando di toglierglielo ma venne preso da un'oscurità che l'avvolse. Staccò le mani prontamente mentre Zaffira continuava ad urlare.

"Resisti Zaffira, vedrai che ti toglierò quell'affare."

"È inutile!"

Light si girò, vedendo Cardinal nuovamente in piedi con il cosmo lucente che l'avvolgeva e si espandeva sempre di più.

"Per quanti miracoli tu possa fare non riuscirai mai a toglierle il cerchio oscuro. C'è impresso il potere dell'oscurità del mio signore, e chi ha un cosmo di luce come il tuo non può nemmeno toccarlo."

Light sentiva Zaffira gridare e toccarsi la testa, cercando disperatamente di recuperare i suoi ricordi e riacquistare la libertà.

"Ti salverò, Zaffira. Anche se l'oscurità mi farà a pezzi, io ti salverò!"

Prese il cerchio tra le mani e fece forza per levarlo mentre le tenebre lo circondavano e si insinuavano dentro di lui.

"Stupido! Così ti sei condannato a morte da solo. L'oscurità si propagherà dentro il tuo corpo portandoti alla morte."

Light sentiva una sensazione orrenda mentre l'oscurità lo prendeva, ma non era intenzionato ad arrendersi e aumentò la forza sul cerchio, finché questo non si tolse dalla fronte di Zaffira.

"Non può essere! Solo chi ha l'oscurità... ma che succede?"

Il cosmo di Light mutò diventando oscuro come la notte, e anche il suo volto mutò in un ghigno di rabbia e di furore, che rivolse verso il suo avversario. Zaffira, nuovamente a terra, sentì una massa oscura accanto a sé e si ritrasse di scatto, mentre Cardinal guardava l'insolita mutazione con stupore e timore.

"Il suo cosmo sta cambiando. Che gli sta succedendo?"

Light aprì la mano, da cui uscì un globo d'oscurità, che rapidissimo colpì Cardinal sbattendolo contro la porta che si distrusse e atterrò formando un buco nel terreno. Light avanzava lento ma sicuro verso di lui, mentre il cavaliere d'oro per la prima volta in vita sua venne preso dalla paura.

"Come può accadere una cosa simile? Non sono riuscito nemmeno a vedere il suo colpo, eppure non ha nemmeno... ma cosa..."

Dietro a Light comparve una corazza lucente, fatta con quattro braccia e con un elmo con due facce.

"Quella è un'armatura d'oro."

Cardinal non capiva e la paura minacciava di prenderlo totalmente.

"Qualunque cosa stia succedendo non mi farò battere da uno come te. Piranha Rose."

Light mise le mani aperte davanti a sé e le rose nere sparirono nel nulla, risucchiate da un vuoto nero che dalle sue mani si espandeva sempre di più.

"Ma cosa sta succedendo? Come può fermare le mie rose?"

"Sparisci per sempre da questo mondo, traditore d'Atena. Another Dimension!"

Lo spazio si deformò attorno a Light, formando un mondo oscuro fatto di tante stelle e pianeti che si perdevano nell'infinito spazio da cui non c'era uscita. Risucchiava dentro di sé ogni cosa al suo passaggio facendo sprofondare pareti, pavimento e Cardinal, che non poté opporsi a tale forza e sparì per sempre nella dimensione oscura.

"Noooooooooooo!" urlò Cardinal prima di scomparire nello spazio che subito dopo si richiuse.

Light urlò e l'aura oscura si espanse spaccando il terreno, preso da una voglia di distruzione senza pari, finché un tocco delicato non lo riportò alla realtà.

Zaffira piangeva e lo abbracciava.

"Fermati Light! Non farti prendere dall'odio."

Una luce dorata si propagò da Zaffira avvolgendo il giovane. L'oscurità scomparve in lui e tornò come prima. Si accasciò a terra stremato. Vide però Zaffira accanto a sé che sorrideva con il suo viso solare e lo guardava con gli occhi limpidi pieni di vita. Le forze gli tornarono subito e si rialzò.

"Zaffira!"

L'abbracciò ma subito gli venne in mente del suo avversario e si guardò attorno notando che mancava parte del pavimento e delle pareti.

"Ma cos'è successo? Dove è finito Cardinal?"

"Non c'è più. Adesso dobbiamo andarcene."

Zaffira lo prese per mano e lui avrebbe voluto farsi guidare sempre da lei, ma gli vennero in mente le parole di Cardinal.

"Ma i miei amici..."

"Questo posto sarà presto avvolto dall'oscurità. Dobbiamo andarcene prima che succeda."

"Aspetta Zaffira. Non posso abbandonare i miei amici e..."

Il cielo si oscurò e scariche di fulmini neri si abbatterono in tutta Palestra, mentre un terremoto scosse la terra e strani tentacoli oscuri si propagarono ovunque prendendo tra le loro spire tutti gli edifici.

"Che sta succedendo?"

"Ouranòs. Questo posto diventerà un inferno."

"Se è così non posso andarmene. Devo salvare i miei amici e combattere con loro."

"Così morirai."

"Lo sai che il dovere di un cavaliere è difendere la pace sulla Terra, non posso esimermi da questo compito, anche dovesse costarmi la vita."

La determinazione ardeva negli occhi di Light e Zaffira nonostante tutto sorrise con quel suo modo semplice e genuino che la rendeva unica. Tornò però subito seria.

"Ouranòs non vuole ucciderli. Non subito almeno. Se rimani qui verrai preso anche tu. Verrà qua con il suo esercito, non hai possibilità contro tutti loro."

"Eppure qualcosa devo fare."

"Lui li porterà tutti alla torre nera vicino al Santuario."

"Ma a che scopo?"

"Vuole assorbire la loro energia per distruggere la Terra."

"Devo..."

"Ascolta, questa carrozza è programmata per portarmi alla torre nera."

"Quindi mi stai dicendo che se vengo con te avrò l'occasione di salvare i miei amici prima che vengano uccisi. È così?"

Lei sorrise di rimando. Riusciva a percepire i pensieri dell'altro ancor prima di formularli. Compresero d'avere un legame eccezionale.

"D'accordo Zaffira, ma tu rimani..."

"Non saprei dove andare. Voglio aiutarti."

"Va bene, andiamo allora. Ti proteggerò io."

Corsero alla carrozza e come salirono i cavalli si librarono nel cielo superando la cappa d'oscurità che avvolgeva ora Palestra, togliendole per sempre la luce del sole e portando le tenebre in un luogo che era stato sempre di luce.

Scontro di ideali

Lionet si risvegliò in una buia prigione. L'unica luce era quella di una torcia proveniente da fuori, dove vide un lungo corridoio scavato nella roccia. Aveva un gran mal di testa e toccandosela si accorse che gli usciva sangue. Ripensò un momento a quanto gli era successo, ma rammentava davvero ben poco. Dopo il combattimento con Light si era ritrovato in infermeria, dove era rimasto incosciente per parecchio tempo. Si era risvegliato solo il giorno seguente, ma solo per poco. Aveva sentito le voci dei suoi amici e si era ricordato dell'incontro tra Cristalia e El Shadai a cui avrebbe voluto assistere. Era però ripiombato nell'oscurità finché una strana sensazione non l'aveva preso ed aveva così riaperto gli occhi. Sentiva come una grande oscurità propagarsi e in quel mentre tutte le luci si erano spente e aveva avvertito il cosmo oscuro di molte persone insinuarsi dentro Palestra. Aveva sentito grida, urla, lamenti di dolore, esplosioni e molto altro. Così si era fatto forza per tirarsi su, ma erano apparsi degli uomini giganteschi, alti più di due metri, con una corazza nera indosso che l'avevano colpito. Aveva cercato di difendersi ma erano in troppi e lui troppo debole, così era ripiombato nell'incoscienza.

Ora rammentava tutto, come che quei tizi dovevano essere al servizio di qualche divinità malvagia, e subito gli ritornò in mente la storia sentita da Light riguardo Ouranòs.

D'improvviso si accorse di essere osservato e sentì una presenza dietro di lui. Si girò di scatto alzandosi in piedi e vide una ragazza alta e piuttosto robusta, con lunghi capelli castani chiari e occhi verdi. Era vestita con pochi stracci rovinati e aveva diverse fasciature in tutto il corpo massiccio, da cui spiccavano due seni abbondanti, e anche i pantaloni chiari erano stracciati in più punti. Il viso ancora pieno era però percorso da numerosi graffi e ferite, ma non perdeva la determinazione che spiccava dal suo sguardo intenso e acuto.

"Chi sei?" chiese Lionet.

"Sono Sheratan del Montone Bianco, e tu, cavaliere?"

"Non sono ancora cavaliere ma lo diventerò. Mi chiamo Lionet e sono della costellazione del Leone."

"Un cavaliere d'oro, dunque. Allora siamo simili noi due."

"Che vuoi dire? Aspetta, ma con Montone Bianco intendi..."

"L'ariete d'oro!"

Un alone verde si propagò intorno alla ragazza, che il giovane comprese subito avesse un cosmo molto vasto.

"Allora sei un..."

"Come te aspiravo al titolo di cavaliere d'oro, ma non sono potuta diventare tale perché gli uomini di Ouranòs mi hanno catturata. Così ora sono qui come te in questa cella ad aspettare il momento in cui si serviranno del mio cosmo per i loro diabolici piani."

La ragazza si sedette in un angolo che doveva essere il suo posto preferito.

"Un momento! Che vuoi dire? Cos'hanno in mente quei maledetti?"

Sheratan sembrava assente, così il giovane gli pose le domande con maggior foga.

"Adesso calmati e siediti, così ti spiego."

"Non mi calmo affatto! Si può sapere cosa sta succedendo e dove ci troviamo?"

"Siamo in una prigione di Ouranòs."

"Questo l'avevo capito anch'io, ma dove? E cosa vogliono farci?"

La ragazza sbuffando si alzò di scatto e d'istinto Lionet fece un passo indietro.

"Siamo nella torre oscura vicino al Santuario. Ouranòs vuole usare il cosmo di tutti noi cavalieri e di Atena per portare la vita sul suo pianeta Urano a discapito della Terra. Gli unici che possono fermarlo sono i cavalieri d'Atena, ma quasi tutti sono rinchiusi qui e quei pochi restanti si sono uniti a lui."

"Cosa? Stai dicendo un sacco d'assurdità. Non credo a una parola di quel che hai detto. La tua storia è assurda, inoltre nessun cavaliere d'Atena tradirebbe mai..."

"Ne sei sicuro? Eppure a quanto ne so in tutte le scuole c'erano più traditori infiltrati nel mezzo."

"Sono tutte menzogne."

"Da che scuola provieni?"

"Io mi sono allenato a Palestra..."

"Il cui rettore si chiama Cardinal?"

"Sì, ma che..."

"Lui è un cavaliere d'oro che si è venduto a Ouranòs."

"Cosa? Non ci credo, non può essere."

"Eppure è così."

"Come puoi dirlo?"

"Perché è stato lui a catturarmi."

"Cosa?"

"Io al contrario tuo mi sono allenata per conto mio sotto la guida di un anziano maestro. Nubi oscure si affacciavano sul mondo, così mi sono recata al Santuario per reclamare l'armatura e allo stesso tempo capire cosa stesse succedendo. Non fu difficile capire come stavano le cose e l'origine del male che minacciava il mondo. Così mi sono rivolta ai cavalieri d'oro, anzi ad uno, Cardinal. Questi però mi ha venduto al suo signore Ouranòs, dicendo che seguiva sempre il più forte e che avrebbe creato un mondo migliore di questo. Così eccomi qui."

Lionet era incerto ma dai suoi occhi limpidi sembrava sincera.

"Ammettiamo che ti creda. Perché allora non sei uscita da qui? Le sbarre non..."

Il cosmo brillò intorno a Sheratan e un raggio d'energia verde si diresse rapido contro le sbarre che l'assorbirono e non subirono danno.

"Com'è possibile?"

"Sono create appositamente per noi Saint. Assorbono il cosmo e limitano i poteri."

"Maledizione, ma non mi arrenderò mai."

Lionet prese a colpire le sbarre ripetutamente con pugni e calci, ma il risultato fu sempre lo stesso.

"Al tuo posto non mi scalderei tanto. Così non si ottiene niente se non l'ira delle guardie, e ti assicuro non è piacevole."

Sheretan fece vedere le numerose ferite che ricoprivano il suo corpo.

"Ti hanno fatto questo?"

"Diciamo che non sono molto simpatica al prossimo."

"Su questo sono d'accordo."

"Ora che ci sei tu però sarà diverso."

"Che vuoi dire?"

"Lascia fare a me."

Sheratan lanciò dal suo dito un raggio verde che colpì Lionet facendolo sparire, per poi chiamare immediatamente le guardie.

"Che hai da strillare tanto?"

Comparvero due tizi giganteschi e dall'aria poco raccomandabile.

"Vi siete fatti scappare un prigioniero. Guardate!"

"Cosa?"

"Dov'è finito il nuovo arrivato?"

"Ve l'ho detto, è scappato."

I due si guardarono perplessi e decisero d'entrare per controllare.

"Tu mettiti contro le sbarre e non ti muovere."

Sheratan obbedì e uno dei due le puntò un bastone di metallo da cui uscivano scariche elettriche, mentre l'altro guardava la gabbia in ogni angolo senza trovare niente.

"Maledizione è ver..."

Non finì la frase che un pugno infuocato lo prese in testa mettendolo al tappeto. L'altro fece per colpire il giovane, comparso come dal nulla, ma sentì una stretta invisibile che lo prendeva per poi sbatterlo contro la parete. Anch'egli perse i sensi e i due giovani poterono fuggire.

"Accidenti, se conoscevi simili trucchi perché non sei fuggita prima?"

"Perché le cose vanno fatte al momento giusto. Da sola non avrei potuto fare molto, ma ora che ci sei tu e molti altri le cose cambiano."

"Ci sono anche gli altri qui?"

"Ho sentito che l'intera scuola è stata catturata."

"Cosa?"

"Seguimi."

Passarono per diversi corridoi.

In due di questi incrociarono delle guardie ma non li notarono.

Sheratan li faceva apparire come parte del muro, così le guardie procedevano senza vederli, ma presto si sarebbero accorti della loro fuga. Arrivarono in un lungo corridoio pieno di prigioni, in cui c'erano una cinquantina di quegli uomini giganteschi che portavano via dei ragazzi trascinandoli giù per delle scale.

"Andiamo..."

"No, fermo."

"Dobbiamo aiutarli."

"Sono in troppi e darebbero subito l'allarme."

"Ma bisogna fare qualcosa."

"Guarda là."

L'ultimo gruppo di guardie composto da cinque individui portava via due persone, che Lionet riconobbe come i suoi amici, che opponevano molta resistenza.

"Quelli sono i miei amici El Shadai e Cristalia. Devo aiutarli."

"No, così ci..."

"Tu fai come credi, ma io non me ne starò fermo a vedere i miei amici che vengono portati a morte senza fare niente. Che cavaliere d'Atena sarei se lo facessi?"

Detto questo Lionet si scagliò contro i nemici malgrado Sheratan gli urlasse di non farlo. Ormai però aveva deciso e li colpì con una serie di palle di fuoco che li stesero uno dietro l'altro.

"Lionet!"

"Ragazzi, sono qui per liberarvi."

"Dobbiamo salvare gli altri" disse El Shadai.

"Prima dobbiamo pensare a quelli" disse Cristalia indicando le altre guardie che stavano prontamente sopraggiungendo.

"Adesso le sistemo io. Raffica infuocata."

Le guardie avevano dei grossi scudi con i quali pararono le palle di fuoco, anche se alcune passarono buttando giù tre di loro. Non servirono però contro il taglio impetuoso di El Shadai, il cui braccio destro tagliava più di una spada affilata e tagliò in due scudo e guardia. Le altre colpirono con bastoni ma il terreno sotto di loro divenne ghiaccio facendone cadere la maggior parte.

"Spostatevi" gridò Sheratan e loro si buttarono ai lati dandole spazio. "Non avrei voluto ricorrere a questo ma non c'è altra scelta. Stardust Revolution!"

Dal soffitto sopra i soldati comparvero quelle che sembravano delle gigantesche meteoriti, che in un attimo si scagliarono contro di loro travolgendoli e riducendoli in cenere in pochi istanti.

I tre amici guardarono la ragazza con stupore e ammirazione.

"Accidenti! Mai visto niente di simile" disse Lionet.

"È dei nostri, vero?" chiese El Shadai.

"Sì, sono anch'io cavaliere d'Atena."

Sheratan si presentò dicendo che non c'era tempo da perdere e che li avrebbe aiutata a fuggire da lì.

"Ma dobbiamo prima salvare i nostri compagni."

"Lioent ha ragione, non possiamo abbandonarli."

"Allora seguitemi."

Li portò sempre più in basso tra infiniti corridoi sempre uguali, ma le guardie li avevano ormai notati e l'allarme giunse immediato, scatenando un inseguimento a tutto spiano.

I quattro giovani correvano ma non era facile seminare tutte le guardie. Riuscirono ad aggirarle più volte grazie a Sheratan, ma quando raggiunsero il fondo della torre fu impossibile non essere notati. Era uno spiazzo enorme circondato da strani macchinari e dove spiccava quello che sembrava un enorme rampicante con dei lunghi tentacoli neri. Attaccati ad essi, dentro delle bolle di cristallo con del liquido dentro, c'erano migliaia di persone. Riconobbero tutti i loro compagni di scuola e ne videro anche molti altri che dovevano appartenere ad altri istituti. Avvertivano infatti in ognuno il cosmo, anche se molto debole e in alcuni appena percettibile.

Tra i tanti videro anche una figura massiccia che si distingueva dalle altre: il maestro Tauriel. Aveva una brutta ferita in petto e oltre il liquido aveva anche numerosi tubi intorno ad essa, che probabilmente rendevano stabili le sue condizioni.

Ai piedi del rampicante c'erano una dozzina tra uomini e donne vestiti in camice bianco e una ventina di guardie giganti che guardavano in ogni direzione messi in allerta dall'allarme. Videro subito i quattro giovani che dal canto loro non fecero niente per nascondere la loro presenza e si scagliarono contro le guardie. Al primo attacco le stesero tutte mentre diversi di quelli in camice bianco fuggirono o schiacciarono dei pulsanti, probabilmente per dare l'allarme lì.

"Liberiamo i nostri amici" gridò Lionet.

Lui, El Shadai e Cristalia si lanciarono in avanti, mentre Sheratan avvertendo un pericolo si ritrasse all'ultimo e questo la salvò. Gli altri si accorsero ad un certo punto di non potersi muovere e avvertirono una potente energia provenire da una persona in camice bianco. Sprigionava un alone rosso scarlatto che si propagava in tutto lo spiazzo.

"A quanto pare voi, stanchi d'aspettare il vostro turno, avete voluto affrettare i tempi e venire direttamente qui. Bene, sarete accontentati e vi unirete agli altri."

"Chi sei?" gridò Lionet.

Comparve una donna alta e slanciata, con lunghi capelli rossi lisci, occhi verde chiaro, viso affilato ma ben fatto e forme non enormi ma ben fatte. Il camice scomparve per lasciar spazio a una corazza lucente e magnifica con una grossa protezione nel petto e nelle spalle da dove spuntavano due aculei. Ogni parte del suo corpo era avvolta dalla splendida armatura luminosa, mentre un bianco mantello svolazzava mosso dal suo cosmo carico di aggressività. Era bella e terrificante, ma soprattutto indossava un'armatura d'oro.

"Sono Salassa dello Scorpione, cavaliere d'oro."

"Come può un cavaliere d'oro stare dalla parte dei nemici?"

Lionet ribolliva di rabbia, ma anche gli altri più controllati non riuscivano a nasconderla. Lei però non era intenzionata a liberarli dalla presa ferrea in cui li teneva, ma una serie di meteoriti infuocati comparse sopra di lei e la costrinse a muoversi rapida mollando i giovani.

"Stardust Revolution!"

"Tu sei tra i soggetti speciali. Sheratan dell'Ariete."

"Esatto, ed ora che sono libera fermerò i vostri piani criminali."

Salassa rise.

"Hai delle buone capacità, ma come tutti i tuoi amici difetti di alcune cose fondamentali."

"Anche se non siamo ancora Saint e non abbiamo un'armatura ti combatteremo ugualmente" disse Lionet risoluto.

"Non ci fai paura" disse El Shadai.

"Noi siamo cavalieri d'Atena e non ci tiriamo mai indietro."

"E tu che hai da dire?"

"Non mi sono ancora integrata col gruppo, ma non posso che ribadire le loro stesse opinioni."

"Pensavo fossi più saggia, invece avete tutti fretta di morire."

"Non ci hai ancora sconfitti. Raffica infuocata."

"Sei ridicolo."

Salassa ignorò totalmente il colpo del ragazzo passandoci quasi in mezzo e colpendolo con un dito, la cui unghia si allungava di pochi centimetri ed era circondata di rosso.

"Scarlet Needle."

Lionet si accasciò a terra in preda al dolore senza però potersi muovere.

"Lionet!" gridarono gli altri.

"Cosa gli hai fatto?" chiese El Shadai.

"È la puntura dello scorpione. Causa la paralisi del corpo e terribili sofferenze. Sprofonderà in un dolore terribile che lo farà impazzire e pregherà che la morte lo raggiunga."

"Maledetta. Taglio impetuoso."

El Shadai mosse rapido il braccio destro causando uno spaccamento nella terra davanti a sé, ma Salassa in un attimo era dietro di lui. Non riuscì però a colpirlo che una serie di cerchi di ghiaccio si formarono tutti intorno a lei.

"Cerchio di ghiaccio. Ora El Shadai, colpiscila!" gridò Cristalia.

Il giovane non se lo fece ripetere e si scagliò contro la donna, che nonostante tutto rideva divertita. Le bastò muovere il mantello per dissolvere il ghiaccio e mandare a vuoto il colpo di El Shadai con il taglio della mano.

Un attimo dopo una serie di meteoriti si scagliò su di lei facendo esplodere il terreno intorno alla sua figura.

"L'hai sconfitta" disse Cristalia.

"Purtroppo no. Guarda!"

La videro più in là che aveva preso El Shadai e lo teneva con un braccio intorno al suo collo.

"Maledetta. Lascialo!" gridò Cristalia.

"D'accordo."

Lo colpì al collo con un dito e il giovane si accasciò a terra in preda al dolore come Lionet che, poco distante, aveva gli occhi sbarrati e non riusciva a muovere un muscolo.

"Com'è riuscita ad evitare il tuo attacco?" chiese Cristalia.

"Purtroppo è un livello superiore al nostro" rispose Sheratan.

"Comunque dobbiamo batterla."

"Non potete battermi!"

"Questo è da vedere."

Cristalia muoveva rapida le braccia davanti a sé mentre il suo cosmo azzurro aumentava d'intensità.

"Ti aiuterò anch'io" disse Sheratan, che venne circondata un cosmo verde luccicante.

"Che siate in due o in mille il risultato non cambierà. Vi mancano almeno tre elementi per potervi misurare alla pari con me."

"Tre elementi?"

"Proprio così. In primo luogo siete sprovvisti di un'armatura d'oro. Secondo, non possedete ciò che fa dei cavalieri d'oro i più forti guerrieri che ci siano sulla Terra: il settimo senso!"

"Settimo senso? Ma ci sono solo cinque sensi."

"Il sesto è l'intuizione" disse Sheratan.

"Ma ne esiste anche uno superiore?"

"Ebbene sì. Me ne ha parlato il mio maestro come del cosmo ultimo di un cavaliere. È la forza infinita che alberga dentro di noi e che può rendere possibile ogni cosa. Il settimo senso è l'essenza stessa del cosmo."

"Proprio così, ma voi non lo possedete. Avete del talento e possedete dei colpi potenti, ma non superano la velocità del suono. Potrete battere cavalieri di bronzo e magari d'argento, ma siete nulla confronto a chi ha fatto proprio il settimo senso, che è il cosmo ultimo."

"Anche se le cose stanno così non mi arrenderò mai."

Il cosmo di Cristalia brillava come non mai e la sua determinazione la sosteneva mentre scagliava i dardi di cristallo, che passarono attraverso l'avversaria che fulminea era già accanto a lei. Sheratan lanciò una serie di raggi di luce che Salassa evitò con facilità. Cristalia espanse il suo cosmo creando una bolla di ghiaccio e la sua avversaria balzò indietro con un agile salto.

"Dovresti averlo capito che non puoi battermi. Noi cavalieri d'oro ci muoviamo alla velocità della luce. Per quanto ti sforzi non sarai mai al mio livello."

"Purtroppo ha ragione" disse Sheratan.

"Non importa. Non voglio arrendermi. Prima o poi la colpirò."

"Allora prova a colpirmi. Non schiverò il tuo attacco. Avanti!"

Cristalia intuì che era una trappola, ma non poteva fare altro che attaccare.

"Ti sconfiggerò. Diamond Dust."

Salassa mise le braccia davanti e assorbì l'attacco, che la fece solo lievemente indietreggiare.

"Stupida, sei caduta nella mia trappola."

Respinse con facilità l'energia di Cristalia scagliandogliela contro. La ragazza venne scagliata in alto dalla sua stessa energia, per poi ricadere sul terreno formando un buco. Aveva il corpo congelato e si accorse d'avere anche una puntura all'altezza del petto. Eppure non si era nemmeno accorta di essere stata colpita e comprese che le parole di quella donna erano vere: i cavalieri d'oro erano i più forti.

"Rimani solo tu. Confido che ti arrenderai senza fare storie. Ogni resistenza sarebbe inutile."

"Per quanto sembri impossibile un vero cavaliere d'Atena non può indietreggiare mai. Nel poco tempo che sono stata con gli altri ho capito il valore di essere un Saint. Non mi arrenderò!"

Il cosmo di Sheratan risplendeva e il suo sguardo non dava segni di cedimento.

"Come preferisci. Ti paralizzerò per poi finirti. Onde dello Scorpione!"

Dei cerchi rossi si propagarono dalla fronte di Salassa fino a Sheratan, ma questa non ne venne presa e dopo poco si dissolsero.

"Come può essere?"

"Non riuscirai a battermi facilmente."

"Ridicolo."

Salassa corse rapida contro di lei ma qualcosa la respinse. Fu allora che vide un muro di cristallo trasparente davanti a Sheratan, che sembrava una barriera impenetrabile che non permetteva a niente e nessuno di avvicinarsi.

"Hai una barriera protettiva a quanto pare."

"Questo è il Crystal Wall. Mi difende e respinge qualsiasi attacco. La tua straordinaria velocità non ti sarà d'alcun aiuto."

"Una simile tecnica non la potrai mantenere a lungo."

"Al contrario il Crystal Wall perdura finché rimango concentrata."

"Interessante."

"Come avrai capito non puoi superarlo."

"Le difese di chiunque sono superabili. Soprattutto per chi come me ha una grande virtù d'attacco. Scarlet Needle!"

Dal dito di Salassa partì un raggio rosso sottile che penetrò la barriera di Sheratan, che si sbriciolò come vetro, e prese la ragazza al petto scaraventandola a terra.

"Sciocca. Pensavi davvero che una tecnica del genere bastasse a salvarti da un cavaliere d'oro?"

"Dovevo... tentare..."

"È vero, non ti rimaneva altra scelta. Almeno con voi è stato divertente. Adesso avrete il vostro posto nel marchingegno che permetterà a Urano di risorgere."

"Non credere che sia così facile batterci" disse Lionet.

"Sei ancora cosciente?"

"Cosa credevi, che bastasse così poco?"

Lionet era avvolto da un cosmo fiammeggiante che lo fece risollevare malgrado il dolore e la debolezza che sentiva dopo il colpo ricevuto.

"Si dice che alcuni siano più resistenti al veleno rispetto ad altri. Devi essere uno di quelli, ma sappi che di punture te ne posso infliggere fino a quindici, quante sono le stelle della mia costellazione."

"Fallo, allora. Non ti temo."

"Parli con ardore quando sei solo un dilettante."

"Ti farò vedere di cosa sono capace."

Il corpo di Lionet venne avvolto dalle fiamme e si scagliò con tutta la forza contro di lei.

"Bomba infuocata!"

Salassa schivò il colpo con un agile salto, mentre il giovane sentì mancargli le forze e ricadde a terra.

"Bomba infuocata. Un colpo potente, almeno per il nome, perché in quanto al resto difetta parecchio. Magari contro cavalieri di bronzo potrà anche funzionare, ma se eri distratto prima dicevo ai tuoi amici che noi cavalieri d'oro ci muoviamo alla velocità della luce."

"Non sono sordo. Ho udito le tue parole."

Lionet si rialzò in piedi avvolto da un cosmo fiammeggiante. Malgrado il dolore per la puntura e l'evidente divario di forze non aveva intenzione di cedere.

"È davvero ammirevole la forza d'animo di questi giovani. Mi chiedo perché sprechino le loro capacità per servire una causa sbagliata."

"Sei pronta a ricevere il mio prossimo attacco?"

"Ricevere, dici? Non ne avrò bisogno perché non arriverà mai a segno un tuo colpo."

"Ti sbagli! Questa volta ti colpirò."

"Cosa ti dà tanta sicurezza? Non vedi in che condizioni versi e che sei solo un apprendista senza nemmeno un'armatura?"

"Ne sono consapevole, ma devo farcela ad ogni costo. Perché ho delle persone da salvare e amici da proteggere, e perché sono cavaliere d'Atena!"

"Se sono solo parole le tue, non sostenute dai fatti, hai già perso."

"Invece... io vincerò!"

Il cosmo di Lionet aumentò d'intensità e assunse la forma di un leone infuocato.

"Quello è un leone, il simbolo della sua costellazione. Che stia acquistando il settimo senso?" pensò Salassa.

"Ruggito del leone furente!"

Dal pugno di Lionet partì una serie di palle di fuoco, e poi corse verso di lei avvolto completamente dalle fiamme.

"Ridicolo! È uguale al colpo di prima... ma che succede? Le sfere infuocate si riuniscono in una sola più grande, che assume la forma di un leone."

Salassa saltò in alto giusto all'ultimo e la scia infuocata per un attimo l'avvolse. Roteò su se stessa più volte per poi atterrare senza problemi mentre Lionet era in piedi con il pugno teso girato nell'altra direzione, ma rapido si voltò. Anche se provato oltre ogni limite non aveva uno sguardo di chi è rassegnato, ma sembrava proprio quello di un leone feroce.

"Incredibile! Il suo colpo è riuscito a sfiorarmi. Eppure non indossa nemmeno un'armatura. Come può essere riuscito a tanto?"

"Maledizione, l'ho mancata."

"Non hai da dolerti, cavaliere. Sei riuscito a sfiorarmi. Non so se sia stato un caso o perché hai acquisito, anche solo per un attimo, il settimo senso, ma sei stato il primo a riuscirci. Ti faccio i miei complimenti."

"Io invece sono deluso. La mia intenzione era colpirti."

Salassa alzò il dito e da esso partì un raggio rosso sottile che Lionet non riuscì nemmeno a vedere e lo prese al torace sbattendolo a terra. Salassa si avvicinò tranquilla, ma un terremoto scosse l'intera torre. Da sopra si sentivano grida ed esplosioni e a pensarci era strano che nessuna guardia fosse ancora accorsa lì. Poco male, pensò.

"Sembra che ci sia qualcun altro oltre a voi a non essere contento d'aspettare. Si vede che i giovani sono tutti impazienti, ma io vi accontenterò."

"Non hai ancora vinto!"

Lionet stringeva i denti e cercava di far forza con le gambe per rialzarsi.

"Ti conviene restare a terra se non vuoi soffrire ulteriormente. Presto verrà anche un altro tuo amico. Percepisco uno strano e potente cosmo nei piani alti."

"Un altro amico? Sì, deve essere Light. A questo punto non posso proprio perdere."

Sostenuto dal suo cosmo fiammeggiante si rialzò nuovamente anche se stava in piedi a fatica.

"Dimmi, perché vuoi continuare a soffrire?"

"Se fossi cavaliere d'Atena lo sapresti il perché."

"I cavalieri d'Atena devono difendere la pace sulla Terra, ma ti sembra un mondo degno di essere salvato questo in cui stiamo?"

"Che vuoi dire?"

"Anche se sei giovane dovresti sapere come va il mondo. Dovunque dilaga l'ingiustizia e si susseguono le guerre. L'odio che queste generano porta gli uomini alla follia e li spinge a combattersi l'un l'altro. Atena dice di essere giusta, ma cosa c'è di giusto nel mondo che governa? I cavalieri si battono da secoli contro le altre divinità ma per cosa? È cambiato mai qualcosa dai tempi del mito? L'ingiustizia, l'odio e la disuguaglianza sono sempre più forti. Io non voglio un mondo così dove crescere figli. Preferisco adoperarmi con Ouranòs affinché possa nascere un mondo nuovo e migliore."

"Quel che dici non ha senso. Ouranòs vuol creare un suo mondo a discapito di questo, mandando a morte milioni di persone. Ti sembra giusto questo?"

"È un sacrificio necessario affinché nasca un mondo migliore. Quasi tutte le persone sono corrotte e si sono macchiate le mani di sangue. Non meritano di essere salvate."

"Ci sono anche tante persone innocenti che non hanno mai fatto del male a nessuno. Persone che vogliono vivere in pace e armonia. A loro non ci pensi?"

"È impossibile vivere in pace in un mondo come questo. Anche io l'avrei voluto, ma ho compreso che così com'è il mondo attuale potrà portare solo infelicità. Tu e gli altri avete delle grandi capacità, perché non le usate per servire Ouranòs e creare un mondo nuovo e migliore come faccio io?"

"Non ci penso nemmeno. Ouranòs è un assassino ed io non voglio esserne complice. Preferisco morire piuttosto che vivere sapendo di non aver fatto del mio meglio per fermarlo."

Le parole di Lionet dettero nuovo vigore anche agli altri, che sostenuti dal loro cosmo si rialzarono.

"Riuscite a muovervi ancora tutti quanti pur non avendo nemmeno un'armatura?"

"Questa è la forza che ci sostiene" rispose Cristalia.

"Noi non ci arrendiamo facilmente" disse El Shadai.

"I cavalieri d'Atena combattono fino all'ultimo" disse Sheratan.

"Noi abbiamo persone da proteggere e siamo sostenuti dagli ideali di pace, amore e amicizia che ci danno la forza di superare qualsiasi difficoltà. Anche se hai un grande potere noi non ci tireremo indietro. Siamo pronti a qualsiasi sfida."

Salassa rimase colpita dalle sue parole sostenute con tanta fermezza.

"È eccezionale la fede di questi giovani. Mi ricorda molto quella che avevo io alla loro età. Peccato che loro non abbiano ancora aperto gli occhi al mondo reale, mentre io l'ho dovuto fare nel modo peggiore."

L'aura rossa scarlatta di Salassa aumentò d'intensità avvolgendo l'intera struttura e facendo tremare la terra, mentre pezzi di roccia volavano dovunque.

"Davvero siete così sciocchi da non capire come sia il mondo reale? Ebbene, ve lo farò conoscere nel modo peggiore. Ora farò sul serio con voi. Anche se siete di livello inferiore e senza armatura non avrò nessun riguardo."

"Noi non ne vogliamo" rispose Lionet.

"Se non combatti al massimo che gusto c'è" disse El Shadai.

Erano tutti e quattro intorno a Salassa sorretti dal loro cosmo. C'era un'energia rossa, una verde, una azzurra e una gialla, ma neanche tutte insieme erano ampie come quella scarlatta di Salassa.

"Raffica infuocata."

"Diamond Dust."

"Taglio impetuoso."

"Stardust Revolution."

"Vi farò a pezzi. Scarlet Needle."

Nessuno dei colpi dei ragazzi andò a segno e si ritrovarono a terra con un'altra puntura in corpo.

"Maledizione..."

Lionet fece per muovere una mano, ma Salassa gliela schiacciò con un piede facendolo urlare.

"Se ti piace vivere soffrendo ti accontenterò."

"Non temo il dolore. Ma non voglio... che altri soffrano."

"Stupido! Non ti rendi conto che ostacolare Ouranòs equivale ad arrecare ulteriore sofferenza all'umanità?"

"Ti sbagli! Noi combattiamo proprio per portare gioia alle persone."

Salassa lo prese per il collo e lo sollevò di peso.

"Il mondo non cambierà mai. L'unica è distruggere tutto perché ne possa nascere uno migliore."

"E cosa ti fa credere che uno governato da Ouranòs sia meglio?"

"Perché lui è un dio ben superiore e lungimirante di Atena. Lei dov'era quando avevo bisogno di lei? No, l'unico è Ouranòs che possa riuscire a creare un mondo migliore. Io sarò a vegliare che la cosa si concretizzi."

"E se scoprissi che il tuo dio ti ha ingannato?"

"In quel caso lo ucciderei come ora sto per fare con te."

"Non ho paura."

"Parli così perché non hai sofferto abbastanza nella vita."

Lo colpì al corpo con il dito facendoglielo penetrare in profondità. Lui urlò dal dolore che sembrava interminabile, ma poi lei lo ritrasse.

"Quello che hai appena provato è niente."

A Salassa vennero in mente terribili immagini del suo passato. Vedeva lei disperata che piangeva sul corpo di una persona, mentre la disperazione la prendeva facendola impazzire. Lasciò Lionet e si ritrasse cercando di tornare al presente. Qualcosa negli occhi di quel giovane le aveva ricordato una persona che ora non c'era più.

"Se devi uccidermi fallo..."

"Diventerete tutti energia per il mio signore."

Alzò un braccio e dei tentacoli neri si allungarono verso di loro prendendoli e alzandoli.

"Prima di morire volevo chiederti una cosa" disse Lionet.

I tentacoli si fermarono.

"Parla!"

"Sei tu che anni fa hai ucciso un uomo di nome Neglos? Un cavaliere d'argento?"

"No, non l'ho mai conosciuto. Non mi abbasso con avversari così deboli."

"Guarda che stai parlando con suo figlio."

"Buon sangue non mente."

Mosse il braccio e i tentacoli si mossero, ma di colpo vennero tagliati di netto e i quattro giovani si ritrovarono per terra. Cercarono d'alzare lo sguardo percependo un potente cosmo avvicinarsi e lo stesso fece Salassa.

Videro tutti una giovane avvicinarsi sicura e ammantata da un cosmo nero come l'inchiostro come i suoi capelli e occhi di tenebra.

Era ammantata da un'armatura d'oro con le punte spigolose sia nelle spalliere che nelle braccia e gambe, mentre l'elmo aveva diverse punte acuminate di lato. La parte del torace era striata di strisce blu laterali e conferiva una magnificenza ancora superiore e inquietante all'oscura figura.

I ragazzi ne rimasero tutti impressionati anche perché la riconobbero: era Liliana.

L'oscura assassina

"Liliana!" gridarono tutti i quattro giovani.

"Come può essere? Indossi un'armatura d'oro."

"È semplice, Lionet. Io sono un cavaliere d'oro."

"Cosa?"

"Sono Liliana del Cancro."

"Ma allora perché?" chiesero tutti.

"È stato divertente fingermi un'allieva. Mi ha permesso di conoscere tante persone e soprattutto infiltrarmi nel covo nemico."

"Covo nemico!" dissero tutti.

"Ma allora anche tu..." disse Cristalia.

"Ci hai tradito" disse Lionet.

"Io non ho tradito nessuno. Sono sempre stata al servizio del mio signore Ouranòs."

"Come puoi indossare un'armatura d'oro pur essendo al suo servizio?"

"Pensavo aveste capito che Ouranòs è un dio molto più potente di Atena" disse Salassa.

"È un dio che per il suo egoismo vuole distruggere la vita sulla Terra. È compito dei cavalieri d'Atena combatterlo."

"Ho sentito che prima ponevi un quesito a Salassa. Io posso risponderti."

"Cosa sai di mio padre?"

"So che è morto tempo fa, ucciso da un guerriero molto più forte di lui. Quel guerriero sono io."

"Cosa?"

Lionet si risollevò del tutto e il cosmo rosso aumentava sempre più, come la sua furia, che ormai governava le sue azioni. Si scagliò con tutta la forza contro Liliana incurante di qualsiasi difesa: voleva solo distruggere.

"Ti ammazzo!"

Colpì con un pugno fiammeggiante, ma Liliana parò con un solo dito.

"Cosa? Sei riuscita a fermare il mio colpo con la sola forza di un dito?"

"Mi ricordi un insetto della laguna che non ha mai visto l'oceano. Stupefatto e inerme di fronte alla vastità di un potere che nemmeno capisce."

Liliana ruotò veloce il dito creando delle onde d'energia, che fecero ruotare Lionet sempre più velocemente per poi farlo volare a molti metri di distanza contro il muro, che si spaccò seppellendolo.

"Come un insetto sei stato schiacciato. Chi vuol essere il prossimo?"

"Maledetta!" urlarono gli altri.

"Non ti perdonerò mai."

Cristalia si rialzò e anche El Shadai, pronti per un nuovo attacco.

"Bene, allora sarete voi i prossimi a morire."

"Un momento!"

Salassa si mise davanti a lei.

"Come..."

"Anche se questa torre è sotto il tuo comando questi sono i miei avversari, le mie prede, e spetta solo a me finirli."

"Tu ci metti troppo con tutte quelle tue punture. A me basta un colpo per finirli."

"Sopra c'è parecchio trambusto. Perché non vai lì..."

"Quello non è più compito mio. Ordini superiori."

"Significa che..."

"Sì, a breve mio padre Ouranòs e mio fratello Albaldar saranno qui."

"Padre!" dissero tutti.

"Ouranòs è il mio patrigno, ma la mia tecnica l'ho imparata da mia madre Lilith sua sposa."

"A maggior ragione dobbiamo sconfiggerti" disse Sheratan anch'ella in piedi.

"Non perdiamo tempo. Devo sgomberare il campo per mio padre. Fatevi avanti."

"Ti sconfiggeremo."

El Shadai si lanciò contro di lei muovendo rapidissimo il braccio. Lei lo parò con facilità come se si fosse mosso al rallentatore. Per quanto facesse forza non riusciva a muoverlo e Liliana fece esplodere il suo cosmo, e il giovane volò contro i suoi amici che arrestarono la sua corsa.

"Non valete niente. Meglio non perdere altro tempo con voi. Vi finirò con uno dei miei colpi segreti."

Liliana congiunse le mani e l'oscurità da lei si propagò tutt'intorno. I giovani sentivano come delle voci che sembravano il richiamo dei morti, mentre quelle che sembravano anime vorticavano intorno a loro.

"Che sta succedendo?" chiese El Shadai.

"Non lo so, ma niente di buono" rispose Cristalia.

"È il richiamo dei morti. Ci stanno invitando all'oltretomba."

Era una sensazione orrenda e si accorsero di non riuscire a muoversi. Anche Salassa sudava e rimaneva in disparte stringendo i denti con forza.

"Che la forza dei vortici siderali sia con me, e così il possente turbinio dei mari. Uniti al cosmo di Liliana formate un'energia simile a quella delle stelle, capaci di attrarre a loro qualsiasi cosa per poi tramutarla in polvere."

Quelle che sembravano un'infinità di anime si riversavano sul palmo della mano di Liliana mentre il suo corpo, immerso nell'oscurità, li attirava a sé e non riuscivano ad opporsi.

"Ci manderà nel mondo dei morti" disse Sheratan.

"Dobbiamo fare qualcosa" disse Cristalia.

"Maledizione, non riesco a muovermi" disse El Shadai.

"La fine orrenda che vi avevo promesso è qui che vi attende. Che le vostre anime si separino dal corpo e raggiungano il luogo del non ritorno per soffrire in eterno."

"NO!" urlò Lionet riemergendo dalle macerie, avvolto in un cosmo fiammeggiante sempre più vasto.

"Sei ancora vivo? Ebbene non preoccuparti, raggiungerai anche tu i tuoi amici. Come loro ti aspetta una fine orrenda. La stessa di tutti coloro che si mettono contro mio padre Ouranòs."

"Ruggito infuocato del leone furioso."

"È tutto inutile, cavaliere. Sei impotente di fronte a un potere superiore a qualsiasi immaginazione. Onda infernale degli strati di spirito."

Dal dito di Liliana si propagarono delle onde bianche che sembravano formate dalle stesse anime dei morti. Il leone infuocato venne risucchiato da esse e scomparve, mentre il loro influsso si estendeva ai quattro ragazzi che sentivano come se una parte di sé gli fosse tolta per sempre. Urlarono e il terrore aumentò quando videro i loro corpi sotto di loro mentre quella che era l'anima veniva avvolta da aloni bianchi e trascinata via.

Cercavano d'opporre resistenza ma era inutile. Sentivano la voce dei morti ormai prossima e l'anima mandata in un mondo che non era più quello della vita. Liliana rideva mentre Salassa guardava i volti dei giovani stravolti dal dolore, ma anche la loro determinazione a non arrendersi. In quello, ora furente, di Lionet vide la determinazione a seguire la sua causa e la voglia di vivere anche in quel momento che venivano trascinati alla morte. Tutto ciò le ricordava il suo passato e lo sguardo di quel giovane era proprio uguale a colui che aveva amato sopra ogni altra cosa.

Ci fu un'esplosione di cosmi che spaccò la terra e parte dei tentacoli neri ricaddero a terra, mentre i macchinari si spaccavano e i quattro ragazzi sentirono nuovamente la vita in loro. Si guardarono intorno per poi farsi forza e alzarsi. Videro la distruzione che aveva preso quel luogo e parte dei tentacoli distrutti e diverse persone liberate e per terra inermi.

"Ma che cosa è successo?" si domandarono tutti.

Videro Liliana a terra che aveva un puntino rosso sulla schiena che brillava, e Salassa con il dito ancora proteso nella sua direzione.

"Sei stata tu a fare tutto questo?" chiese Cristalia.

Salassa annuì.

"Perché l'hai fatto?" chiese Lionet.

"Perché oggi mi sono ricordata di una cosa molto importante."

I ragazzi si guardarono perplessi senza capire.

"Devo vendicare mio padre e..."

"Non ora. Avrai altre occasioni. Le avrete tutti. Ora dovete andarvene da qui."

"Cosa? Non possiamo. Dobbiamo liberare i prigionieri..."

"Ci penserò io ai prigionieri. In quanto a Liliana avrai altre occasioni per batterti con lei. Prima dovrai recuperare l'armatura d'oro e voi lo stesso."

"Che vuoi dire?" chiese Cristalia.

"Ouranòs, temendo lo potessero ostacolare, ha sigillato le armature d'oro con il suo potere e ne concede l'utilizzo solo a chi gli giura fedeltà. Però voi, con la vostra forza d'animo, sono certa che saprete richiamare ciò che vi spetta di diritto. Perché voi siete veri cavalieri d'Atena, siete cavalieri d'oro."

"Cosa dobbiamo fare?" chiese Sheratan.

"Dovete raggiungere il tempio sotto il castello di Ouranòs dove sono sigillate le armature. Poi dovrete recuperare le cinque pietre bianche situate nelle armature dei cinque guardiani. Se riuscirete in questo potrete arrivare al ponte di luce che conduce al Nuovo Santuario."

"Nuovo Santuario?"

"Sì, Ouranòs ha distrutto il Santuario e creato uno nuovo. È molto diverso ed è formato da cinque case, non più dodici. Cinque come i satelliti principali di Urano, e sono presiedute dai cavalieri del Cielo Oscuro di primo livello. Essi prendono i nomi dai satelliti di Urano e indossano armature potenti come quelle d'oro."

"D'accordo, li sconfiggeremo" disse El Shadai.

"Mettetevi vicino ai tentacoli, vi porterò in cima alla torre dove potrete accedere ai nuclei."

"Perché fai tutto questo? Insomma fino ad un attimo fa ci combattevi a morte" chiese Lionet.

"Non ho cambiato le mie idee, se è questo che mi stai chiedendo. Però ho capito che finché al mondo ci sono persone come voi c'è speranza. Andate ora. Arrivati in cima andate al cerchio di luce che una persona ha aperto per voi."

Loro volevano chiedere di più ma i tentacoli in un lampo li portarono in alto come il più veloce degli ascensori, mentre sotto di loro un cosmo oscuro si ridestava.

Liliana furente era nuovamente in piedi e l'oscurità che era in lei aumentava d'intensità come la sua rabbia.

"Salassa, che significa tutto ciò? Ti rendi conto di quello che hai fatto?"

"Ho fatto la cosa giusta."

"Questo significa tradire Ouranòs nostro signore. Sai cosa spetta a chi si mette contro il suo volere?"

"Ne sono consapevole e sono pronta a pagare."

"Perché l'hai fatto? Hai solo allungato la loro agonia."

"Tu non potrai mai capire, ma sappi che per me la loro vita è molto importante."

"La loro o uno di essi?"

"Ha importanza?"

"In effetti no. Come traditrice sarai da me punita."

"Pensi di potermi battere? Lo sai cosa succede se due cavalieri d'oro si equivalgono?"

"Sì, la guerra dei mille giorni. Ma non ci sarà bisogno di tanto, perché io ora ti ucciderò all'istante."

"Al tuo posto non ne sarei tanto sicura. Onde dello Scorpione."

Le onde rosse si fermarono davanti a dei fuochi azzurri comparsi intorno a Liliana.

"Cosa sono?"

"Questi sono i fuochi fatui che mi proteggono dalle interferenze esterne come le tecniche di paralisi. Tu invece sei impotente di fronte al mio potere che deriva dall'oscurità. Sekishiki Kisouen, la Celeste fiamma demoniaca."

Un fuoco azzurro si propagò da Liliana e avvolse Salassa che sentì bruciare sia il suo corpo che la sua anima.

Urlò dal dolore che nemmeno l'armatura leniva e si piegò sulle ginocchia con il volto contratto in una posa terribile.

"Visto? Il mio potere è di gran lunga superiore al tuo. Ora ti manderò nel mondo dei morti così che tu possa ricongiungerti con le anime dannate che popolano quel luogo. Strati di spirito."

Salassa vide il suo corpo inginocchiato per terra, mentre la sua anima veniva trascinata via verso il luogo del non ritorno. Comprese l'orrore che avevano provato quei ragazzi e tutte le persone a cui era toccata quella terribile sorte. Urlò più volte, poi solo l'oscurità rimase intorno a lei.

Si ritrovò in uno strano luogo. Era un enorme spiazzo roccioso in apparenza senza fine, ed era illuminato da tanti piccoli fuochi azzurri che spuntavano dal terreno. Erano i fuochi fatui che accompagnavano i morti e vide una fila infinita di persone dirigersi tutte in un punto preciso. Sapeva dove. Più avanti c'era la voragine che conduceva all'oblio eterno, alla morte. Vide fluttuare le anime di molte persone come dei corpi bianchi trasparenti che la guardavano con stupore e invidia. Lei non era fisicamente lì, c'era solo la sua anima. Eppure il suo corpo nel mondo terreno non era ancora morto.

Si sentiva strana, debole e spossata, ma soprattutto spaesata da quel mondo opprimente e oscuro.

"Ouranòs vuole portare in questo luogo tutta la gente del pianeta, ed io finora l'ho aiutato nei suoi misfatti."

Salassa si piegò sulle ginocchia mentre molte anime fluttuavano attorno a sé. Di colpo scomparvero tutte e sentì una potente energia alle sue spalle. Non riuscì a voltarsi che un colpo la prese e la sbatté a terra.

"Non te la prendere, Salassa. Se sei debole è normale che fai questa fine."

Liliana era accanto a lei che rideva.

"Anche tu sei qua?"

"Sì, ma solo di passaggio. Tanto per assicurarmi che tu non fugga da questo luogo. Hai pur sempre un'armatura d'oro e potresti trovare il modo di tornare sulla Terra."

"Non mi hai ancora sconfitta."

Salassa si rimise in piedi, ma un calcio in faccia la ributtò a terra.

"Sei così debole che mi domando come mai mio padre ti abbia reputata degna di un'armatura d'oro."

Liliana le afferrò i lunghi capelli rossi per poi trascinarla nel terreno roccioso. Salassa si sentiva così debole che non riuscì ad opporre resistenza. Sentiva dolore ma non le importava.

"Ti butterò io stessa nella fossa del non ritorno. Conta i minuti che ti separano dalla morte perché non ne avrai altri."

Liliana rise come una pazza e trascinò con forza Salassa, che strinse i denti per resistere al dolore mentre anime sfuggenti passavano davanti a lei. Vedeva di sfuggita quelle ombre indistinte sapendo che a breve sarebbe diventata così anche lei, ma si sentiva così debole e inerme di fronte a colei che in quel mondo era un regina. Con la coda dell'occhio vide persone simili a zombie che si buttavano dentro un'enorme fossa in cui sarebbe stata buttata dentro anche lei.

"Rietini onorata di essere stata uccisa da un cavaliere d'oro. Una come te avrebbe meritato di essere torturata lentamente."

"Cosa mi succederà una volta giunta in fondo a quella fossa?"

"Hai paura, vero?"

"Tutti temono la morte."

"È naturale perché, vedi, una volta in fondo la tua anima vagherà senza meta per l'eternità. Una volta c'era l'Ade con i suoi gironi, ma da quando Atena ha sconfitto il signore degli inferi non esiste più. Ora le anime vagano senza meta e sosta in questo luogo di disperazione, urlando per l'eternità e bramando una vita che non potranno mai avere."

Liliana rise a crepapelle a quell'idea.

"Un giorno toccherà anche a te."

"Ti sbagli. Mio padre creerà un mondo dove per chi gli è fedele non esisterà la morte. Sarai solo tu a morire."

"Scommetto che non hai mai avuto pietà in vita tua, come col padre di Lionet."

"Già, suo padre, che stupido."

"Eppure tu sei giovane, come hai potuto ucciderlo?"

"Perché lo vuoi sapere?"

"Consideralo il mio ultimo desiderio."

"Deve starti molto a cuore quel giovane. Ad ogni modo ti accontenterò."

Liliana raccontò che uccidere Neglos era stata la sua prima missione da cavaliere. Si era allenata per diventare più potente di chiunque ma era la prima volta che si batteva all'ultimo sangue. Quell'uomo era un cavaliere d'argento che non voleva rinnegare Atena per Ouranòs, così era stata decretata la sua morte. Liliana era sicura di batterlo, ma si rivelò più forte del previsto. La colpì pesantemente e lei ricadde a terra senza riuscirsi a rialzare.

Neglos però non la finì. Quando vide che era una bambina le disse di tornare a casa e non sprecare la sua vita per falsi dei. Liliana, piena di rabbia, non voleva la pietà di nessuno. Inoltre sapeva di non poter tornare da suo padre a mani vuote. Se non avesse compiuto la sua missione sarebbe morta comunque, o cacciata, senza poter così diventare cavaliere. Così colpì l'uomo alle spalle portandolo alla morte.

"Quello stupido mi credeva debole e così ha perso la sua unica occasione per sconfiggermi."

"Così l'hai colpito alle spalle come..."

Liliana le tirò i capelli con forza.

"Taci! L'importante è vincere, con ogni mezzo. Una debolezza avversaria diventa la tua forza. Non bisogna avere nessuna pietà né fare concessioni."

"È quello che ti ha insegnato tuo padre, vero?"

"Adesso basta con le domande."

"Un'ultima cosa ancora, tanto morirò. Anche l'anima di quell'uomo è tra quelle che compongono questo posto?"

"Certo! Vuoi vederlo?"

"Sì."

"D'accordo. Guarda come si dispera ora che è morto."

Liliana mosse una mano e richiamò a sé parecchie anime che avevano l'aspetto umano ma di un bianco trasparente. Erano tante, se ne contavano a centinaia e c'erano sia uomini che donne, ma non mancavano nemmeno giovani ragazzi e ragazze. Tra tutti spiccava un uomo alto, ben piazzato, di carnagione scura, occhi e capelli neri piuttosto lunghi. Era un uomo molto bello e ben fatto, anche se stonava leggermente il naso un po' più grosso della media, ma non somigliava per niente a suo figlio Lionet.

Come lo vide, Salassa fu certa che non fosse suo padre.

"Non è quello il padre di Lionet."

"Invece è proprio lui che uccisi nella mia prima missione. Allora non controllai che avesse altri parenti, ma nelle missioni successive feci fuori chiunque facesse parte della famiglia dei miei bersagli, oltre a ogni persona che mi ostacolasse."

Liliana rise mentre Salassa fremeva dalla rabbia. Fece uno sforzo per contenersi e guardò ancora l'uomo che era stato il padre di Lionet.

"Mi può sentire?"

"Certo!"

"Neglos, ho incontrato tuo figlio, è diventato un ragazzo forte e coraggioso, un vero cavaliere d'Atena. Ha tutte le qualità per reclamare l'armatura d'oro che gli spetta di diritto."

Lo spirito si avvicinò ma Liliana tirò su Salassa per i capelli voltandola verso la voragine.

"Hai avuto il tuo momento, ora basta con i giochi. Sappi che presto Lionet e gli altri ti raggiungeranno all'inferno."

Liliana si girò verso lo spirito dell'uomo, tenendo sempre Salassa per i capelli, e chiedendo se aveva capito.

"Mio figlio non si farà mai sconfiggere. Lui è un vero leone."

"Vaneggi, spirito. È solo un bamboccio. Come avrò finito con questa traditrice lo eliminerò senza problemi."

"Spirito di Neglos, ti prego dimmi la verità. Lionet è veramente tuo figlio?"

"Per me lo è stato, ma non sono io il padre. L'ho trovato avvolto in delle stoffe sulla riva di un fiume che era appena un neonato. L'ho adottato e trattato come un figlio insegnandogli tutto quello che so."

"Aveva una piastrina con il simbolo del leone e un nome inciso sopra?"

"Adesso basta! Ti ho fatto vedere lo spirito di Neglos ma non intendo farti guadagnare altro tempo. Scommetto che vuoi farmene perdere per dare vantaggio a quei ragazzi, ma è tutto inutile. Muori!"

Liliana si girò verso la voragine e alzò di peso Salassa che protendeva la testa verso lo spirito che andava sparendo.

"Sì. Aveva il simbolo del Leone e una scritta di cui si leggeva solo la lettera L, così gli detti il nome di Lionet e compresi che il suo cammino era guidato dalle stelle."

"Lo sapevo."

Liliana stava per lanciare Salassa quando si accorse che piangeva.

"Piangi dalla disperazione, vero? Rassegnati all'inevitabile e muori."

La mano di Liliana si fece improvvisamente calda. Urlò e fu costretta a lasciare Salassa, che ora si ergeva davanti a lei nuovamente piena d'energie. Il cosmo scarlatto riluceva come non mai, era al massimo e si espandeva ancora.

"Come può essere? Era indifesa, prima di forze, in mio potere."

"Te l'ho fatto credere."

"Cosa? Vuoi dire che..."

"Proprio così. Mi sono fatta trascinare nell'Ade perché dovevo assolutamente sapere una cosa. Ora che so quello che è successo realmente farò di tutto per combattere Ouranòs e chi è dalla sua parte."

"Sei pazza. Chi si oppone ad Ouranòs è destinato solo alla morte e tu sei già nell'aldilà. Ora ti getterò nella bocca degli inferi."

Il cosmo oscuro di Liliana si espandeva scontrandosi con quello scarlatto di Salassa. La terra tremava intorno a loro e si sollevano rocce mentre gli spiriti di quei luoghi fuggivano terrorizzati.

"Non ti sarà tanto facile battermi."

"Dimentichi che sei nel mio regno. Strati di spirito."

"Scarlet Needle."

Prima che Liliana muovesse la mano, questa venne colpita dalla puntura dello Scorpione rimanendo paralizzata. Si formò un ago rosso che brillava mentre Liliana non poté che urlare e toccarsi la ferita con l'altra mano.

"Questo è solo l'inizio. Devi pagare per tutte le persone che hai ucciso in nome del tuo egoismo."

"Non credere che basti così poco per battermi. Pugno spirituale."

Il pugno sinistro di Liliana si caricò di luce nera e caricò contro la sua avversaria, che dal canto suo fece lo stesso con il dito destro teso da cui usciva un'unghia carica di energia rossa. Si scontrarono e prima che il pugno di Liliana raggiungesse la sua avversaria questa l'aveva colpita più volte in tutto il corpo.

Liliana urlò mentre sei punture la presero un po' ovunque. Rimase piegata sulle ginocchia, incapace di resistere al dolore che provava su braccia, gambe e corpo. Guardandosi vide altre sei punture che le causavano un dolore terribile.

"Sei solo a metà. Ci vogliono quindici punture come le stelle dello Scorpione prima che la morte sopraggiunga. Nel mentre sentirai un dolore così terribile che desidererai solo che questa venga presto. Lo stesso dolore causato a molte persone che nella tua smania di potere hai fatto soffrire e ucciso."

"Come puoi... paragonare la mia vita... alla loro? Io...."

"Tu cosa? Sei figlia adottiva di un dio? È questo che volevi dire? Credi che questo ti dia il diritto di fare come vuoi della vita del prossimo?"

Salassa la tirò su per poi colpirla velocemente al corpo, al volto, al collo e altre sei punture si formarono sul corpo. Ricadde a terra e urlò disperatamente contorcendosi per terra più volte.

"Ouranòs mi ha... resa onnipotente!"

Il cosmo oscuro non accennava a diminuire malgrado il dolore e fece forza per rialzarsi. Salassa non muoveva un muscolo e guardava con disprezzo quella ragazza così egoista che trattava gli altri come burattini.

"Anche a me aveva raccontato un sacco di balle, ma ho compreso solo da poco come stanno veramente le cose. Sappi che quello che stai subendo non è niente in confronto a quello che farò a lui."

"Sei un'ingrata. Dopo tutto quello che ha fatto per te."

"E cosa ha fatto? Mi ha rovinato la vita e ingannata per farmi un suo strumento. Se ho capito come stanno le cose è solo grazie a quei ragazzi."

"Tu vaneggi. Non credere che sia così facile sconfiggere me. Io sono come una divinità e non posso essere battuta da nessuno. Brucia all'inferno. Celeste fiamma demoniaco."

Le fiamme sembrarono colpire Salassa ma presero solo una sua immagine residua, mentre lei era saltata in alto e con il dito proteso lanciò un'altra puntura che prese Liliana alla fronte. L'elmo le cadde e lei rimase paralizzata sul posto. Voleva urlare dal dolore ma non riusciva nemmeno a muovere un muscolo.

"È finita per te. Questa che ora lancerò è l'ultima puntura."

Sopra al dito proteso si formava una piccola sfera rossa simile ad una piccola stella.

"Se mi uccidi mio padre non avrà pietà di te. Ti annienterà in modi così atroci che non puoi nemmeno immaginare."

"Ragazzina, tu non sai cosa significa soffrire veramente. Quello che provi ora è nulla in confronto al vero dolore. Pensaci quando sarai nell'aldilà agli errori fatti. Sei stata educata al male, è vero, ma le scelte che uno fa e il destino che si crea dipendono solo da se stesso. Far decidere altri è male e quando lo si commette bisogna pagarne le conseguenze. Addio Liliana. Scarlet Needle Antares."

Dal dito teso partì un raggio di energia rossa che colpì Liliana al cuore. Il colpo fu talmente forte da farla volare fino alla voragine, dove precipitò urlando sia dal dolore che dalla disperazione, non credendo possibile che lei, che si considerava onnipotente, facesse una simile fine. Le anime che erano state uccise da Liliana riacquistarono per un attimo una forma umana, per poi volare in alto richiamate da una luce che diede loro la pace. Prima di scomparire guardarono verso la loro liberatrice e sui loro volti trasparenti si materializzò un sorriso.

"Riposate in pace. Io pagherò per le mie colpe combattendo fino all'ultimo perché al mondo risplenda ancora la luce che quei ragazzi hanno saputo risvegliare nel mio cuore."

Salassa si accasciò a terra per poi risvegliarsi nella torre nera. Dalle sacche dove c'erano i prigionieri si propagava una luce nera che arrivava fino alla cima e comprese che il processo per creare un nuovo mondo era già in atto. Si concentrò su quelli riversi per terra, in particolare su uno che poteva aiutarla a cambiare il destino di morte che altrimenti sarebbe toccato alla Terra. Era un uomo grande e grosso, ma con una ferita mortale in corpo.

Lo colpì in un punto preciso poco sopra l'addome con l'unghia lucente di rosso. Il corpo dell'uomo sussultò per poi rimanere rigido. La ferita che era prima mortale regredì fino quasi a scomparire, mentre il corpo dell'uomo si mosse convulsamente per un po' per poi calmarsi.

Egli riaprì gli occhi di scatto e si sentì forte come non mai. Salassa avvertì la sua grande energia tornargli in tutta la sua potenza, la stessa di cui il mondo aveva bisogno.

Era la forza che poteva cambiare il destino, la forza di un cavaliere d'oro.

La costellazione protettrice

La carrozza si fermò sulla cima della torre e ne scesero due figure ammantate. Solo una ventina di guardie l'aspettavano. Zaffira si fece riconoscere e gli uomini giganteschi accennarono un minimo inchino, guardando però con sospetto la persona accanto a lei. Era un uomo alto e ben messo ma non sembrava il loro signore Cardinal e si chiesero chi potesse essere. Zaffira non fece caso ai loro sguardi e si diresse verso le scale che portavano nei sotterranei. A quel punto tutte le guardie le sbarrarono la strada.

La parte superiore della torre era un ampio spazio circolare al cui centro c'era quella che sembrava una grande antenna, ma era di sicuro qualcosa di più, pensò Light. Era una lunga sbarra d'acciaio, larga la metà di una persona, che saliva per una cinquantina di metri fino ad una piastra larga che poteva contenere molte persone. Ai lati aveva diverse diramazioni metalliche che a Light ricordavano un'antenna. Zaffira aveva detto che da lì si accedeva a New Sanctuary, come era definito il nuovo Santuario trasformato da Ouranòs in qualcosa di totalmente diverso e osceno. Era posto a centinaia di metri di distanza ma anche da lì si vedeva quello che per molto tempo era stato un baluardo contro le forze del male.

Light ci buttò un'occhiata. Gli era stato descritto come un luogo bellissimo con una grande arena, magnifiche colonne stile antico e le dodici case dello zodiaco poste ai lati di una montagna ad una certa distanza tra loro. Dopo di esse c'era il tempio del gran sacerdote, il tramite di Atena in terra che governava in sua vece. Infine c'era un ampio spazio dove era situata la statua di Atena, magnifica e possente, che dominava tutto il Santuario e visibile anche a grande distanza.

Lui però non vide nulla di tutto ciò. Tutto era stato distrutto e sulla montagna spiccavano enormi tentacoli neri che sostentavano quello che sembrava un largo piatto al fondo del quale c'era una salita di roccia. Forse era l'unica cosa simile al vecchio Santuario, ma da lì in poi sicuramente cambiava. Dopo la salita c'era una piccola costruzione stile antico e superata quella il percorso si diramava in cinque direzioni.

Erano come dei lunghi tentacoli che portavano a cinque costruzioni scure e larghe fatte con uno stile che doveva essere molto antico. In cima ad esse spiccavano degli altri tentacoli neri che si allungavano e si univano in un punto più in alto dove c'era quella che sembrava una gigantesca costruzione simile al Colosseo. Riluceva però di un sinistro bagliore nero ed era fatta di metallo, inoltre dal centro di essa partiva uno strano raggio multicolore che arrivava fino al cielo e anche oltre. Zaffira gli aveva detto che era il mezzo con cui Ouranòs voleva attuare il suo piano di distruggere la Terra.

In quel mentre Light si accorse di un sottilissimo raggio scuro che partiva dall'antenna fino all'arena. Praticamente Ouranòs toglieva la vita e il cosmo alle persone imprigionate nella torre per poi trasmetterlo a sé e propagarlo nell'universo fino al suo pianeta. Questo aveva detto Zaffira, ma aveva le idee un po' confuse al riguardo.

Gli era venuta subito l'idea di spaccare l'antenna, ma oltre che inutile avrebbe attirato l'attenzione di tutti. Lui non si preoccupava per sé ma non voleva mettere in pericolo Zaffira più di quanto era già, inoltre doveva liberare i suoi amici.

Le grida delle guardie che urlavano a Zaffira di tornare indietro lo riportarono alla realtà.

"Mi dispiace, Atena, ma non potete accedere a quest'area. Inoltre il sommo Ouranòs vi vuole subito da lui."

"Devo..."

"Vi sembra questo il modo di parlare alla somma Atena? Non siete di certo voi a comandare. Ricordatevi che siete solo dei miseri soldati prima di proferire parole di cui vi potreste pentire."

Quegli uomini, alti non meno di due metri, guardarono Light con un misto di stupore e rabbia.

"E tu chi saresti?"

"La cosa non ti deve riguardare. Sono un servitore della grande Atena che mi ha nominato sua guardia del corpo."

"Noi aspettavamo il nostro signore Cardinal."

"Lui non verrà e ha mandato me. Adesso levati dai piedi e in fretta!"

"Ma gli ordini sono..."

"È Atena che dà gli ordini, non voi. Avanti, levatevi!"

Il tono autoritario e deciso di Light fece desistere uomini come loro, abituati a ricevere ordini, e Zaffira confermò quanto detto da lui, così si fecero da parte. Light sospirò e si incamminò con Zaffira verso le scale che conducevano di sotto.

"Al posto vostro non lo lascerei passare, se non volete incorrere nell'ira del vostro dio."

Da una porta laterale comparve un tizio alto e magro con un'armatura nera che a Light pareva d'aver già visto, ed era seguito da altri due. Uno era alto e robusto e l'altro più basso e tarchiato. Come li riconobbe il suo cuore mancò un colpo, anche perché pure loro lo riconobbero: erano Borron, Gorgor e Nork.

"A quanto pare ci si rivede, pivello" disse Borron.

"Voi qui? Che ci fate e perché indossate quelle armature?"

"Perché qui ci è stato riconosciuto il posto che ci spetta come cavalieri del Cielo Oscuro."

"Maledetti, avete tradito Atena per schierarvi con Ouranòs!"

"Ouranòs vuole salvaguardare Atena. Sei tu l'unica persona che può nuocerle."

Light sentiva la rabbia prendere campo in lui e stringeva i pugni con forza mentre i soldati lo circondavano. In pochi attimi ne arrivarono altri, arrivando ad essere più di cento. Di sicuro c'erano quasi tutti quelli della torre, ma la sua attenzione era tutta per quei tre traditori.

"Come vedi non hai speranza alcuna. Ti conviene arrenderti subito e consegnarci Atena."

"Puoi scordartelo!"

"Sapevo che avresti detto così."

Schioccò le dita e dozzine di uomini corazzati con spade, scudo e spranghe che emettevano scariche elettriche, si fecero avanti. Zaffira accanto a lui tremava e non sapeva cosa fare.

"Se mi consegno non gli farete del male?" chiese Zaffira.

"Certo, a noi preme solo la vostra incolumità" rispose Borron con una voce bugiarda.

"Non farlo! Ti proteggerò, non temere."

Light si mise davanti e il suo cosmo dorato ardeva di rabbia e si espandeva sempre più. I soldati per un attimo si ritrassero. Light approfittò dell'occasione per attaccarli.

"Infiniti pugni di luce."

Colpì tutti quelli che aveva davanti mandandone al tappeto una dozzina e gli altri indietreggiarono.

"Non fatevi intimorire. È solo un apprendista senza nemmeno un'armatura."

Alle parole di Borron gli uomini ripresero coraggio e attaccarono da tutte le parti. Malgrado il numero, Light schivò facilmente i loro colpi uno dietro l'altro, contrattaccando con calci, pugni, ginocchiate, per poi saltare in alto e attaccarli come prima. Altri ricaddero e avrebbe potuto incalzare quelli che seguivano ma con un agile salto si buttò indietro rimanendo a protezione di Zaffira. Quando era vicino a lei non sentiva nemmeno la stanchezza, ma gli pareva d'avere forze infinite.

"Buoni a nulla" gridò Borron.

"Ci pensiamo noi a quel pagliaccio" disse Gorgon facendosi avanti insieme a Nork.

Il primo aveva una grossa catena che terminava con una grande palla chiodata e la sua armatura scura era rinforzata alla braccia e alle spalle, ma il suo corpo massiccio non sembrava avere punti deboli. Nork non aveva armi ma non sembrava meno pericoloso.

Light ricordava ancora bene lo scherzo fatto al suo amico Lionet come la sua capacità di manipolare l'acqua. La sua armatura era più omogenea, proteggendo in egual misura tutto il corpo, e aveva un buffo elmetto allungato quasi a punta.

"Non vi temo, vigliacchi."

"Finirai di fare tanto il gradasso."

Gorgor ruotò rapido la palla chiodata per poi lanciarla contro Light. Lui schivò facilmente il colpo, mentre Nork creò un vortice d'acqua davanti a sé che gli lanciò contro a gran velocità. Non riuscì a schivarlo ma mise le braccia davanti riuscendo ad assorbire il colpo, che non gli era parso nemmeno tanto incisivo.

"Tutto qui quello che sapete fare?"

"Adesso vedrai."

Light si accorse che la palla chiodata aveva fatto un buco nel terreno ed era rimasta lì senza che il suo padrone la ritirasse su.

"Serpenti strangolatori."

Dal terreno sbucarono dozzine di palle chiodate che Light cercò d'evitare saltando in alto, ma queste lo inseguirono e lo afferrarono alle gambe. Tentò di liberarsi ma altre lo presero da tutte le direzioni finché il suo corpo non venne totalmente stretto dalle catene in una morsa mortale.

Non gli restò che gridare ma tentò comunque di liberarsi prima che fosse troppo tardi.

"Light!" urlò Zaffira.

Lui buttò un occhio nella sua direzione, vedendo che era poco lontana da lui e il suo viso solare era incrinato da due lacrime e dalla preoccupazione.

"Zaffira, non preoccuparti."

"Al tuo posto non farei tanto lo sbruffone" disse Nort. "In quella posizione sarà uno scherzo finirti. Shark Attack."

Dalle sue mani si formò un globo d'acqua grande come una persona, da cui partì un getto che prese la forma di tanti squali che si riversarono sul giovane, che non poteva difendersi. Lo presero in tutto il corpo causandogli numerose ferite, da cui usciva una grande quantità di sangue che si riversò sullo spiazzo sottostante.

"No!" gridò Zaffira.

Lui non riuscì a parlare, troppo preso dal dolore per proferire parole che non fossero grida. Sapeva però che non poteva, non doveva arrendersi. Trovò altre forze vedendo lo sguardo triste di Zaffira e bruciò il cosmo cercando di liberarsi. Gorgor strinse con maggior forza facendogli sputare sangue, mentre Nork concentrava nuovamente l'energia per creare l'acqua davanti a sé.

"Non ti agitare, il mio prossimo attacco ti finirà. Anche se sei duro a morire in quella posizione non potrai difenderti e gli darò la massima potenza."

Nork rise, mentre Gorgor lo stringeva in una morsa ancora più stretta.

"Maledizione. Così combinato non potrò fare niente."

Pensò però a Zaffira e la vide che voleva andare a consegnarsi ai nemici. Lui non voleva e poi sarebbe stato inutile, non l'avrebbero risparmiato.

"No, Zaffira. Ora li sistemerò. Stai indietro."

"Ma sentitelo. Stai per morire, se non l'avessi capito. Squali d'acqua, mangiatelo e non lasciate traccia di lui. Shark Attacck."

Gli squali arrivavano rapidi mentre le catene si stringevano con più forza sul suo corpo, ma lui non intendeva cedere. Sapeva che tutto era possibile quando ci si crede veramente e poi non aveva ancora compiuto la sua missione. Inoltre Zaffira credeva in lui e aveva bisogno del suo aiuto. Ora che l'aveva ritrovata non voleva mai più lasciarla.

Light urlò e il suo cosmo dorato si espanse ulteriormente avvolgendo le catene intorno a lui, che venivano prese da un calore che le stava fondendo. Non le sentiva più così dure e impenetrabili, ma al contrario tenere e friabili. In un attimo le spezzò e cadde di sotto evitando l'attacco di Nork, ma si rimise subito in equilibrio per poi correre rapido contro di lui.

Sorpreso, Nork eseguì nuovamente il suo attacco, ma Light sembrò passarci in mezzo tanto fu svelto e bombardò il giovane con una serie di pugni di luce che fecero a pezzi lui e la sua armatura.

Nork ricadde a terra con una grande quantità di bozzi, riverso in una pozza di sangue. Light voleva rifiatare ma Gorgor si riprese subito dalla sorpresa e attaccò lanciando numerose palle chiodate.

"Maledetto. Vendicherò Nork. Morso dei serpenti d'acciaio."

Le palle chiodate assunsero l'aspetto di numerosi serpenti che attaccarono Light in ogni direzione. Lui ne schivò diversi, ma vista inutile ogni difesa concentrò l'energia nel pugno destro, dove si formò una sfera dorata grande come le palle chiodate che abbatté su di esse.

Ci fu uno scontro di energie e entrambi i contendenti furono respinti indietro. Light riprese fiato un attimo costatando che la catena del suo avversario era rotta. Gorgor guardò con stupore la sua arma e nell'attimo di distrazione Light lo colpì con i pugni infiniti di luce.

Questa volta però non ebbero l'effetto desiderato.

"Cos'è successo?"

Light vide in quel mentre che nelle braccia di Gorgor si erano formati dei grossi scudi di roccia con i quali aveva fermato il suo attacco.

"Con quei colpi non potrai mai farmi niente. Non sono debole come Nork."

"Maledetto."

Gorgor sbatté il piede sul terreno sotto di lui, da cui sgorgò una scia di terra che rapida si diresse verso Light. Lui si buttò di lato evitandola di poco, ma il nemico incalzò nuovamente con un altro colpo.

Ligth vide che c'era Zaffira sulla traiettoria, così represse l'istinto di schivare e si mise davanti con le braccia davanti a sé, pronto ad assorbire il colpo. Questo fu più violento del previsto, ferendo Light al corpo e facendolo indietreggiare di parecchi metri.

Quando vide Zaffira poco distante strinse i denti e si piantò bene per terra arrestando l'impeto del colpo. Si piegò sulle ginocchia mentre l'avversario rideva ed era pronto per un altro attacco. Light reagì prontamente e si buttò di lato, cominciando a correre ed evitando così un altro colpo nemico.

Con le protezioni che aveva Gorgor difficilmente avrebbe potuto danneggiarlo se anche fosse riuscito ad avvicinarsi, però non poteva nemmeno continuare così.

Pensò rapido ad una soluzione e gli rivenne in mente il suo scontro con Cardinal. In un attimo comprese la strategia da attuare. Corse a tutta velocità contro il suo nemico, che colpì nuovamente il terreno. Schivò il suo attacco e si lanciò su di lui con il braccio destro piegato, per poi muoverlo rapido una volta vicino.

"Stupido! I tuoi colpi non mi fanno nulla!"

Il colpo però non prese il suo corpo ma la sua mente, che venne avvolta da terribili incubi lasciandolo paralizzato sul posto.

Light non perse tempo e passò all'atto successivo. Alzò le braccia ed espanse il suo cosmo formando tante sfere luminose, che si scagliarono con forza contro il suo avversario colpendolo in ogni direzione.

"Pioggia di stelle."

Per quanto corazzato, al momento non poteva opporre resistenza e la sua armatura venne bucata insieme al suo corpo, che l'attimo dopo cadde pesantemente a terra.

Light aveva ancora le braccia tese e ansimava ma era contento d'aver superato anche quell'ostacolo. Vide per un attimo Zaffira che gli sorrideva e tutte le forze gli tornarono subito. Il suo viso delicato si incrinò però in una smorfia, e gli gridò di stare attento. Light si girò di scatto ma venne investito da un getto di vento che lo buttò a terra, procurandogli altre ferite.

"Davvero stupefacente. Chi l'avrebbe mai detto che un pivello come te riuscisse a sconfiggere Nork e Gorgon, ma con me non ti riuscirà."

Borron mosse le braccia e un mulinello d'aria prese Light sollevandolo e facendolo ruotare a gran velocità.

"Con questa mia tecnica faccio ruotare sempre più forte il mio avversario finché questi non impazzisce o muore. Di solito succede la seconda, perché la forza centrifuga lo fa a pezzi in pochi istanti."

Borron rise come un matto, mentre Zaffira piangeva e si avvicinava a lui.

"Voi prendete quella ragazza e non fatevela scappare."

Zaffira gridò mentre le braccia di due uomini presero le sue e la sua voce giunse anche nel mare di confusione che era ora la mente di Light, e gli dette nuove forze.

"Zaffira!" urlò e la luce dorata si propagò intorno a lui sempre di più.

"È inutile qualunque tuo tentativo. Niente può... ma che succede?"

"Infiniti pugni di luce."

Il vento si dissipò sotto la potenza dei colpi di Light. Borron mosse le braccia per creare un getto di vento ma Light anticipò il suo colpo e lo prese con un pugno lucente al mento che lo fece volare indietro di parecchi metri. Si disinteressò di lui correndo rapido verso gli uomini che tenevano Zaffira.

"Lasciatela!" urlò e colpì entrambi con una scarica di pugni.

Di loro non rimase niente e gli altri si guardarono bene dall'intervenire. Nello stesso momento però ne arrivarono altri ancora. Ora c'erano quasi centocinquanta uomini, ma nessuno muoveva un muscolo. Light si mise davanti a Zaffira mentre Borron furente si rialzava. Gli usciva sangue dalla bocca ma se lo tolse rapidamente e altrettanto mosse le braccia da cui scaturì un vortice di vento.

"Te la farò pagare. Elica turbinante."

Lo lanciò in direzione di Zaffira, così Light si mise davanti prendendolo in pieno. Era stata una mossa astuta del suo avversario ma lui non intendeva cedere di un millimetro. Diversi tagli si formarono rapidi sul suo corpo martoriato ma oppose tutto se stesso e il vento si arrestò.

"Non può essere."

"Invece tutto è possibile. Ora ti sconfiggerò."

Alzò le mani in alto richiamando le sfere di luce, ma il suo avversario appariva tranquillo e bruciava anch'egli il suo cosmo celeste chiaro con intensità.

"Pioggia di stelle."

"Uragano celeste."

I raggi di luce si fermarono contro un vortice di vento che proteggeva Barron da qualsiasi attacco. Light del resto era stanco e il colpo non era più potente come prima. Un secondo vortice si formò sotto di lui lanciandolo in alto per poi farlo ricadere pesantemente a terra. Sentì il suo corpo andare a pezzi e dolore ovunque. Cercò d'ignorarlo e tirarsi su ma riuscì solo a gridare.

"Basta, Light. Non combattere più."

"Devo farlo. Per te, per i miei amici e la pace sulla Terra. Non posso, non devo arrendermi."

"Ti conviene dargli retta. I tuoi trucchi non funzionano su di me. Inoltre non indossi nemmeno un'armatura e se non ricordo male non conosci neanche la tua costellazione."

"È vero, ma sono riuscito a vincere avversari anche senza queste cose. Mi basta... credere in me stesso."

Light urlò e il cosmo tornò a risplendere. Zaffira accanto a lui piangeva e non voleva che morisse. Voleva poter far qualcosa per lui, poter contraccambiare tutto quello che aveva fatto per aiutarla.

"Brucia mio cosmo, e permettimi di elevarmi come solo un cavaliere d'Atena sa fare."

"Light, se vuoi combattere io sono con te fino alla fine. Non arrenderti."

"Non lo farò, Zaffira, e ti prometto che vincerò."

"Parole grosse. Allora fammi vedere cosa sai fare."

Light non ascoltava le parole del suo avversario ma come in precedenza si rifugiò dentro se stesso dove c'erano tutte le risposte che cercava. Dentro di sé aveva una forza immensa, lo sentiva, ma doveva riuscire a farla emergere. Sentì però che non era solo, Zaffira accanto a lui gli dava forze infinite.

Alzò le braccia in alto per poi incrociarle e intorno a lui apparve l'universo con tante stelle e pianeti. La sua posizione, i suoi impercettibili movimenti disegnavano una figura precisa che riluceva nel suo cosmo dorato, e il simbolo di una costellazione si formò intorno a lui.

"Che sta succedendo?" chiesero tutti.

"Quella è una costellazione."

Si vedevano due figure identiche e allineate e rappresentavano due gemelli, e tale era la costellazione, che ora apparve chiara a tutti. Per la prima volta anche Light fu consapevole della sua costellazione tutelare. Era come l'avesse sempre saputo ma allo stesso tempo la sua mente fosse stata sempre offuscata a tale cosa.

Barron cercava di non farsi prendere dal panico di cui tutti i suoi uomini erano pregni. Quella costellazione apparteneva ad un cavaliere d'oro ed era considerata la più forte dello zodiaco.

"Avanti, attaccatelo tutti insieme."

Tutti si ritrassero.

"Non fatevi spaventare! È solo un dilettante. Siete più di cento, non avrà possibilità contro tutti voi."

Gli uomini si fecero avanti cercando di farsi forza con il numero, ma la vista di quell'universo che si allargava e distruggeva li fece piombare nuovamente nel panico.

"È inutile, Barron. Nessuno di voi sopravviverà. Guarda ora il colpo più potente che posso usare solo grazie alla forza che mi danno i miei ideali e la fiducia delle persone che credono in me."

Il cosmo di Light aumentò d'intensità e sembrava lucente come una stella che raggiunge il suo massimo fulgore.

"GALAXIAN ESPLOSION!"

Migliaia di bombe d'energia simili a tante meteore, ma più grandi e potenti, si scagliarono su Burron e i suoi uomini. Tutti quelli che si trovavano scomparvero per sempre in un'esplosione di luce che venne vista anche a miglia di distanza. La parte superiore della torre si spaccò in due e l'intera struttura tremò.

Light era stremato per lo sforzo e per un attimo non credette che fosse stato lui a compiere un simile prodigio. Poi vide Zaffira accanto a lui che gli sorrideva e comprese che era solo grazie al suo affetto che era riuscito ad elevarsi a tanto.

Rimase inginocchiato per un po' con Zaffira vicino e avrebbe voluto che non ci fosse la guerra e vivere con lei in pace. Purtroppo non era così.

"Come ti senti?" chiese Zaffira.

"Bene. Adesso passa anche il dolore, anzi con te vicino è già passato."

Lei sorrise con quel modo di fare che a lui piaceva tanto.

"Devo andare a salvare i miei amici."

Lei annuì. Light sentiva che i suoi amici erano in pericolo. Avvertiva il loro cosmo che bruciava intensamente, ma diminuiva sempre di più. Stavano combattendo e con qualcuno di molto forte. Avvertiva un cosmo simile a quello di Cardinal, ma ancora più potente.

Zaffira l'aiutò a tirarsi su ma entrambi si fermarono di colpo. Il cielo si fece scuro e cominciò a piovere a dirotto nell'arco di un secondo, mentre fulmini sempre più intensi si riversavano tutt'intorno alla torre. Pareva il cielo stesso fosse adirato e volesse abbattere la sua furia su di loro.

Light avvertì un cosmo oscuro farsi strada dall'alto dei cieli per piombare su di loro. Guardò in alto e quasi non credette ai suoi occhi. C'era quello che pareva un angelo nero, che in un attimo piombò davanti a loro circondato da scariche elettriche. Ora che era vicino Light comprese che non era un angelo ma un terribile demone. Era alto, fisico asciutto e plasmato per le battaglie. Aveva lunghi capelli neri lisci e occhi di ghiaccio. Non doveva avere molto più di lui ma pareva aver superato da un pezzo l'età della giovinezza per entrare in un mondo più vasto, un mondo oscuro.

Il suo cosmo era nero come la pece e lo stesso l'armatura che indossava. Era brillante e perfetta. Sembrava in tutto e per tutto un'armatura d'oro ma riluceva di neri bagliori. Anche le grandi ali erano parte dell'armatura e avevano la stessa tonalità, nera come la pece ma brillante come l'oro.

Si muoveva con passi misurati e sicuri di sé ma il suo volto ben fatto era una maschera d'ira, e i suoi occhi trafiggevano Light e gli facevano capire che non avrebbe avuto alcuna pietà di lui. Era una vista spettrale che avrebbe messo in soggezione chiunque e gli ricordava in tutto e per tutto quella di Ouranòs. Anche il cosmo era molto simile al suo. Nemmeno Cardinal e il guerriero che combatteva contro i suoi amici erano paragonabili a quel tizio. Di sicuro era l'avversario più forte mai incontrato e dal suo sguardo comprese anche il più pericoloso.

Zaffira accanto a lui tremava e di sicuro lo conosceva. Light non si fece intimorire e si mise davanti a lei con fare protettivo.

"Chi sei? Uno scagnozzo di Ouranòs?"

Una scarica di fulmini lo prese da ogni direzione, facendolo urlare e buttandolo a terra.

"Light!" urlò Zaffira inginocchiandosi accanto a lui.

"Sto bene" disse Light a denti stretti, ma bene non stava.

Il guerriero era un passo davanti a lui e sembrava come un gigante che sta per schiacciare la formica ai suoi piedi.

"Verme che intralci la mia strada e quella del mio signore. Sappi che stai parlando con Albaldar del Sagittario, e di Ouranòs sono figlio."

"Cosa? Sei il figlio di Ouranòs?"

"Hai capito bene."

"Ma il Sagittario non è..."

"Sì, una delle dodici costellazioni al servizio di Atena. Il potere di mio padre è immenso e ha fatto sue le armature d'oro. Ora è avvolta dall'oscurità e ha assunto questo aspetto."

"Incredibile!"

"Sei stupito di fronte a tanto potere, vero? Un verme come te non può nemmeno comprenderlo. Quelli come te non dovrebbero nemmeno esistere, ed ora ti schiaccerò come un insetto."

Albaldar alzò un piede, con il quale colpì la faccia di Light sbattendolo a terra e pressando al suolo.

"No!" urlò Zaffira.

Una scarica di fulmini tutt'intorno a Albaldar la respinse mentre il terreno intorno a lui si spaccava e pressava con forza il volto di Light.

"Muori come si addice ad uno del tuo stampo."

Albaldar fece più forza ma qualcosa lo respinse. Vide un'energia dorata lucente intorno a Light e le sue mani gli afferrarono il piede lanciandolo indietro. Albaldar si rimise subito in assetto mentre Light si rialzava, sorretto dal suo cosmo ma ansimante per gli sforzi prolungati a cui continuava a sottoporsi.

"Stupido! Vuoi soffrire anche di più?"

"Non me ne importa niente. Sono pronto a qualsiasi sofferenza, ma non ti lascerò prendere Zaffira né distruggere questo mondo."

"Lei mi appartiene di diritto, e questo mondo è giusto che venga distrutto per crearne uno migliore."

Light fece per muoversi contro di lui, ma un fulmine dall'alto lo colpì alla testa buttandolo a terra nuovamente. Era stato il suo avversario a colpirlo ma non l'aveva nemmeno visto muoversi. Ricordava Cardinal che gli aveva detto della velocità straordinaria dei cavalieri d'oro, ma questo era ancora superiore. Sembrava un fulmine lui stesso.

"Dovresti aver capito la differenza che c'è tra me e te, verme."

"Mi chiamo Light e ne ho abbastanza delle tue arie di superiorità."

Si rialzò sorretto dal suo cosmo.

"La tua ostinazione è stupida, tanto il risultato non cambierà."

"Infinti pugni di luce."

Il giovane neanche si mosse, ma nessun colpo lo prese. Pareva che gli fossero passati attraverso, ma Light era certo li avesse evitati, ma anche in quest'occasione non era riuscito a vedere i suoi movimenti.

Una scarica di fulmini lo prese immobilizzandolo e facendolo urlare a squarciagola.

"Sei solo un verme. Non hai nemmeno un'armatura e ti muovi così lentamente che anche un bambino eviterebbe i tuoi colpi. Non hai acquisito il settimo senso e lo stesso ti ostini a combattere."

Le scariche aumentarono ancora d'intensità facendo impazzire Light da dolore.

"No, ti prego smettila!" urlò Zaffira.

"La sua vita è un insulto a me e a mio padre. Ora metterò fine alle sue sofferenze una volta per tutte. Fulmine tonante."

Un fulmine più grande e potente degli altri si abbatté dal cielo sulla testa di Light. Sapeva di non poter far niente, eppure non voleva arrendersi lo stesso all'inevitabile. Voleva proteggere Zaffira a tutti i costi.

"Muori!"

Light urlò mentre la potenza della terribile scarica elettrica attraversava il suo corpo e che l'avrebbe ridotto in cenere.

"NO!" urlò Zaffira.

Da un punto indistinto del cielo comparve qualcosa che si riversò su Light e una luce dorata si pose a sua protezione salvandolo dalla scarica.

"Cosa sta succedendo?"

Per la prima volta anche Albaldar sembrò stupito. Il corpo di Light ora non era più inerme. A protezione in tutto il suo corpo c'era una lucentezza che proveniva da una corazza che brillava anche nella notte più buia: un'armatura d'oro. Riluceva come non mai proteggendolo in ogni sua parte. Aveva un elmetto piatto con due facce, una che sembrava ridere e l'altra piangere, mentre tutte le parti del corpo a protezione erano rinforzate doppiamente, come doppio era il segno che rappresentava.

Era tornato quello che veniva considerato il più forte tra i cavalieri d'oro, e per la prima volta anche Albaldar vide incrinarsi la sua grande sicurezza.

La scelta di Zaffira

"Com'è potuto accadere che un'armatura d'oro sigillata dal potere di mio padre si sia ridestata?"

"È il miracolo di chi crede nella giustizia."

Albaldar guardò per un attimo Zaffira, che era avvolta da una luce dorata, e comprese come stavano le cose.

"Perché, Zaffira, aiuti questo cavaliere che vuole abbattere mio padre e la sua giusta idea di un mondo migliore?"

"Non voglio un mondo macchiato con il sangue di tanti innocenti. Anche se ho visto poco del mondo sono certa che sia un luogo meraviglioso e la vita un bene prezioso. Nessuno ha il diritto di privare le persone del proprio futuro."

"Vaneggi! Ti sei fatta incantare dalle parole di questo pazzo. Ora lo distruggerò e ti farò capire quanto assurde sono le affermazioni che hai appena fatto."

"Non ti sarà così facile, e poi non c'è niente d'assurdo nel voler proteggere la pace e le persone che ci sono care."

"Non vedi com'è corrotto il mondo? Questa Terra ha bisogno di una rinascita, di un nuovo inizio. Bisogna eliminare le impurità per creare un luogo migliore: un nuovo paradiso!"

Il suo cosmo oscuro aumentò d'intensità e una serie di fulmini si riversarono su Light. Questa volta però riuscì a vedere perfettamente i colpi scagliati dal suo nemico e si mosse rapido, evitando una scarica dietro l'altra per poi colpire con un pugno luminoso. Albaldar parò con le braccia ma la potenza del colpo lo respinse indietro lasciando un solco nel terreno.

"Il mondo che dici tu è costruito sulla pelle di milioni di persone innocenti che vogliono vivere la loro vita nella pace, senza il giogo di tiranni come tuo padre. Se davvero avesse a cuore le sorti di questo mondo si prodigherebbe a usare le sue capacità per migliorarlo invece che distruggerlo."

"Illuso! Il mondo va distrutto. La gente che lo vive è corrotta e non vuole la pace. Da che mondo è mondo non ha fatto che combattersi e bramare il potere. Ora sorgerà un nuovo mondo dove le impurità di quello precedente saranno per sempre bandite. A chi, come te, osa ostacolare questo grande disegno non spetta che la morte. Fulmine tonante."

Light sentì la potenza del fulmine abbattersi su di lui. Urlò ma all'ultimo riuscì a spostarsi di lato evitando il grosso del danno, e il fulmine colpì il terreno creando un grosso buco.

"Pazzi! Non è con la violenza che potete creare un mondo migliore! Io farò di tutto per fermarvi. Infiniti pugni di luce."

"Anche se hai l'armatura d'oro il tuo attacco cosa credi... ma com'è possibile? I suoi pugni diventano sempre più veloci. Questo vuol dire che... ha raggiunto il settimo senso!"

Light urlò e il suo cosmo si espanse mentre i suoi colpi raggiungevano la velocità della luce. Albaldar non riuscì più a contenerli e ne venne travolto. Fu scaraventato a terra scavando un grosso solco che alzò un gran polverone.

"Ce l'ho fatta. Sono riuscito ad essere allo stesso livello di un cavaliere d'oro."

Un fulmine scaturì dal terreno per arrivare fino al cielo e Albaldar era nuovamente in piedi, con il cosmo oscuro che si espandeva sempre più.

"Sciocco! Pensavi che bastasse quel ridicolo attacco per sconfiggere me, che sono il più potente tra i cavalieri d'oro? Con il tuo settimo senso appena acquisito non puoi di certo competere con me che da sempre sono abituato ad usarlo."

"Dimostralo con i fatti. Io, Light, non ti temo."

Si mise in posizione di guardia mentre Albaldar sospeso a diversi metri d'altezza allargava le mani e scariche elettriche si formavano tutt'intorno a lui.

"Light, scappa! Userà il suo colpo migliore."

"Zaffira, lo sai che non fuggirò. Sto combattendo anche per te. Perché io voglio che tu possa avere un futuro e lo stesso gli abitanti di questo pianeta. Qualunque sia l'ostacolo che mi troverò ad affrontare non mi tirerò indietro."

Zaffira non riuscì a parlare, ma le lacrime che si formarono sul suo volto solare dicevano tutto.

"Parole grosse per chi è solo un cavaliere che ha acquisito un'armatura d'oro senza avere la capacità d'usarla. Guarda cos'è un vero potere e trema di fronte ad esso. Lighting Devastation!"

Si formò un cerchio elettrico intorno a Albaldar e da ogni suo punto partirono scariche d'energia, che si riunirono in un solo punto per poi abbattersi con tutta la loro furia contro Light. Urlò mentre le scariche lo colpivano senza sosta e poi tutto intorno a lui si distrusse in un'esplosione di luce nera abbagliante.

"Light!" urlò Zaffira.

"È morto ormai."

"No, non può essere."

Dove prima c'era Light ora c'era un cratere e di lui nessuna traccia.

"È rimasto polverizzato. Del resto era solo un dilettante con indosso un'armatura che non si era meritato."

"Non può essere morto."

"Zaffira, torniamo a casa!"

"No!"

Albaldar atterrò vicino a lei ma una sensazione di pericolo lo riscosse e si guardò attorno cercando di scorgerne l'origine. La percepiva intorno a sé ma allo stesso tempo non la vedeva. Gli sembrava come non fosse di questo mondo, eppure presente allo stesso tempo. Vide intorno a sé l'universo e le stelle e da un punto buio emerse una figura con indosso un'armatura d'oro: era Light. L'universo scomparve e il giovane, seppur ferito e ansimante, era nuovamente davanti allo sbalordito Albaldar.

"Sorpreso, vero?"

"Come può essere? Non puoi essere sopravvissuto al mio attacco."

"Se mi avesse preso in pieno sarei morto, così sono ricorso ad una mossa estrema. Ho capito che l'unica maniera per sopravvivere era di non essere più lì e così ho fatto. Ho creato una spaccatura nello spazio che mi ha consentito di finire temporaneamente in un'altra dimensione."

"Another Dimension. Sì, ho sentito parlare di questa antica tecnica, ma non avrei mai pensato che un pivello come te fosse in grado d'usarla e allo stesso tempo rivolgerla contro se stesso e ritornare in questa realtà."

"Non so esattamente come ho fatto. Ho solo un ricordo vago ma sono certo d'averla usata nello scontro contro Cardinal. Non ero sicuro di poter tornare in questa realtà ma tanto sarei morto lo stesso, per cui ho preferito tentare."

"L'armatura d'oro. È grazie ad essa che sei riuscito a trovare la strada per tornare in questa realtà."

"Forse è così, ma non soltanto. Ho sentito le voci delle persone che mi vogliono bene incoraggiarmi. Zaffira con le sue lacrime mi ha spronato a dare fondo a energie che non pensavo nemmeno d'avere. E ora a noi due."

"Non pensare che basti questo per vincere."

"Non lo penso ma non intento arrendermi, né ora né mai!"

Light si scagliò con impeto contro il suo avversario, che reagì prontamente attaccandolo a propria volta. Si colpirono entrambi con un pugno in faccia che li fece indietreggiare, per poi scagliarsi nuovamente e colpirsi con una serie di pugni e calci. Entrambi attaccavano senza curarsi troppo della difesa e sul corpo di tutti e due si formarono numeroso ferite.

Caricarono l'energia nei rispettivi pugni che si scontrarono l'uno contro l'altro. Entrambi vennero scagliati a terra ma si rialzarono prontamente, sorretti dal loro cosmo che aumentava sempre più. Erano coperti di sangue ma non sentivano né dolore né fatica, entrambi animati a combattere fino alla fine senza mai arrendersi.

"Adesso basta!" tuonò Albaldar. "Questa volta non riuscirai a sfuggire al mio colpo."

Aprì le ali e si alzò di quota allargando le braccia, mentre i fulmini si riversavano tutt'intorno a lui. In quel mentre, con la luccicante armatura nera, i fulmini che cadevano uno dietro l'altro e con il cosmo oscuro che si espandeva sempre di più, sembrava proprio un possente dio. Light però combatteva per gli ideali che gli erano cari e le persone che amava. Guardò un attimo Zaffira e ogni dubbio scomparve per lasciare spazio alla determinazione più assoluta.

"Questa volta l'affronterò e lo supererò."

"Vaneggi, uomo. Nessuno può superarmi in battaglia."

"Io ci riuscirò!" disse Light alzando le braccia in alto e incrociandole. "Non per me o per gloria o vanità, ma per proteggere le persone che amo e la pace sulla Terra."

"Stupido! La Terra va distrutta, non protetta. Ti dimostrerò l'assurdità delle tue affermazioni distruggendoti. Lighting Devastation!"

"Non è assurdo combattere per quello in cui si crede fermamente. Galaxian Esplosion!"

Il cielo sembrò spaccarsi in due. Da una parte un oscuro cosmo tempestato di fulmini, dall'altra un cosmo lucente in cui splendevano le galassie.

Lo scontro di cosmi elevati alla massima potenza diede luogo da un'esplosione senza precedenti. L'energia si innalzò fino al cielo creando una colonna di bagliori dorati, mentre la struttura tremava e si spaccava riducendosi in gran parte in polvere.

Entrambi vennero colpiti e respinti dalla potenza devastante che avevano scatenato. Light sprofondò nel terreno per poi sbucare dall'altro lato fino a fuori della struttura. Colpì più volte la roccia e poi scivolò verso il basso. Sotto di lui c'era il vuoto ma si aggrappò alla torre, anche se scivolò per parecchi metri prima di arrestarsi. Era in bilico su una piccola sporgenza rocciosa, che era un lato della torre ormai in gran parte spaccato. Era esausto e ferito. Il sangue gli usciva da tutte le parti e lo ricopriva, ma la pioggia che ora scendeva rapida lo toglieva in gran parte. L'armatura però brillava sempre di bagliori dorati e continuava a proteggerlo.

Cercò di fare un ultimo sforzo e tirarsi su ma era stremato e vide il suo avversario librarsi in aria diversi metri sopra di lui. Anch'egli era molto ferito ma aveva ancora forze, inoltre grazie alle ali nere volava e poteva ancora scagliare un ultimo colpo.

Un gigantesco fulmine si materializzò nel suo braccio destro e Light comprese che in quella posizione non ce l'avrebbe mai fatta ad evitarlo. Se fosse precipitato di sotto, colpito dalla potenza della sua tecnica, sarebbe morto, ma non sapeva come poterlo impedire. Strinse i denti con rabbia, impotente di fronte a quella situazione.

"È finita per te. Ritieniti onorato perché sei stato l'avversario che più mi ha dato del filo da torcere. Ora muori!"

"NO!" urlò Zaffira poco sopra di lui. "Ti prego non lo uccidere."

"Deve morire. Ma non soffrirà troppo. La mia saetta lo ridurrà in polvere."

"Non farlo! Verrò con te, tornerò da Ouranòs ma ti prego, non ucciderlo!" lo implorò Zaffira piangendo e inginocchiandosi.

"No Zaffira!" urlò Light.

"Ci verrai comunque."

"Albaldar, sei stato sempre gentile con me. Mi ricordo che quando ero piccola sentendomi piangere mi facesti uscire dalla prigione dove ho trascorso la mia vita andando contro gli ordini di tuo padre. Non puoi averlo dimenticato!"

Per un attimo Albaldar rimase perso nei suoi ricordi ma subito li lasciò tornare nel passato per puntare su Light.

"Nulla ora cambierà il suo destino."

"Zaffira, non ti preoccupare per me."

"Light..."

"Io sono contento se con la mia vita ti ho potuto almeno dare sollievo. Tu che hai trascorso un'esistenza che ho compreso è stata solo sofferenza. Anche se non riuscirò a sopravvivere, non ti arrendere. I miei amici continueranno a lottare e realizzare il sogno di pace e giustizia che è caro a noi tutti."

"Non voglio che tu muoia!" urlò Zaffira.

"Mio padre ha promesso che dopo aver creato il nuovo mondo, io ne sarò il re e tu la mia regina. Ricordi quelle parole?"

"Sì, ma io non ho mai voluto essere regina di un mondo creato con il sangue e la vita di persone innocenti. Non voglio una cosa simile né ora né mai."

"Neanche il potere di mio padre può costringere colei che ha lo spirito di Atena a piegarsi completamente al suo volere. Se però acconsentirai a diventare la mia regina di tua spontanea volontà, in cambio risparmierò la vita a quest'uomo. Accetti?"

"No Zaffira, non farlo!" urlò Light.

Lei guardò Light che si aggrappava disperatamente alla vita che lo stava abbondonando, mentre Albaldar era pronto a colpirlo portandolo alla morte. Lei avrebbe fatto qualunque cosa perché Light non morisse. Non voleva che soffrisse, ma soprattutto desiderava tanto che vivesse.

"D'accordo, accetto!"

"NO!" urlò Light.

"Queste tue parole non sono solo di una ragazza, ma la promessa di una dea."

"Te lo giuro, diventerò la tua regina. Però non dovrai far del male a Light."

"E sia."

Aldalbar scese fino a raggiungere Zaffira e la prese gentilmente per mano. Un attimo dopo cadde un fulmine dove erano loro prima e si ritrovarono in cima a quella strana antenna. Da lì un raggio di luce nera li portò fino al castello sospeso nel cielo, residenza di Ouranòs, dove Albaldar avrebbe coronato il suo sogno. Zaffira tra le lacrime guardò un'ultima volta verso Light che urlava disperato, mentre veniva trascinata ad un destino di sofferenza che non avrebbe più potuto cambiare.

Light era pieno di rabbia e stringeva i denti con tale forza da farseli sanguinare. Sentiva le forze venirgli meno e pure l'armatura scomparve. Come si era allontanata Zaffira anch'essa era tornata nel luogo dove era sigillata. Light però non voleva arrendersi. Non avrebbe permesso che Zaffira si sacrificasse per lui. L'avrebbe liberata a qualsiasi costo, anche avesse dovuto combattere con tutti gli dei.

Fece ancora più forza e riuscì a tirarsi su. All'ultimo però scivolò nuovamente. Cercò disperatamente d'aggrapparsi a qualcosa, ma la roccia scivolava e la debole presa delle sue braccia perdeva consistenza. Era la fine ma all'ultimo qualcuno gli afferrò il braccio. Stupefatto Light guardò in alto, e seppur con la vista annebbiata dal sangue, dal dolore e dalla pioggia battente, riconobbe il suo amico Lionet.

"Lionet?"

"Certo, chi ti aspettavi?"

"Che ci fai..."

"Dopo ci racconteremo tutto. Adesso tieniti a me che ti tiro su."

Seppur a fatica Lionet riuscì a tirarlo su e altre braccia lo aiutarono subito. Light si ritrovò per terra dentro la torre semidistrutta con attorno quattro persone. Gli presentarono Sheratan dicendogli al contempo quello che avevano scoperto, come il fatto di essere stati traditi da Liliana e i piani dei loro nemici. Light dal canto suo sapeva più o meno le stesse cose e a quanto pareva l'unico modo per raggiungere la fortezza nemica era passare per le cinque case e prima ancora nello spiazzo antecedente e la costruzione subito dopo. Seppur stremati erano tutti concordi nell'andarci subito.

"Ma ce la fai?" chiese El Shadai.

"Certo!" disse Light. "Sto bene e non c'è minuto da perdere."

"Allora che stiamo aspettando? Andiamo!" disse Lionet.

Corsero fino alla cima della torre e come volsero lo sguardo al cielo video una cosa incredibile: erano comparsi dodici segni luminosi. Erano grandi come una città ed erano in greco antico, brillanti di una luce dorata che permetteva di vederli anche a grande distanza, ed erano sospesi nel cielo.

"Che sta succedendo?" chiese Lionet.

"Sembra un qualche rituale" rispose Cristalia.

"No, quello è..."

"Cosa, Sheratan?" chiesero tutti.

"Deve trattarsi del leggendario rito dello Stemma Planetario.

"E cosa sarebbe?" chiesero tutti.

Sheratan non riuscì a parlare che un cosmo oscuro come l'inferno stesso si fece largo nel cielo e apparve la figura di Ouranòs in tutta la sua mostruosità, ora visibile ad ogni angolo del pianeta.

"Tremate, umani, che per lungo tempo avete spadroneggiato su questa Terra creata dagli dei. Il vostro tempo sta finalmente per giungere al termine. Questi dodici punti luminosi, che scorgete nel cielo di tutto il mondo, rappresentano il rituale d'estinzione del vostro pianeta. Segneranno per voi il tempo che vi separa dalla fine. Ogni ora uno dei simboli si spegnerà, e quando tutti e dodici lo saranno il rituale sarà compiuto e per il vostro miserabile pianeta giungerà la fine. Segnerà la nascita di un nuovo mondo, un paradiso in cui solo i forti potranno dominare. Chiunque di voi volesse farne parte dovrà giurarmi eterna fedeltà, non solo con le vostre parole ma col vostro sangue. Non ci sarà alcuna discriminazione né alcun perdono per chi viola le leggi da me sancite. Solo dolore e morte spetterà a coloro che mi sono nemici. È inutile inoltre che preghiate Atena, anche lei è accondiscendente con me nel voler distruggere la Terra e sancirà il patto d'alleanza tra noi sposando mio figlio Albaldar. Avete capito, terrestri? Per voi non c'è speranza alcuna. Vi spetta solo una morta atroce e sicura."

Ouranòs rise e poi l'immagine scomparve, lasciando incredulità ma anche sgomento alle persone di tutto il mondo. Se c'erano dubbi presto vennero fugati, visto che dovunque cominciarono terremoti e sconvolgimenti climatici. I vulcani eruttarono lava in quantità impressionante in tutto il mondo, le acque si riversarono sulle coste mentre terribili uragani sconvolgevano intere nazioni. Dovunque si guardasse nel mondo la situazione era la stessa: distruzione e caos.

"Maledetto Ouranòs."

Light fremeva di rabbia e stringeva i pugni con forza.

"Presto, andiamo. Abbiamo solo dodici ore" disse Cristalia.

"Abbiamo ancora dodici ore. Dobbiamo essere ottimisti."

"Sono concorde con Lionet. Adesso non c'è in ballo solo la nostra sopravvivenza e quella di Zaffira, ma dobbiamo compiere il nostro dovere di cavalieri e difendere la Terra. Ci aspettano combattimenti duri e molto pericolosi, ma io intendo rischiare fino all'ultimo. Chi è con me?" chiese Light.

"Non hai bisogno di chiederlo" rispose Lionet mettendo una mano sopra la sua.

"Più forti sono i nemici e più divertente è" disse El Shadai aggiungendo anche la sua mano.

"Hai ragione, Light. Bisogna essere ottimisti o non riusciremo nell'impresa. Sono con te" disse Cristalia.

"Io vi conosco tutti da poco ma non avevo mai visto persone così degne d'essere chiamate cavalieri. Sarò con voi fino alla fine."

Anche Sheratan mise la mano sulla loro e tutti insieme si avviarono verso la fortezza nemica, pronti a tutto pur di mettere fine ai piani di Ouranòs e salvare la Terra dalla fine.

L'assalto

La rampa di scale nella roccia sembrava non finire mai, anche se i cinque amici ci stavano dando dentro da un pezzo. Ci era voluto un attimo per giungere fino a lì, ma ora veniva la parte più difficile. Sentivano il cosmo potente di molte persone provenire sopra la strada che li attendeva, ma non avrebbero rinunciato per nulla al mondo. Light non faceva che pensare a Zaffira, ma lui stesso aveva detto c'era di più in ballo che il suo pensiero per quella ragazza: la salvezza della Terra.

Arrivarono ad un enorme spiazzo. C'era tanto spazio da contenere migliaia di persone, ma quelle che videro lì sembravano comunque un'infinità. Erano uomini giganteschi con la corazza nera, armati di spade, lance, mazze e scudi. Sogghignavano nel vedere quattro giovani senza nemmeno un'armatura indosso e si facevano grandi dietro al numero soverchiante.

"Ma quanti sono?" chiese El Shadai, che rinunciò a contarli.

"Che importa. Li dobbiamo superare" rispose Light.

"Ben detto, amico. Sanno farsi grandi solo dietro al numero ma singolarmente sono dei vigliacchi" disse Lionet.

"Però il loro numero è considerevole" disse Sheratan.

"Più che altro è la follia che brilla nei loro occhi ad essere inquietante. Non hanno paura di morire pur di distruggerci."

"Cristalia, non possiamo arrenderci in ogni caso."

"Pensate davvero di poterci battere, pivelli? Forse non vi rendete conto della situazione in cui vi trovate. Sappiate che una volta giunti qui non si può fuggire."

"Neanche intendiamo farlo. All'attacco. Infiniti pugni di luce."

"Raffica infuocata."

"Diamond Dust."

"Taglio impetuoso."

"Stardust Revolution."

I loro colpi sfoltirono molto la schiera nemica eliminando centinaia d'avversari, ma sembravano sempre un'infinità e passarono al contrattacco. I ragazzi pararono e schivarono molti dei loro colpi, colpendo a propria volta, ma per quanti ne abbattevano ce n'erano sempre altri che prendevano il loro posto.

"Accidenti, non finiscono mai" disse Lionet.

"Crystal Wall."

La barriera creata da Sheratan bloccò l'assalto nemico dando ai ragazzi un po' di respiro, ma subito altri si riversarono su di loro da ogni direzione.

"Maledizione, se continuiamo a combattere con loro perderemo molto tempo."

"Lo so, Light, ma non c'è altro da fare."

"Ci converrà usare le nostre tecniche migliori se vorremo averne ragione in breve tempo."

"Hai ragione, Cristalia."

"Allora non perdiamo altro tempo."

Si misero tutti l'uno a fianco all'altro in posizione per lanciare i loro colpi migliori, quando un'improvvisa scia d'energia spaccò la terra davanti a loro, inghiottendo molti nemici. Tutti guardarono El Shadai, ma lui ne sapeva quanto loro. Percepirono così una potente energia dietro di loro e anche i soldati si girarono in quella direzione.

Un gigante avanzava lento ma sicuro di sé, con sguardo truce e determinato, avvolto da un'energia d'oro come l'armatura che indossava. Era un'armatura ampia e possente, come il suo possessore, i cui muscoli sembravano scoppiargli tanto erano gonfi. Indossava un elmo con due corna di lato e dei piccoli spunzoni davanti, mentre più lunghi e acuminati erano quelli che spuntavano dalle spalle, e tutto dava idea in lui di potenza e tenacia.

I cinque amici erano consci che potesse trattarsi di un altro nemico, ma quando lo videro in faccia compresero che non era così. Lo stupore non fu da poco, ma anche la contentezza nel rivedere quello che era stato per loro un grande maestro: Tauriel era tornato a combattere.

"Maestro" dissero tutti.

Lui passò in mezzo a loro guardandoli con severità.

"Che fate ancora qui? Dovete sbrigarvi. Non c'è un minuto da perdere."

"Ma maestro..."

"Adesso non sono più il vostro maestro, ma solo un compagno d'armi. Come me siete cavalieri d'oro. Le vostre armature vi stanno chiamando, aspettano solo che voi le destiate dal sonno che gli è stato imposto."

"Ma come..."

"Non rammentate più cosa vuol dire essere cavalieri d'Atena? È nel vostro cuore che dovete trovare le risposte."

"Abbiamo capito. Andiamo, ragazzi."

"Dovete però raggiungere il settimo senso se volete essere degni d'indossare le armatura."

"Lo faremo."

"Di loro non preoccupatevi, ci penserò io."

"Anche se sei un cavaliere d'oro non puoi sconfiggere tutti noi."

"Ah no? Great Horn!"

Tauriel mosse le braccia in avanti e un raggio d'energia che assunse la forma di un toro dorato ne travolse a dozzine.

"Maledetto."

"Questo solo per riscaldamento. Ragazzi, non indugiate oltre. Uno dei simboli si è già spento."

Guardarono il cielo e c'erano undici simboli accesi al momento.

"Accidenti. Andiamo!"

Si fecero strada tra i nemici mentre un colpo di Tauriel spaccò per un lungo tratto fermando quelli che ancora li intralciavano. Il gigante guardò ancora un attimo i cinque ragazzi che salivano le scale e scomparivano alla vista. Era fiducioso del loro successo.

"Maledetto! Ora ti faremo a pezzi. Non potrai farcela."

"Bene, ora che i ragazzi sono andati via posso fare sul serio."

"Cosa?"

"Già. Prima mi sono trattenuto, ma ora non avrete scampo, servitori di Ouranòs."

Gli uomini, per quanto condizionati ad ubbidire sempre agli ordini e non indietreggiare, vennero presi dal panico vedendo lo sguardo risoluto e intimidatorio dell'uomo. Sostenuto dal suo cosmo e con la forza della brillante armatura sembrava impossibile potessero sconfiggerlo, e tutti loro fecero un passo indietro. Questo non li salvò dalla furia di Tauriel, che scatenò su di loro tutta la sua potenza distruttrice.

I ragazzi sentirono un terremoto dietro di loro e l'esplosione di un cosmo molto potente.

"Accidenti, il maestro ha deciso di fare sul serio" disse El Shadai.

"Ci ha spianato la strada ma ora tocca a noi essere degni della sua fiducia" disse Light.

Arrivarono ai piedi di una lunga scalinata. Al contrario delle altre scale non curvava ma era lunga e rettilinea, scavata nella roccia. Loro erano in uno spiazzo largo e circolare che fungeva da punto d'intersezione.

Si fermarono di colpo sentendo approssimarsi una serie di cosmi minacciosi. Videro in cima alla scalinata sei figure alte e possenti che indossavano delle armature di un colore simile al grigio scuro. Assomigliavano molto a quelle d'argento ma più scure, seppur la brillantezza non mancava. I nuovi venuti spiccarono un balzo e si trovarono poco sopra di loro. Erano cinque uomini e una donna. Due erano dei veri giganti, ma anche gli altri tre uomini erano ben messi, mentre la donna sminuiva davanti a loro seppur fosse piuttosto robusta anch'ella.

Cinque di loro avanzarono mentre uno solo rimase più in alto in una posizione sopraelevata. Dal suo sguardo deciso che trapelava dagli occhi azzurri capirono subito che era il capo. Alto, magro ma con spalle larghe, aveva corti capelli chiari senza neanche un elmetto a protezione, mentre l'armatura si concentrava soprattutto nelle braccia e gambe ma spiccava anche un robusto paracuore.

"E questi chi sono?" chiese Lionet.

"Che importa. Ci sbarrano la strada, li faremo a pezzi" disse El Shadai.

"Non credo sarà facile, sembrano forti" disse Cristalia.

"Anche noi lo siamo, non facciamoci intimorire" disse Light.

"Devono essere cavalieri del Cielo Oscuro di secondo livello, vero?" chiese Sheratan.

"Hai indovinato, donna" disse quello più grosso del gruppo. Era un vero mostro di potenza e bruttezza. Alto più di due metri e mezzo, con corti capelli neri e occhi scuri, aveva un fisico simile a quello di Tauriel, nonché un'aria minacciosa. Dallo sguardo si deduceva solo una grande propensione alla violenza e alla follia. Si presentò come Dogros mentre accanto a lui l'altro gigante era la sua copia, solo leggermente più basso e meno possente. Disse di essere suo fratello Borgros e che li avrebbe distrutti.

"Sbruffoni!" disse Lionet.

"Dei pivelli come voi non sono nemmeno degni di farci da avversari. Io sono Cerberos e vi annienterò."

Anche egli era alto e molto robusto. Capelli castani e occhi neri, aveva un viso squadrato e naso grosso, nonché muscoli possenti e la stessa inclinazione alla violenza dei primi due.

"Al tuo posto non ne sarei così sicuro" disse El Shadai.

"Scoprirete che sappiamo batterci anche noi" disse Sheratan.

"Sì, contro i soldati semplici, mica contro di noi che vi siamo superiori. Io sono Delfin e non mostrerò alcuna pietà per voi."

Anche questo non sembrava meglio degli altri. Alto e robusto, rasato con occhi marroni e viso percorso da diverse cicatrici, era forse il più brutto del gruppo, anche se tra tutti era una bella lotta.

"Non siamo cavalieri da poco."

Anche loro si presentarono dicendo le loro costellazioni. Gli avversari risero.

"Siete solo dei pivelli" disse Dogros.

"Seppur appartenete a costellazioni potenti, senza le vostre armature siete solo dei bambini indifesi. Io sono Paluam e come i miei compagni non ho mai perso."

"Se non conoscete la sconfitta significa che avete imparato ben poco."

"Giusto, Cristalia. Solo chi si sa sempre rialzare dopo una sconfitta può..." disse Ligth.

"Si vede che siete dei perdenti. Io sono il capo del gruppo e mi chiamo Gelus. Sapete perché noi cavalieri del Cielo Oscuro siamo pochi in confronto a quelli di Athena?"

"Neanche ce ne frega niente" rispose Lionet.

"Sentiamo!" disse Light.

"È semplice. Perché tra noi cavalieri del Cielo Oscuro vige la regola che solo i più forti sopravvivono. Tutti gli altri non sono che dei perdenti a cui spetta solo la morte. Atena ama circondarsi di cavalieri mediocri, destinati solo alla sconfitta quando ne incontrano di superiori come noi."

"Palloni gonfiati. Fatevi avanti!" disse Lionet.

"Sappiate che abbiamo già eliminato tutti i cavalieri di bronzo e d'argento che si sono frapposti a noi" disse Gelus.

"Ragione in più per battervi. Vendicheremo anche loro."

Light corse in avanti insieme ai suoi amici. Gelus rimase fermo nella sua posizione mentre gli altri cinque si buttarono contro i cavalieri d'Atena. Cerbero anticipò il pugno infuocato di Lionet colpendolo con entrambi i pugni, anch'essi di fuoco. Il giovane venne scaraventato a terra pesantemente, ma reagì prontamente rotolandosi ed evitando così il calcio infuocato del nemico che lasciò il segno sul terreno. Cristalia lanciò i cristalli di ghiaccio contro Paluam ma ella schivò il colpo saltando in alto per poi ricadere su di lei con un calcio carico d'energia elettrica. La ragazza se lo prese in pieno petto e si trovò a terra, con il colpo pervaso dal dolore che le scariche le causavano.

"Troppo facile."

Paluam caricò il pugno d'elettricità e si scagliò contro Cristalia ma si trovò i piedi ghiacciati e perse l'equilibrio.

"Pensavi d'aver evitato il mio colpo, ma ti ha preso anche se di striscio."

Cristalia seppur a fatica si rialzò, mentre la sua nemica si liberò del ghiaccio propagando nella zona scariche elettriche. Nel mentre Borgros lanciò un getto d'acqua con la forma di un maglio distruttore contro Sheratan, ma si infranse nel muro di cristallo e venne respinto indietro. Il gigante incassò il suo stesso colpo senza troppi problemi per poi colpire prendendo a pugni la barriera della sua nemica senza che il risultato cambiasse.

"È inutile la tua forza contro il Crystal Wall."

"Allora proverò qualcosa di più. Getto d'acqua devastante."

Sheratan sentì un rumore sotto di lei e dal terreno si materializzò un getto d'acqua che la travolse, facendola volare per molti metri e poi ricadere pesantemente a terra. El Shadai invece schivò gli attacchi rapidi di Delfin che creava delle lame di vento per poi abbassare rapido il suo braccio su di lui. Il nemico all'ultimo spiccò un possente salto con cui evitò il colpo di El Shadai per poi afferrarlo con i piedi sotto le spalle.

"Rolling Water."

Delfin ruotò su se stesso per poi alzarsi in alto e far ricadere il giovane di testa. Dogros invece incassò senza problemi i colpi di Light con la sua mole enorme per poi colpirlo con due potenti pugni ruotati, che il giovane schivò e formarono due enormi crateri sul terreno.

Compresero tutti che avevano di fronte dei temibili avversari e che avrebbero dovuto fare del proprio meglio per sconfiggerli. Lionet contrattaccò con una raffica infuocata, ma l'avversario parò senza problemi tutti i suoi colpi e rideva beffardo.

"Tutta qui la tua forza?"

"Adesso ti faccio vedere..."

"Direi che ora tocca a me. Guarda come combatte un vero cavaliere. Triple Fire."

Dalle mani di Cerbero partirono tre grosse palle di fuoco. Lionet evitò la prima buttandosi di lato per poi saltare in alto ed evitare anche la seconda. La terza però gli arrivò ad un palmo della faccia, ma lui prontamente mise le braccia davanti assorbendo in parte il corpo e finendo nuovamente a terra. Avesse avuto anche lui un'armatura quel colpo non l'avrebbe neanche sentito, ma così sentì invece le braccia bruciargli. Si rialzò pronto per un nuovo assalto e vide a quel punto una tecnica incredibile: l'avversario si era diviso in tre.

"Piaciuto lo scherzetto? Questo è il Triple Cerbero, la mia tecnica imbattibile."

"Che siate uno, tre o cento farete comunque una brutta fine."

Lionet si rimise in posizione di guardia. Poco distante Cristalia veniva subissata di colpi che arrivavano da tutte le direzioni. La sua avversaria era talmente rapida che non le dava il tempo di reagire.

"Tecnica della trottola elettrica."

Cristalia non fece in tempo a parare un pugno elettrico che le arrivò un calcio che parò a fatica, ma non riuscì a fare lo stesso con la gomitata, subito dopo seguita da una ginocchiata che la prese in faccia. Si trovò nuovamente a terra e Paluam le saltò addosso con un calcio volante. Cristalia si rialzò per usare rapida i cristalli ma non riuscì a prendere la sua velocissima avversaria.

Sheratan non se la stava vedendo meglio. Come era caduta un altro getto d'acqua l'aveva presa e scaraventata in alto, ma ricadendo si era scontrata con un pugno avversario che l'aveva presa al corpo ributtandola a terra. Da lì si ricominciava il gioco nemico e sembrava non esserci scampo. El Shadai invece attaccava con impeto, ma il suo avversario era sempre un passo avanti a lui. Anticipava le sue mosse per poi colpirlo con un calcio o farlo volare e ricadere pesantemente. Senza nessuna protezione quei colpi erano pesanti, ma per quanto si impegnasse El Shadai non riusciva a portare un solo colpo. L'avversario saltò nuovamente in alto per poi sferrare un calcio a piedi uniti e ruotare su se stesso formando un vortice d'aria, con il quale travolse El Shadai ferendolo al corpo.

Light invece evitava i terribili colpi del suo nemico, ma nessuno dei suoi riusciva a danneggiarlo. Doveva riuscire a usare le tecniche più potenti se voleva averne ragione, ma gli attacchi continui nemici non gli lasciavano spazio per altre manovre.

All'ennesimo pugno avversario, invece di saltare indietro o di lato gli andò incontro. Saltò sul braccio avversario per saltare sulla sua testa e colpirlo con un calcio. L'avversario rise e fece per afferrare Light, ma questi era già saltato in alto e alzava le mani concentrando in fretta il suo potere.

"Prendi questo. Pioggia di stelle."

Borgros venne subissato di colpi da tutte le direzioni e sembrò a Light d'averlo sconfitto: si accorse purtroppo che non era così. Il corpo dell'avversario era diventato d'acciaio, riuscendo ad assorbire buona parte dell'attacco.

"Questa è la mia tecnica difensiva migliore. Iron Force. Non potrai mai scalfire il mio corpo."

"Ho scoperto che ogni cosa è possibile quando uno ci crede fermamente, e non c'è ostacolo che non si possa superare."

Light rimase fermo e concentrato con il cosmo lucente che lo circondava, aspettando l'attacco avversario che non tardò ad arrivare. Nel mentre Lionet si muoveva rapido cercando di parare colpi che arrivavano da tre direzioni diverse. A un certo punto saltò in alto e colpì i tre Cerbero con la raffica infuocata, ma questi pararono senza problemi. Lionet non si scoraggiò e allora li caricò avvolgendo con il fuoco il proprio corpo.

"Bomba infuocata."

"Inutile qualsiasi tentativo."

I tre nemici si misero davanti ma Lionet scartò sulla destra buttandosi sull'avversario che era lì. Questi venne travolto dalla sfera infuocata e si dissolse. Gli altri due attaccarono in contemporanea. Lionet si prese diversi colpi che gli fecero sputare sangue, ma all'ennesimo attacco saltò in alto e concentrò la raffica infuocata su uno dei due. Questi non riuscì a parare il colpo come prima e prese fuoco, per poi dissolversi.

"Siamo nuovamente uno contro uno."

"Come hai fatto?"

"Semplice. Scomponendoti in tre anche la tua forza è diminuita. Finché potevate attaccare e parare insieme tutto bene, ma mi è bastato concentrare le forze in un punto e il gioco è stato facile."

"Abile per un principiante, ma non basta di certo per battermi. Ora vedrai tutta la mia forza."

"Meno male, mi stavo annoiando con questa leggerezza."

"Muori. Triple Fire."

Dalle mani di Cerbero uscirono tre grandi palle di fuoco che si concentrarono in un'unica più grande e devastante.

"Ora ti mostrerò come si usa l'elemento fuoco. Ruggito del leone furente!"

Entrambi i getti di fuoco presero una forma propria e rappresentavano un leone e un cane a tre teste. I poteri si equivalevano, ma il cosmo di Lionet continuò ad espandersi sempre più mentre quello di Cerbero sembrava aver raggiunto il limite.

"Non può essere..."

Cerbero venne travolto dal leone infuocato e la sua armatura finì in pezzi, mentre il suo corpo venne avvolto dalle fiamme che in breve lo consumarono.

"Com'è potuto succedere?" urlò Cerbero.

"Sei stato troppo sicuro di vincere. Un vero guerriero si può elevare solo quando impara cosa sia l'umiltà."

Cerbero finì la sua esistenza credendo che solo in quell'ultimo attimo aveva imparato qualcosa di significativo.

Cristalia aspettò nuovamente l'attacco della sua avversaria che la subissava di colpi. La prese una, due, tre volte senza mai fermarsi, finché al colpo seguente parve muoversi al rallentatore per poi arrestarsi del tutto.

"Che succede?"

"Ho bloccato i tuoi movimenti con il ghiaccio."

"Cosa? Come ci sei riuscita?"

"Ho congelato l'area intorno a me. Non capendo dove mi avresti colpita mi sono limitata a creare una zona gelida tutt'intorno. Tu, presa dall'impeto d'attaccare, non te ne sei accorta se non troppo tardi. E questa volta non potrai evitare il mio colpo. Diamond Dust!"

Cristalia lanciò i cristalli di ghiaccio che travolsero l'avversaria, trasformando il suo corpo in un unico cristallo che a contatto con il suo si spaccò in tanti piccoli frammenti.

Sheratan all'ennesima caduta scomparve alla vista dello stupefatto avversario.

"Dov'è finita?"

"Sono qui."

Riapparve alle sue spalle e lui la colpì con un pugno che la ragazza si prese allo stomaco, ma resistette al dolore e alzò le braccia al cielo.

"Stardust Revolution!"

"Non ce la farai."

Borgros lanciò in getto d'acqua con il quale respinse con facilità l'attacco dell'avversaria, anche troppo, pensò solo troppo tardi.

"Sei caduto nella mia trappola. Pugni che squarciano il cielo e fendono il suolo."

Scaricò sull'avversario una impressionante quantità di pugni e calci carichi di energia cinetica che lo presero in più punti scaraventandolo al suolo. Questi, seppur ferito, si rialzò.

"Complimenti. Sei stata abile a trarmi in inganno, ma non hai ancora vinto."

"Quella serie di colpi era atta solo a indebolirti. Ora vedrai veramente la potenza del mio colpo. Stardust Revolution!"

Questa volta era il colpo vero alla massima potenza. L'avversario ci contrappose il getto d'acqua, ma così ferito non raggiunse la massima potenza e venne travolto dalla tecnica avversaria che lo ridusse in polvere.

El Shadai aspettò l'attacco avversario e questa volta fu lui a saltare in alto superandolo e afferrando a propria volta.

"Non sei l'unico che conosce simili trucchetti. Jumping Stone."

Delfin rotolò in alto per poi ricadere di testa. L'elmetto a forma di delfino lo salvò dal peggio ma rimase comunque molto stordito. El Shadai non infierì e rimase invece fermo e concentrato espandendo il suo cosmo e concentrando l'energia sul braccio destro.

"Stupido, avresti dovuto colpirmi quando ne hai avuta l'occasione. Ora non ne avrai altre."

"Sappi che se tenterai ancora lo stesso colpo ti colpirò con ancora più forza."

"Ora ti farò vedere la mia tecnica suprema. Mega Vortex."

Delfin ruotò su se stesso formando un vortice che travolgeva e tagliava ogni cosa al suo passaggio. Velocissimo si scagliò contro El Shadai, che continuava a rimanere immobile, per poi alzare il braccio destro su cui aveva concentrato l'energia del suo cosmo.

"Guarda la forza della lama che tutto può. Divina spada che fendi l'aria, dammi la tua forza e permettimi di trafiggere l'avversario."

"È inutile, non puoi scamparla."

Il vortice colpì El Shadai facendo sempre più tagli in tutto il suo corpo, ma lui non si mosse e rimase imperturbabile.

"Mia spada, trafiggi il nemico con tutta la tua potenza. Excalibur!"

Calò rapido il braccio sull'avversario e il vortice si fermò per poi dissolversi, e la lama divina tagliò tutto al suo passaggio dividendo in due il nemico e portandolo alla morte.

"Finalmente sono riuscito ad usare la mia spada divina. Questo lo devo però non solo all'allenamento continuo, ma alla fede nella giustizia di cui la mia spada è portatrice."

Light invece colpì il suo avversario alla testa e questi rise finché tutto il suo corpo non si paralizzò. Vide l'acciaio che componeva il suo corpo fondersi e causargli terribili dolori. Non poté così più tenere la forma d'acciaio e a quel punto venne colpito da raggi di luce che lo trapassarono, finché non si dissolse in un'esplosione di luce.

Erano tutti stanchi e ansimanti. Si guardarono tra loro constatando che erano tutti salvi e avevano sconfitto i loro nemici. Per un attimo esultarono, abbassando così la guardia e venendo travolti da un'onda di ghiaccio. L'intera zona intorno a loro si congelò e rimasero bloccati nel ghiaccio. Guardarono da dove era venuto il colpo e videro Gelus che sorrideva e avanzava sicuro della sua vittoria.

"Maledetto, sai colpire solo a tradimento!" urlò Lionet.

"Se sono sopravvissuto finora è perché sono sempre stato più furbo degli altri. Inoltre possiedo la tecnica più potente. Così combinati sarà uno scherzo finirvi."

"Non ci riuscirai."

Cristalia si rialzò.

"Già, anche tu conosci la tecnica del ghiaccio, anche se non al mio livello, e di conseguenza sei riuscita a resistere. Ora rimedierò subito a questo inconveniente."

"Non ti permetterò di far del male ai miei amici. Diamond Dust."

Gelus bloccò i cristalli di ghiaccio con una sola mano.

"Cosa?"

"Sorpresa, vero, di fronte a tanta potenza? Ora guarda qui. Anelli di ghiaccio."

Cristalia tentò d'evitare il colpo, ma il suo avversario era stato rapidissimo.

Intorno a lei si formarono due anelli di ghiaccio che le bloccavano i movimenti, impedendole di difendersi dal prossimo attacco che sarebbe stato decisivo.

"Sei finita. Guarda una vera tecnica mortale. Aurora boreale."

Dalle mani aperte e congiunte di Gelus partì un raggio di ghiaccio di una potenza incredibile, che travolse Cristalia scagliandola lontano e congelandole parte del suo corpo.

"No!" urlarono gli altri.

Sentiva che il suo corpo diventava freddo e la morte sopraggiungeva, ma non voleva arrendersi. Stando con i suoi amici aveva imparato molte cose che in tanti anni di allenamento non aveva compreso. Aveva appreso cosa volesse dire essere un cavaliere d'Atena che combatte per la giustizia e non si arrende mai di fronte alle difficoltà. Aveva imparato cosa voleva dire avere fiducia negli altri e combattere sempre fino all'ultimo, anche quando tutto sembra impossibile. Aveva imparato che l'impossibile non esisteva per chi ha nel cuore la giustizia e la pace sulla terra.

Il suo cosmo azzurro risplendette e scacciò il ghiaccio che si era formato nel suo corpo per poi rialzarsi davanti ad uno stupefatto avversario.

"Come puoi rialzarti dopo aver preso in pieno il mio colpo?"

"Io sono cavaliere d'Atena e mi rialzerò tutte le volte che sarà necessario finché non avrò compiuto la mia missione."

"Sei pazza! Ora non ti rialzerai più. Userò il mio colpo alla massima potenza."

"Allora anch'io ti farò vedere il mio colpo migliore."

Cristalia alzò le braccia sopra la testa congiungendo le mani a coppa.

"Qualunque cosa sia non ti servirà. Dopo che ti avrò sconfitta ucciderò gli altri e il mio signore mi darà il grado di cavaliere di primo livello. Otterrò un potere senza precedenti."

"È per questo che sei destinato alla sconfitta. A spingerti alla pugna c'è solo desiderio e ambizione, e chi combatte senza ideali ha già perso in partenza."

"Stupidaggini, dettate dalla paura di chi sta per morire. Aurora boreale."

Cristalia abbassò le braccia unite all'altezza del petto puntate sull'avversario.

"Guarda il colpo più potente in cui riverso la mia forza dedita alla giustizia. Aurora Execution!"

Il raggio congelante che scaturì dalle mani protese di Cristalia era ad una temperatura che si avvicinava alla zero assoluto, e di Gelus non rimase che un grande cristallo di ghiaccio che in un attimo si dissolse.

"Grande!" dissero gli altri, nuovamente liberi.

"Ce l'ho fatta perché avevo amici da proteggere e ho creduto nella giustizia."

"Giusto, Cristalia. Dobbiamo continuare a credere in noi stessi e riusciremo in tutto, anche nel difficile compito che ci attende."

Tutti concordarono con le parole di Light e si avviarono sopra la scalinata.

Poco distante videro una costruzione di modeste dimensioni, stile greco antico, larga e non molto alta. Intorno ad essa videro qualcosa di lucente e abbagliante e sentivano come se una voce li stesse chiamando lì. In effetti non sentivano né dolore né fatica, malgrado la dura battaglia appena sostenuta. Quando furono più vicini videro a cosa apparteneva quel bagliore. Intorno alla casa c'erano degli scrigni dorati, sette in tutto, alti quanto le gambe di una persona e fatti a cubo ma con la parte di sopra aperta. Da cinque di esse spuntarono altrettante armature d'oro. Ognuno era attratto dalla sua e mano a mano che si avvicinavano le videro con maggiore chiarezza.

C'era l'armatura dei gemelli, quella del leone, dell'acquario, del capricorno e dell'ariete. Sentivano che li stavano chiamando, che bramavano d'unirsi ai loro legittimi padroni e con quelle erano certi di potercela fare contro qualsiasi avversario.

Corsero presi dall'euforia verso la loro armatura ma furono costretti ad arrestarsi quando tutto l'ambiente intorno a loro cambiò. Divenne un paesaggio verdeggiante con candidi fiori bianchi, erba profumata e due grandi alberi praticamente identici e messi a poca distanza l'uno dall'altro. In mezzo ad essi c'era una giovane ragazza, poco più che una bambina, dai lunghi capelli biondi dorati e splendidi occhi azzurri. Era molto magra, il seno quasi inesistente e anche il bel volto era scarno. Non incuteva timore ma più che altro tristezza, eppure il suo corpo era circondato da un'energia dorata che aumentava sempre più d'intensità fino a coprire l'intero spiazzo.

Quella che era poco più che una bambina aveva un cosmo vasto e ostile pari a quello di un cavaliere d'oro. Inoltre li fissava con intensità, con uno sguardo indagatore e ostile.

Il suo cosmo aumentò ancora fino a formare una figura gigantesca che a tutti ricordava in tutto e per tutto le statue di Buddha. Sotto di loro comparve una mano gigantesca, rappresentante proprio quella della statua, mentre i loro corpi si irrigidirono e non riuscivano più a muovere neanche un muscolo.

Fu chiaro a tutti che si trovavano di fronte qualcuno con poteri straordinari e avrebbero dovuto dare il meglio di se stessi se volevano riuscire a superarla.

Il giudice senza peccato

"Tu chi saresti?" chiese Light.

Avevano tutti la guardia alzata pronti a difendersi, ma la giovane rimaneva immobile con le gambe incrociate e sembrava schiacciarli al suolo con lo sguardo. L'ambiente era tornato normale e riuscivano nuovamente a muoversi, ma la tensione era comunque alta.

"Sei nostra nemica?" Chiese Lionet.

"Noi dobbiamo raggiungere il tempio di Ouranòs prima che i dodici simboli si spengano. Se non ci sei nemica lasciaci andare."

La giovane guardò Cristalia, che si sentì gelare il sangue nelle vene e non riusciva a muoversi.

"Grandi peccatori che percorrete queste lande, io sono qui per giudicare i vostri misfatti e punirvi in base a tali."

"Di che cosa parli?" chiese Lionet.

"Dobbiamo salvare la Terra e Atena" disse Sheratan.

"Chiunque voglia giungere al tempio di Ouranòs deve prima percorrere le linee del destino. Esso è tracciato da cinque vie che unite permettono d'accedere al luogo prescelto. Prima di accedere ad esse, però, io, Santia della Vergine, sono qui per giudicare i vostri peccati e stabilire se siete degni o meno di procedere oltre."

"Quante ne spari di fesserie. Noi dobbiamo andare avanti, costi quel che costi. Non ci importa niente del tuo parere."

Santia non mosse un muscolo ma non sembrava impressionata dalle parole di Lionet.

"Anche se sei una ragazzina, se ci ostacolerai ti combatteremo."

El Shadai era pronto all'attacco ma Light lo fermò.

"Purtroppo non abbiamo tempo da perdere. Facci passare."

"Passerete solo se ne sarete degni" rispose con fermezza Santia.

Erano tutti pronti all'attacco ma Sheratan, più calma, si mise davanti.

"Aspettate. Cosa dobbiamo fare per dimostrarci degni?"

"Ditemi il motivo per cui volete passare."

"Sei sorda! Te l'abbiamo detto il motivo" disse Lionet.

"Voi quindi volete attentare alla vita di Ouranòs e fermare i suoi nobili scopi."

"Nobili, hai detto!" disse Lionet furente.

"Lui vuole distruggere la Terra e uccidere tutti gli abitanti. Se sei tanto saggia da poter giudicare gli altri come puoi dire una cosa simile?" chiese Light.

A sorpresa Santia si mise a piangere.

"Come fate a non capire? Non vedete l'orrore del mondo in cui viviamo? Le guerre e i soprusi la fanno da padroni come l'ingiustizia, la povertà e l'egoismo. È un mondo corrotto e prossimo alla fine. Gli esseri umani si distruggeranno lo stesso ma lentamente, causando altra sofferenza anche alle poche persone che vorrebbero vivere in pace. Ouranòs sta solo anticipando i tempi, non per sete d'egoismo ma per creare un mondo migliore. Un nuovo paradiso dove regnerà finalmente la pace e la giustizia. Per questo suo nobile scopo io, Santia, sono pronta a mettere in gioco la mia vita e non permetterò che nessuno non degno possa solo avvicinarsi al mio signore."

I cinque amici si guardarono un attimo poi Lionet esplose la sua rabbia.

"Come puoi parlare di pace e giustizia quando il nuovo mondo è creato col sangue di tanti innocenti?" urlò Lionet.

"Prima hai detto che ci sono anche persone innocenti al mondo, non pensi a loro?" chiese Cristalia.

"Sì, ci penso. Ora finalmente avranno la pace. La vita in questo mondo gli riserverebbe solo altro dolore per poi finire miseramente. Così invece avranno la pace e le persone che verranno troveranno un nuovo mondo migliore di questo."

"Sei pazza!" urlò Lionet.

"Prima abbiamo incontrato una donna di nome Salassa che aveva idee simili alle tue, ma quando ha capito il suo errore ha cambiato opinione e ci ha aiutati. Prima di arrogarti il diritto di giudicare gli altri dovresti guardare dentro te stessa."

Santia smise di piangere e guardò Sheratan con rabbia.

"Voi tutti che siete dei peccatori volete giudicare me che sono stata scelta quale giudice dagli stessi dei? Arriva dunque a tanto la vostra arroganza?"

"Direi che l'unica arrogante sei tu" disse Lionet pronto alla sfida.

"Hai detto che sei della Vergine, per cui fai parte dei cavalieri d'oro di Atena. Perché allora ci combatti? Non credi più nella tua dea?" chiese Light.

"Io credo che Atena per quanto saggia non sappia governare. La sua debolezza ha portato il mondo alla rovina. C'è solo odio nel mondo governato da Atena. Io ho giurato di servire Ouranòs che ne ha più a cuore le sorti di Atena."

"Ma se Ouranòs lo vuole distruggere questo mondo!" disse Lionet.

"Facciamola finita. Tanto non ci farà passare. Taglio impetuoso."

El Shadai mosse rapido il braccio creando lame di energia, che spaccarono il terreno in linea retta e colpirono Santia che non si mosse di un millimetro dalla sua posizione. All'ultimo però l'energia si arrestò e scomparve del tutto.

"Come ha fatto?"

"Con questo vostro atto sconsiderato avete decretato la vostra fine."

"Mi hai stancato, ragazzina presuntuosa. Raffica infuocata."

Le sfere di fuoco si fermarono davanti a una barriera luminosa che formava una sfera dorata a protezione di Santia e sembrava impenetrabile.

"Kaan! Questa tecnica mi protegge da qualunque attacco, che sia di uno o tanti cavalieri."

"Staremo a vedere. Infiniti pugni di luce."

"Diamond Dust."

"Stardust Revolution."

Tutti i colpi andarono a segno ma nessuno raggiunse la ragazza, protetta dalla sua barriera impenetrabile.

"Le vostre motivazioni sono talmente deboli che non potrete mai superare la mia barriera. Io sono sostenuta dalla forza del giusto, non come voi, che pieni di peccati siete mossi solo dall'egoismo."

"Adesso ti faccio vedere io. Bomba infuocata."

Lionet però non riuscì a muoversi e nemmeno gli altri ce la facevano. Videro nuovamente l'ambiente pieno di fiori con i due alberi ai lati di Santia, ma apparvero però anche figure spettrali dall'orrendo aspetto. Sembravano dei grossi serpenti con il viso deformato e apparvero anche facce umane ma distorte dal dolore, mentre sotto di loro videro il vuoto.

"Che sta succedendo?" chiese Lionet.

"Niente di buono" rispose Light.

"Dev'essere un'illusione" disse Sheratan.

"Però non riesco a muovermi" disse Cristalia.

"Nemmeno indossa l'armatura" disse El Shadai.

"Non ho bisogno dell'armatura per battere voi. E per rispondere a voi, questa non è una semplice illusione ma il preludio alla fine che vi aspetta. Le porte dell'inferno sono state appena aperte, per voi c'è solo da scegliere in quale orrore finirete."

"Che hai in mente?" chiese Light.

"Non ti permetterò di attuare la tua tecnica. Crystal Wall."

Il muro di cristallo comparve intorno ai ragazzi, ma la sensazione di vuoto e d'orrore che li prendeva dentro non scomparve per niente.

"È inutile la tua difesa. Precipitate nell'inferno che vi siete meritati con le vostre azioni indegne. Lì verrete puniti per i vostri peccati. Sottomissione dei demoni!"

I corpi di tutti e cinque vennero stretti in una pressione terribile e precipitarono nel vuoto infinito, dove vedevano le anime dei morti tutt'intorno a loro. Urlarono ma cercarono anche di liberarsi da quella stretta. Si ritrovarono per terra feriti sia all'esterno che all'interno. Riuscirono a tirarsi su, ma a fatica.

"Ma cos'è successo?" chiese Lionet.

"Quello che avete visto è un preludio all'inferno."

"Maledetta, ma non ci vincerai" disse Lionet.

"Non ci arrenderemo mai."

La voce di Light spronò gli altri a tirarsi su mentre Santia alzava la mano destra abbassando al contempo la sinistra e tenendo i palmi rivolti verso di loro.

"Bruciate nel sacro fuoco infernale e tramutatevi in cenere. Che del vostro corpo e dei vostri spiriti non rimanga niente. Le sei vie della trasmigrazione!"

Successe come prima e non poterono che urlare nuovamente.

Precipitavano in un vuoto infinito, ma intorno a loro comparvero immagini di persone ridotte ormai a scheletri che continuavano però a soffrire per l'eternità.

"Questo è l'inferno!" disse Sheratan.

"Allora ci siamo finiti veramente" disse Cristalia.

"Anche se così fosse non dobbiamo arrenderci!"

"Giusto Light, non voglio ancora finire la mia vita prima d'aver compiuto la missione."

"Guardate, è orrendo" disse El Shadai.

Dovunque posassero gli occhi vedevano solo dolore e morte.

"Quello che vedete è il mondo infernale."

"Maledetta. Non credere d'impressionarci" disse Lionet.

"Pensavo voleste sapere dove trascorrerete l'eternità. Il mondo infernale è il luogo in cui, dopo la morte, ricevono il proprio castigo coloro che condussero una vita corrotta. Esso è diviso in sei mondi. Il mondo degli affamati. È il luogo in cui precipitano coloro che furono incontenibili. Per sempre dovranno patire i morsi della fame. Il mondo delle bestie. Il mondo di patimenti che spetta a coloro che vissero lasciandosi trascinare dall'istinto! Essi rinascono in forma di animali! Il mondo dei traditori. Coloro che hanno tradito soffriranno in eternità in un mare di lacrime. Esse bruceranno le loro carni causando un dolore incontenibile che li farà urlare per l'eternità. Il mondo dei demoni. È il mondo in cui finiscono gli iracondi, coloro che vissero continuamente nella violenza! Una volta precipitati qui dentro, essi sono costretti a lottare per l'eternità! Il mondo degli uomini. Il mondo in cui gli uomini sono vincolati al dolore! È un mondo incerto, in cui bene e male si intrecciano! Un mondo di miseria e disgrazie in cui la discriminazione e l'ingiustizia la fanno da padrone.

Il paradiso. È il dominio degli dei. Si dice che sia superiore al mondo degli uomini. Tuttavia, dato che non ci si può sottrarre alla metempsicosi, in qualunque momento esso può condurre in uno degli altri mondi. Allora, in quale dei sei mondi avete scelto di andare?"

Comparvero una dietro l'altra le immagini dei sei mondi in un susseguirsi continuo di dolore e morte. C'erano persone che avevano fame ma non potevano mangiare. Altre divorate da bestie e altre che bruciavano in un mare di dolore. Altri ancora combattevano in eterno, mentre c'erano quelli che venivano discriminati e picchiati continuando per l'eternità nella miseria e disperazione.

I cinque amici urlarono più volte, avvolti in quell'orrore di tenebre perenni in cui solo il dolore era l'unica certezza.

"Non dobbiamo arrenderci!" urlò Light. "Noi abbiamo la facoltà di cambiare questo destino di morte in uno di luce. Perché noi siamo cavalieri d'Atena!"

Vide Zaffira davanti a sé che implorava il suo aiuto e tendeva la mano, ma lui non riusciva a raggiungerla. Vide che soffriva e vicino a lei c'era Albaldar. La trascinava via fino a condurla sopra un altare.

"Ora, Zaffira, sarai mia per sempre!"

Lei guardava dietro di sé verso Light tendendo la mano e aspettando che lui la raggiungesse e portasse via da lì. Light però per quanto si sforzasse non riusciva a raggiungerla. Albaldar la stringeva a sé e la voltava nella sua direzione.

"Ora ci sarò solo io e dimenticherai per sempre quel giovane, destinato a soffrire per l'eternità in un inferno senza fine."

Zaffira cercava di voltare la testa e tendeva la mano, ma lui non glielo permetteva. Avvicinò la faccia alla sua e la baciò, avvolgendola poi in un mare di tenebre che avrebbe offuscato per sempre la sua luce mentre la vita l'abbandonava e diventava una creatura dell'oscurità.

"NO!" urlò Light con quanto più fiato aveva. "Non permetterò che accada. Non permetterò che Zaffira soffra ancora. Io la salverò a qualunque costo anche dovessi uscire da mille inferni. Io... io la salverò!"

Sentiva la forza dentro di sé che aumentava d'intensità superando anche l'oscurità di quel luogo di tenebre perenne per infine distruggerlo.

"Non può essere!"

In quel mentre Santia si accorse che cinque punti luminosi avevano perforato le tenebre e comprese poco dopo di cosa si trattasse: le armature d'oro.

"Non è possibile! Le armature d'oro si sono mosse da sole malgrado il sigillo di Ouranòs e sono andate in aiuto di quei cinque ragazzi. Come può succedere una cosa del genere?"

"Non devi essere stupita. Se fossi un cavaliere d'Atena sapresti cose come l'amicizia che lega noi tutti cavalieri e la promessa di proteggere la pace sulla Terra. La fede che abbiamo noi nella giustizia ci permette di compiere quello che prende il nome di miracolo!"

Light apparve davanti a lei, seguito da tutti gli altri. Ognuno di loro indossava le armature d'oro, ma Santia comprese che erano usciti dall'inferno da lei creato solo grazie alla loro straordinaria forza di volontà. I ragazzi rilucevano ora di bagliori dorati mentre lo spazio intorno a loro era tornato normale.

Light, con indosso nuovamente l'armatura d'oro dei Gemelli, era seguito da Lionet con quella del Leone, Cristalia con quella dell'Aquario, El Shadai con quella del Capricorno e Sheratan con quella dell'Ariete. Le armature, che a lungo erano state sigillate, si erano nuovamente risvegliate e al mondo avevano fatto la loro comparsa cinque nuovi cavalieri d'oro.

"Hai capito perché non ci potrai mai battere?" disse Lionet.

"Ammetto che mi avete sorpresa, ma non crediate che basti questo per vincermi. Ora combatterò anch'io."

Santia sciolse la posizione e si alzò. Una luce avvolse il suo corpo, che venne rivestito dall'armatura d'oro della Vergine.

"Non ce la puoi fare: arrenditi!" disse El Shadai.

"I cavalieri d'Atena non devono combattersi tra di loro, ma salvaguardare la pace sulla Terra. Se davvero sei tanto saggia dovresti aver capito da tempo il tuo errore e aiutarci invece che combatterci."

"Siete forti delle vostre convinzione e avete acquisito il settimo senso. Questo però non vi sarà sufficiente a vincermi. Io possiedo una tecnica che può ridurvi all'impotenza."

"Basta con le guerre. Arrenditi e lasciaci passare."

"Risparmia il fiato, Sheratan. Tanto questa è testarda come un mulo. Ci penserò io. Excalibur!"

"Kaan!"

La barriera di luce bloccò la spada sacra, ma stavolta la lama si insinuò in parte dentro di essa.

"La mia barriera mi protegge da qualunque male, niente e nessuno può superarla."

"Al tuo posto non ne sarei tanto sicura. Ruggito del leone infuriato."

Santia mosse la mano destra con la quale parò il colpo di Lionet, ma era seguito da un getto di ghiaccio e persino la sua barriera cedette, facendola indietreggiare.

"Non ce la farete. Ohm!"

Dalle sue mani aperte scaturirono fasci di luce dorata che respinsero i tre ragazzi, ma un muro di cristallo li fermò facendoli disperdere.

"Togliti dal nostro cammino, tu che ti professi giudice e giuria e non conosci cosa siano amicizia e amore. Another Dimension!" Santia urlò mentre il suo corpo veniva inghiottito in un'altra dimensione che in un attimo la fece scomparire alla loro vista.

"Ce l'abbiamo fatta!" urlarono tutti.

"Non solo, ma abbiamo acquisito il settimo senso e le armature d'oro. Ora, ragazzi, abbiamo i mezzi per adempiere al nostro dovere."

"Ci siamo riusciti perché abbiamo creduto in noi stessi."

"Andiamo!"

Come fecero un passo vennero sbattuti indietro da una forza impressionante, che aumentava sempre più d'intensità, e davanti a loro comparve nuovamente Santia. Era avvolta da una luce dorata sospesa a pochi centimetri dal suolo, con gli occhi furenti di rabbia e i lunghi capelli che svolazzavano sospinti dalla forza del cosmo rilucente.

"Non è possibile!" disse Sheratan.

"Adesso la sistemerò una volta per tutte" disse Lionet.

"Questa volta sarete voi a pagare per i vostri peccati una volta per tutte. Non avrei voluto ricorrere a tanto, ma non mi avete lasciato altra scelta. Ora conoscerete la vera forza di un cavaliere d'oro che combatte per mondare questo mondo dai peccati. Sacri anelli celesti danzanti!"

Comparvero dovunque immagini di Buddha, mentre degli anelli di luce si formavano sotto i ragazzi, che anche in quell'occasione non poterono che urlare senza poter reagire.

"Che razza di tecnica è mai questa?" chiese Lionet.

"Non riesco a muovermi" disse Light.

"Questa è la mia tecnica più potente. Vi preclude qualsiasi possibilità di fuga e d'offesa. Inoltre ora vi priverò dei cinque sensi riducendovi a dei vegetali. Incomincerò con il gusto."

Un raggio di luce partì dal palmo della mano destra di Santia e i ragazzi sapevano che malgrado le armature d'oro sarebbe stata una lotta disperata. Un'energia molto potente si frappose a quella di Santia e l'attacco andò a vuoto, mentre le immagini di Buddha scomparvero, mentre tutti e cinque si ritrovarono a terra liberi dalla tecnica dell'avversaria.

"Che cos'è successo?" chiesero tutti.

"Chi ha osato interferire?" chiese Santia.

Sentirono tutti una grande energia approssimarsi e una figura avvicinarsi rapida. Emanava un cosmo aggressivo e potente con bagliori scarlatti. Era fiera e sicura di sé e in un attimo fu vicina ai ragazzi, che riconoscendola sentirono riaffiorare le speranze: era Salassa.

"Salassa!" gridarono in quattro.

"Allora sei sopravvissuta?" disse Lionet.

"Lo puoi vedere anche da te. Sappi che ho sconfitto Liliana e vendicato l'onore di tuo padre."

"Cos'hai fatto! Quello spettava..."

"So che avresti voluto pensarci tu, ma ora che Liliana è morta non dovrai più combattere con l'odio nel cuore. Non si addice a un cavaliere d'Atena."

"Ma cosa puoi saperne di quello che provo?"

"Ho visto tuo padre."

"Cosa?"

"Sì. Con la tecnica di Liliana sono finita nell'oltretomba e ho visto tuo padre. Adesso che quella donna è morta la sua anima ha trovato finalmente la pace. Prima che scomparisse gli ho parlato di te e mi ha detto di dirti che devi combattere per la pace e la giustizia come un vero cavaliere di Atena."

"Padre..."

"Io non ti conosco, ma ti sono grato per il tuo aiuto."

"Tu sei Light, vero?"

"Sì."

"Tauriel ha molta fiducia in te. Rappresenti, insieme ai tuoi amici, la speranza per questo mondo."

"Farò tutto il possibile per riuscire nella missione."

"Adesso basta! Nessuno passerà di qui. Il mio compito è impedire a chiunque non sia degno d'incontrare Sua Eccellenza."

"In base a cosa ti arroghi il diritto di giudicare gli altri? Solo perché hai molto potere pensi di essere migliore di altri?"

"Salassa, anche tu hai tradito a quanto pare, così sarò costretta ad eliminarti. In quanto alla tua domanda dovresti sapere che il mio ruolo mi è stato dato..."

"Da Ouranòs, e lui non ha a cuore nessun futuro se non il suo. Non vuole portare la pace ma la guerra, che causerà solo altra sofferenza."

"Questa è una bestemmia! Lui sta costruendo un nuovo mondo..."

"Anch'io come te credevo alle sue menzogne, ma ora ho aperto gli occhi alla realtà. Sono stati questi giovani straordinari a farmeli aprire, mentre tu continui a rimanere cieca e sorda al mondo che ti circonda. Te ne sei costruita uno tuo di menzogne e inganni. Credi ciecamente a quello che ti viene detto senza discernere il vero dal falso, il bene dal male. Ma in quello che Ouranòs sta facendo ho capito che non c'è nulla di buono per nessuno. Lui vuole solo distruggere tutto ed è pronto a calpestare la vita di chiunque pur di farlo."

"Ora basta! Ti pentirai delle tue parole. Sprofonda negli inferi. Girotondo dei sei mondi!"

"Attenta Salassa!" gridò Lionet.

Lei non si mosse di un millimetro. Chiuse gli occhi e sembrava tranquilla. Non emise un grido né accusò dolore. L'attimo dopo l'influsso di Santia finì e riaprì tranquilla gli occhi.

"Come può essere?"

"Semplice. Sono già stata all'inferno e tornata e ormai non fa più effetto su di me."

"Eppure la mia tecnica dovrebbe prender... Ma cosa sono quelle?"

Onde rosse si propagavano intorno a Salassa fermando l'influsso mentale di Santia.

"Sono le onde dello Scorpione. Ho imparato a usarle sia per offesa che per difesa. Lo Scorpione infatti paralizza le vittime prima d'ucciderle."

Lanciò le onde di Scorpion contro Santia, che innalzò la barriera ma lo stesso rimaneva immobile.

"La tua tecnica non può raggiungere il mio corpo."

"Però così non puoi neanche muoverti."

"Cosa? Ma allora..."

"Presto ragazzi, scappate!"

"Cosa?" dissero tutti.

"Ma sei sicura?" chiese Light.

"Non dimenticate la missione che dovete compiere. Vi ho osservati combattere e sono certa che potete farcela. Non dubitate neanche voi della vostra vittoria e non guardatevi indietro. Andate, ora!"

"Light, ragazzi, andiamo!" disse Lionet.

Si avviarono tutti verso la prima delle cinque case che componevano il pentacolo di edifici in cui avrebbero dovuto recuperare le cinque pietre. Guardarono ancora una volta indietro e poi scomparvero alla vista di Salassa, sul cui viso comparve un sorriso.

"Perché l'hai fatto?" chiese Santia.

"Se ricordassi cosa vuol dire essere cavaliere d'Atena lo sapresti anche tu."

"Sarai giudicata per i tuoi peccati."

"Dei miei peccati ne porterò il peso io soltanto. Proprio per rimediare ad essi ho messo la mia vita al servizio di quei giovani e di Atena."

"Allora sei proprio decisa ad andare fino in fondo, anche se dovesse costarti la vita?"

"L'hai detto. Non temo né morte né dolore. Tu invece cosa temi?"

"Io sono un giudice e non temo niente."

"Penso invece che temi più di tutto la verità. Che chiudi gli occhi a tutto ciò che ti circonda perché non sei abbastanza adulta da affrontare la realtà."

"Come osi?"

"Non temere la verità, ma impara ad accettarla anche se è dura. Solo così si cresce."

"Basta! Ne ho abbastanza dei tuoi sermoni. Adesso vedrai di cosa sono capace."

"Non temo un cosmo che manca d'umiltà e quindi debole."

"Pagherai cara la tua insolenza. Distruzione totale della volta celeste."

Santia concentrò tutta l'energia del suo cosmo nelle mani aperte, creando una sfera luminosa dorata che aumentò di grandezza per poi esplodere fragorosamente. Il terreno intorno a lei esplose e in un raggio di quattro metri si formò un cratere, mentre Salassa venne travolta e scagliata a molti metri di distanza formando un lungo solco.

"La sentenza di morte ha fatto il suo corso e sei stata punita per i tuoi peccati."

"Dovresti guardare dentro te stessa prima di giudicare gli altri."

"Sei ancora viva?"

"Pensavi bastasse questo per uccidermi? Sono pur sempre un cavaliere d'oro."

Salassa sorretta dal suo cosmo si rialzò. Aveva diverse ferite ma la sua determinazione non era mai stata così grande.

"Ammirevole la tua forza, ma non sarà sufficiente a farti sopravvivere al prossimo attacco. Sottomis..."

"Scarlet Needle!"

Salassa si mosse con gran rapidità anticipando il colpo di Santia, che venne presa alla fronte mentre l'elmo le volava via. Una puntura si formò sulla sua testa causandole dolore. Lei però era un'inviata degli dei e non si sarebbe fermata per così poco.

"Ohm!"

Raggi di luce partirono da Santia ma Salassa li evitò saltando in alto per poi andare in corpo a corpo e attaccarla a ripetizione.

"Scarlet Needle!"

Passò quasi attraverso la sua avversaria, sul cui corpo si formarono altre sei punture.

"Non importa quanto dolore senta il mio corpo. Il mio spirito è saldo nel darti la punizione che meriti."

"Non sarai tu a giudicarmi. Scarlet Needle!"

"Non ce la farai. Sacri anelli celesti danzanti!"

La potenza di entrambi i colpi fu grande come il cosmo che sosteneva le due donne e si colpirono a vicenda. Santia sentiva un dolore terribile in tutto il corpo, ma la sua mente non vacillò e non perse la concentrazione. Salassa era imprigionata dalla tecnica nemica che le precludeva qualsiasi azione immobilizzandola.

"Cosa prova uno scorpione a provare sulla sua pelle la stessa tecnica con cui immobilizza i nemici?"

"Quello che prova una persona che è sottoposta a grande dolore."

"Se ti riferisci alle tue punture sappi che resisterò a qualunque dolore pur di portare a termine il compito affidatomi. Non tradirò mai la fiducia che il mio signore Ouranòs ha risposto in me."

"Non ti accorgi che ti sta usando per i suoi scopi? Tu che sei così lungimirante non vedi al di là del tuo naso?"

"Ora basta. Ti priverò dei cinque sensi. Privazione del primo senso."

Un raggio sottile dorato partì dalla mano di Santia colpendo Salassa alla gola che la sentì secca e amara.

"Ti ho privato del gusto. Ora tocca al secondo senso."

Questa volta toccò all'olfatto. Salassa non riusciva a muovere un muscolo, ma comprese che non doveva farsi prendere dall'impulso, bensì imparare a controllare le sue emozioni.

"Il tuo sguardo non ha perso la voglia di combattere. Allora ti priverò della vista."

Salassa non vide più niente se non un buio totale.

"Ora l'udito."

Se senza la vista si era sentita persa, ora si sentì disperata. Perse l'equilibrio e cadde sulle ginocchio. Però sapeva di non doversi arrendere e si rialzò.

"Sei pronta per l'ultimo senso? Allora te lo toglierò. La parola."

Salassa si sentì pervadere da un senso di vuoto. Non vedeva, non sentiva, non poteva parlare, né percepiva alcun odore. Le sue mani toccavano l'aria, ma anche avessero afferrato qualcosa non l'avrebbe percepito. Era un mondo oscuro quello in cui era finita, ancora peggiore di quello infernale. Non capiva più dove fosse né percepiva tutto ciò che le era attorno.

Eppure la sua coscienza rimaneva. Sapeva che malgrado tutto rimaneva ancora la parte più importante, che albergava dentro di sé e che nessuno le avrebbe mai potuto togliere: il cosmo.

"Alla fine hai compreso quanto sia stato grande il tuo peccato d'aver tradito Ouranòs e ne hai pagato il prezzo più grosso. Rimarrai un vegetale per il resto della tua esistenza..."

Il cosmo scarlatto di Salassa risplendette come non mai aumentando d'intensità.

"Come può espandere così il suo cosmo anche se ridotta in quello stato?"

"È il miracolo dell'amore!"

Anche se non aveva la parola poteva comunicare con il suo cosmo.

"Amore, dici? Per chi provi un simile sentimento? Fammi vedere. Nulla può essere celato ai miei occhi."

Santia guardò con gli occhi delle mente cercando di penetrare quella di Salassa e l'unica immagine che comparve era quella di Lionet.

"È per quel giovane che provi un simile sentimento?"

"Sappi solo che per lui sono pronta ad essere fatta a pezzi o perdere tutti i sensi. Perché grazie a lui sono tornata alla vita che mi era stata preclusa dagli inganni di Ouranòs, e sempre grazie a lui mi sono ricordata cosa vuol dire essere cavaliere d'Atena."

Il cosmo di Salassa aumentò ancora di più sorpassando anche quello vasto di Santia.

"Non è possibile! Io sono la persona più vicina agli dei. Colei che è stata scelta come loro giudice. Nessuno può superare il mio cosmo."

"L'amore può compiere miracoli in grado di far realizzare anche l'impossibile. Gli dei che hanno dimenticato tale cosa non sono da considerare nemmeno più delle divinità."

"Basta con queste dicerie. Ti toglierò anche il sesto senso. L'intuizione."

Il raggio di luce stavolta si fermò davanti a delle onde rosse che formavano uno scudo impenetrabile.

"Non è possibile! Resisti al mio potere."

"Te l'ho detto la differenza che c'è tra noi. Per quanto ti sforzi non mi vincerai."

"Vaneggi, donna. Sacri anelli celesti danzanti!"

"Grandi onde scarlatte."

Le onde rosse formarono un muro impenetrabile che escludeva Salassa dagli influssi esterni. Santia non credeva ai propri occhi e aumentò ancora la potenza della sua tecnica, ma c'era qualcosa nel cosmo di quella donna che le sembrava impossibile da superare. Le onde rosse aumentarono d'intensità e afferrarono Santia, bloccandola in una stretta mortale per poi scaraventarla in aria e farla ricadere pesantemente. Si ritrovò schiacciata al suolo e il dolore si mescolò con quello delle punture facendole scappare per la prima volta un grido.

"Cosa si prova quando tutte le proprie certezze vengono meno? Per me è stata dura accettare la cosa, ma l'ho fatto. Ora tocca a te."

"Io non mi arrenderò."

"È inutile Santia, non ce la puoi fare."

"Perché non mi hai colpita con la puntura quando ero paralizzata?"

"Perché volevo darti una seconda possibilità. Non è mai tardi per cambiare il proprio destino. Gli esseri umani hanno la possibilità di ricominciare tutto da capo."

"Io sono nel giusto. Non rinuncerò mai alla vittoria."

"Smettila, Santia!"

"NO!"

Santia si rialzò espandendo il suo cosmo che si concentrò tutt'intorno a lei.

"Per quanto tu possa espandere il cosmo non potrai mai superare le mie difese. Kaan!"

"Le difese di chi vive nascondendo la testa sotta la sabbia non sono ostacolo per nessuno."

"Sono solo parole. Dimostramelo con i fatti!"

"Se è questo che vuoi lo farò."

"Nemmeno tutti i cavalieri d'oro riuniti potrebbero superare la mia difesa. Io sono come una dea, che tutti giudica e tutto può!"

"Sei solo una ragazza infelice che si è creata un mondo tutto suo nascondendo così la sua insicurezza. Ardi, mio cosmo, e permettimi di compiere il miracolo. Scarlet Needle Katakaio Antares!"

L'unghia dello Scorpione si allungò di più e da essa partì un raggio rosso scarlatto acuminato, che trapassò la barriera di Santia e la colpì al cuore trapassandola.

"L'essenza della tecnica dello Scorpione è penetrare ogni difesa."

"Sì, ora comprendo... la forza che deriva... dalle tue ragioni. Avrei dovuto capirlo prima ma... non sono mai stata forte abbastanza... da guardare in faccia la realtà e superarla. Sono stata presuntuosa. E ho... sempre sbagliato."

Il cuore di Santia prese fuoco e il suo corpo pure. In breve si dissolse e la sua armatura tornò dentro lo scrigno dorato, in attesa che un nuovo padrone giungesse.

"Mi dispiace, Santia. Capisco bene quanto sia doloroso affrontare la dura realtà che ci circonda, ma per quanto sia non bisogna mai distogliere lo sguardo da essa. Addio."

Salassa si girò verso le cinque case, dove sentiva ardere con intensità il cosmo dei cinque ragazzi, che combattevano senza sosta a costo della vita.

Anche lei avrebbe fatto la sua parte e nel tempo che ancora le era concesso non si sarebbe risparmiata per aiutarli nella difficile missione.

La collezionista d'ossa

I cinque amici si trovarono davanti alla prima delle cinque case. Era una costruzione molto grande e circolare. Aveva alte colonne ben rifinite ma trascurate e pure i muri erano usurati e malridotti. Dall'interno non si udiva nessun suono, ma erano certi che il nemico ad aspettarli non mancasse. Del resto lo dovevano sconfiggere per prendergli la pietra a meno che non la cedesse spontaneamente, ma di questo dubitavano molto. Avrebbero trovato i cavalieri del Cielo Oscuro di primo livello, i più forti tra le schiere di Ouranòs.

Si guardarono un attimo tutti e cinque per poi correre rapidi dentro la casa. Due simboli in cielo si erano già spenti e sapevano che non dovevano indugiare un attimo di più. La grande stanza circolare che li accolse era mal illuminata e sormontata da molte colonne ai lati. Su alcune di queste ardevano alcune torce che gettavano un tocco di luce in quell'ambiente cupo e polveroso.

Tutto lì dava l'idea del lasciato andare. C'era polvere, sporco, rocce sparse e le mura erano consunte, però verso il fondo della stanza spiccava qualcosa che riluceva di bianco e che non compresero. Si avvicinarono incuriositi guardandosi intorno con circospezione, presagendo un nemico in agguato che di sicuro si sarebbe presto palesato.

C'era come una montagnola, alta metà di una persona e molto larga, che copriva buona parte della larghezza della stanza. Quando videro di cosa si trattava sussultarono e fecero un passo indietro. Davanti a loro c'erano mucchi di ossa sparse, e seppur vecchie alcune di esse erano in buono stato. Sembravano lucidate ad arte, come se qualcuno avesse l'abitudine di curarsi bene di loro.

"Accidenti, che brutti gusti hanno qui" disse Lionet.

"Chi mai vorrebbe in casa sua così tante ossa?" disse Light.

"È orrendo" disse Cristalia.

"Mi chiedo cosa se ne faccia il padrone di casa di queste ossa."

"Sheratan, a me sembrano umane" disse El Shadai.

"Infatti lo sono" disse una voce possente che risuonò dovunque.

Si guardarono attorno ma non capivano da dove provenisse.

"Dove sei, padrone di casa dai pessimi gusti? Hai paura per caso?" Lionet sentì un rumore sotto di lui e dal terreno spuntarono due grossa braccia.

Si allontanò rapido, seguito dagli altri, e apparve loro un tizio enorme, con spalle larghe e un'armatura bianca. Quando si girò si accorsero che si trattava di una donna. La parte femminile era accentuata solo nel seno, perché per il resto aveva ben poco di tale. Era alta più di due metri, spalle larghe, massiccia, con capelli neri tagliati molto corti e occhi scuri. Le braccia erano muscolose, come le gambe, e a parte il seno abbondante che sporgeva dalla splendida armatura bianca non aveva proprio niente del gentil sesso. Non pareva nemmeno gentile. La sua faccia piena, con il naso pronunciato, era perennemente corrucciata, e sembrava piena di rabbia oltre a non possedere un briciolo d'umanità. Al contrario era fredda e distaccata.

Videro all'altezza dell'addome, incastrata nell'armatura, una piccola pietra bianca e capirono che era quella che cercavano.

"Chi sei?" chiesero tutti.

"Dovrei chiederlo io a voi, ma del resto sembra chiaro. Delle nuove ossa da aggiungere alla mia collezione. Io sono Titania la

Forte e prendo il nome di uno dei cinque satelliti principale di Urano."

"Hai davvero dei pessimi gusti" disse Lionet.

"Vuoi dire che anche gli altri guardiani hanno i nomi dei satelliti di Urano."

"Precisamente."

"Bene, bruttona, che ne dici di consegnarci la pietra e farci passare?" disse El Shadai.

"Non essere scortese" disse Cristalia.

"Ascolta, anche se siamo cavalieri d'Atena, tuoi nemici, non abbiamo nulla contro di te. Ci serve la tua pietra per arrivare da Ouranòs e salvare la Terra. Consegnacela e facci passare, così da evitare un inutile combattimento e spargimento di sangue."

Titania guardò Light con disprezzo e sembrava schiacciarlo al suolo con i suoi soli occhi, ma lui sostenne lo sguardo, ma comprese che con lei parlare era inutile.

"Se volete la pietra posso anche darvela."

"Davvero?" dissero tutti sorpresi.

"Sì. Solo non capisco cosa se ne facciano dei cadaveri come voi."

"Guarda che non siamo ancora morti" disse Lionet.

"A questo si rimedia subito, sono qua apposta."

"Non ti sarà così facile."

"Forse non valuti bene la situazione" disse Sheretan.

"Siamo cinque cavalieri d'oro. Dammi retta, arrenditi e non costringerci alla lotta" disse Light.

"Cinque cavalieri d'oro. Per me che sono un cavaliere del Cielo Oscuro di primo livello sono un passatempo."

"Presuntuosa" disse Lionet.

Un'energia bianca si propagò tutt'intorno a Titania facendo tremare la terra e l'intera struttura. Mentre il suo cosmo riluceva e si espandeva le colonne sembravano dovessero cadere da un momento all'altro. Loro comunque non si fecero intimorire e bruciarono il loro cosmo, e si prepararono all'attacco.

"Ragazzi, sono certo che è molto forte. Non dobbiamo darle il tempo d'agire."

"D'accordo, amico. Ci penso io. Ruggito del leone infuriato."

Lionet lanciò il leone infuocato che rapido raggiunse la donna, che non sembrava per nulla impressionata e fermò il colpo con la sola mano sinistra, che strangolò il leone in una morsa e lo dissolse.

"Com'è possibile? Ha fermato il mio colpo con una sola mano."

"Questo è niente per un cavaliere come me. Mi chiedo piuttosto se non sapete fare di meglio."

"Diamond Dust!"

Come prima parò l'attacco con la mano sinistra, per poi ributtarla indietro contro la sua autrice. Cristalia venne travolta dal suo stesso colpo e buttata a terra.

"Cristalia" urlarono gli altri.

"Maledetta. Infiniti pugni di luce."

Questa volta si limitò a rimanere immobile e assorbì tutti i colpi senza problemi.

"Tutto qui quello che sanno fare i cavalieri d'oro?"

"Stardust Revolution."

Titania alzò le braccia e tutti i colpi si infransero contro il suo cosmo senza raggiungerla.

"Excalibur!"

El Shadai comparve come un fulmine davanti a lei e affondò la sua spada con veloce affondo contro il suo corpo. Titania mosse rapida il braccio destro e lo frappose alla spada di El Shadai, che non riuscì a farle che un minimo graffio. Il giovane venne poi scagliato indietro dall'energia del cosmo nemico, ancora incredulo per quanto successo.

"Incredibile! Nemmeno la spada di El Shadai riesce a penetrare la sua corazza."

"No, Sheretan. La mia spada ha colpito qualcosa di solido."

"Complimenti, sei l'unico tra loro che ha portato un attacco come si deve."

"Perché io parto forte fin dall'inizio. Cosa nascondi nel tuo braccio?"

Il braccio di Titania assunse l'aspetto di un'enorme mazza chiodata.

"Questa è la mazza della distruzione. È superiore a qualsiasi altra arma sacra di Atena. Neanche tra i cavalieri del Cielo Oscuro ha eguali. La potenza d'attacco della mia mazza non ha limiti."

Titania urlò e il suo cosmo si espanse ancora.

"Stiamo attenti" disse Light.

Tutti si misero in guardia.

"Anch'io come il vostro amico con la spada parto forte fin dall'inizio. Anzi, parto al massimo. Final Crash!"

Dal terreno si innalzò un'onda di terra alta come il soffitto e larga come tutta la casa, che avanzava velocissima travolgendo e distruggendo ogni cosa al suo passaggio. Era circondata d'energia bianca e sembrava come un'enorme valanga, una forza primordiale e inarrestabile al cui passaggio non c'è più scampo. Anche il Crystal Wall eretto da Sheratan non servì a niente, come le difese dei ragazzi, che vennero spazzati via da quella forza incredibile che superava ogni immaginazione.

In tutto il New Sanctuary risuonò il rumore della valanga appena scatenata e sia Tauriel, che stava finendo gli ultimi nemici, sia Salassa che era a terra stremata, avvertirono quell'immane potenza all'opera. Compresero all'istante che i giovani erano in grave pericolo. Se la casa di Titania era prima malandata, ora appariva completamente devastata. Buona parte delle colonne erano crollate come il soffitto, mentre il pavimento era in gran parte inesistente.

La padrona di casa non si era risparmiata e aveva usato il suo potere alla massima potenza. Dei suoi nemici non c'era più traccia, sepolti sotto tonnellate di terra.

"Dovrò sistemare nuovamente la casa. Prima però mi prenderò le loro ossa."

"No, finché io te lo impedirò."

"Cosa?"

Titania guardò in un punto più avanti, dove risplendeva una luce gialla, e un taglio si formò nel terreno da cui uscì El Shadai. Dietro a lui c'erano i suoi amici, parzialmente intrappolati nella terra e privi di sensi.

"Ragazzi, fatevi forza."

El Shadai li scosse cercando di liberarli del tutto, ma avvertì un pericolo alle sue spalle e si girò di scatto, parando con il braccio una serie di rocce acuminate.

"Non dovresti distrarti in battaglia. Soprattutto perché i miracoli non si ripetono mai due volte. Deve essere stato proprio un tale evento a salvarti."

"Mi sono rifugiato dietro a delle colonne che hanno attutito il danno, e poi la terra è anche il mio elemento."

"Interessante. Sei anche l'unico che ha un'arma magica come me. Muoio dalla voglia di vedere quale delle due è la più forte, anche se la risposta è scontata."

"Al tuo posto non ne sarei sicuro. Taglio dell'Excalibur."

El Shadai mosse rapido il braccio emettendo delle lame di energia gialla, che Titania evitò con facilità per poi sbattere il pugno a terra, causando una piccola ma sempre devastante onda d'urto. D'istinto El Shadai voleva schivarla e ci sarebbe anche riuscito, ma dietro di lui c'erano i suoi amici, così rimase immobile arrestandola con le sue forze. Si ferì alle braccia e al corpo, oltre a indietreggiare di diversi metri, ma riuscì a fermarla.

"Stupido, perché non l'hai evitata?"

"Perché altrimenti avrebbe colpito i miei amici."

"Ti preoccupi per loro invece che di te stesso?"

"È così che combattono i cavalieri d'Atena."

"Modo stupido di combattere. Grand Crash!"

La terra tremò quando Titania colpì nuovamente il terreno e d'istinto El Shadai si mosse rapido dalla sua posizione, evitando di essere travolto da un getto d'energia bianca che uscì dal terreno e si riversò fino al soffitto aprendo un buco. Ne seguì subito un altro e un altro ancora ma il giovane li evitò entrambi, finché non ne avvertì uno anche vicino ai suoi amici. Si buttò allora in quel punto e colpì il terreno con il braccio destro, dove concentrò la sua energia.

"Excalibur!"

La sacra spada spaccò l'energia nemica, ma non salvò El Shadai da altre ferite che si formarono in tutto il suo corpo.

"Maledizione. Se continua così mi sconfiggerà."

"Non ti senti stupido a rischiare tanto per altre persone?"

"Sono miei amici."

"Gli amici di oggi sono i nemici di domani. Al mondo ognuno pensa solo per sé, solo così sopravvive."

"Ti sbagli! I miei amici farebbero altrettanto per me."

"Illuso."

"Sono sicuro di quel che dico, e anche se fosse il contrario lo farei lo stesso. Perché per me onore e amicizia sono due cose importanti. Perché io sono un cavaliere d'Atena e non permetterò a nessuno di fare del male ai miei amici."

Il cosmo di El Shadai si espanse mentre al contempo alzava il braccio destro dove risplendeva la spada sacra.

"La tua è la via dei perdenti. Confidare negli altri porta solo alla fine di se stessi."

"Per me è più importante vivere sapendo d'aver seguito i miei ideali fino alla fine che sopravvivere nel disonore d'aver tradito coloro che ripongono fiducia in me. Mai indietreggerò di fronte alla morte se questa significa la salvezza degli altri. Tagli infiniti della lama sacra!"

Lame di energia gialla partirono rapide dal braccio di El Shadai per abbattersi su Titania, che schivò e parò sicura della sua superiorità.

"Un nuovo ma inutile colpo quando si ha a che fare con un cavalieri di... ma che succede? I colpi sono sempre più veloci e sembrano tagliare lo spazio stesso. No!"

Uno la prese alla spalla sinistra, un altro alla gamba, poi un al braccio, finché non riuscì più a tenergli testa e venne travolta e scaraventata a terra. Titania, ferita in più punti e piena di rabbia, si rialzò con l'aura bianca tutt'intorno ma non vide più El Shadai nel punto dove era prima.

"Sono qui."

El Shadai apparve poco sopra di lei. Titania reagì rapida colpendo il terreno e facendo uscire getti d'energia tutt'intorno a lei.

"Grand Crash!"

El Shdai ruotò su se stesso evitandone alcuni per poi abbassare rapido la spada sacra contro la sua nemici.

"Spada che fendi l'aria e la terra, fai vedere cosa significa la parola giustizia. Excalibur!"

Titania alzò il braccio sinistro in difesa ma non servì a fermare la divina spada, che gliene tagliò una buona parte per poi colpirla al corpo e farle un taglio che la percorreva da sotto il petto in giù. La donna urlò e cadde indietro per diversi metri sotto l'impeto del colpo, lasciando un solco nel terreno e sollevando un gran polverone.

El Shadai, ansimante, era ancora fermo con il braccio teso, soddisfatto però d'essere riuscito a sconfiggere la sua nemica. Questa illusione finì subito quando sentì il cosmo lucente di Titania espandersi nuovamente e lei rialzarsi.

"Cosa?"

"Davvero notevole, cavaliere d'Atena, ma ci vuole ben altro per me."

A ben guardarla era ferita gravemente. Il braccio sinistro era quasi tagliato in due all'altezza del gomito, e pure la ferita al corpo era notevole. Si era salvata solo grazie all'armatura, ora in pezzi in quei punti ed era sostenuta dal suo cosmo che bloccava l'emorragia.

"Arrenditi! In quelle condizioni non potrai farcela."

"Con chi credi di parlare? Io sono un cavaliere del Cielo Oscuro di primo livello. Sono Titania la Forte e la mia tecnica offensiva la più potente. Bomb Crash!"

Malgrado le ferite si mosse fulminea contro El Shadai e il suo braccio destro assunse l'aspetto di un'enorme mazza carica d'energia bianca, che calò inesorabile contro il ragazzo. L'azione era stata così rapida che non poté evitarla, così El Shadai concentrò tutto sull'attacco e contrappose l'arma avversaria alla sua spada sacra.

"Excalibur!"

Le due armi sacre si scontrarono generando un boato che fece tremare la terra, che si spaccò in più punti mentre l'onda d'energia generata dallo scontro fece crollare buona parte di ciò che era rimasto intatto nella casa.

Intorno ai due contendenti si era formato un cratere enorme, largo molti metri, e solo nel punto dove c'erano loro rimaneva un piccolo spazio di terra ancora intatto. Erano entrambi in piedi uno di fronte all'altra, ma El Shadai urlò. Però era uno orgoglioso e strinse i denti per resistere al dolore del braccio destro rotto, e ancora di più alla disperazione nel vedere la sua arma infranta. Titania pure aveva una ferita al braccio destro, ma superficiale al confronto. Entrambe le armature in quei punti si erano rovinate ma la mazza con la sua potenza smisurata aveva prevalso sulla velocità della spada.

"È finita per te. Senza la tua arma sei solo un bambino inerme. Al contrario tuo, vivo solo per me stessa e non avrò pietà di chi ha invaso la mia casa."

"Io non chiedo la tua pietà. Se io e i miei amici abbiamo invaso la tua dimora è solo per il nobile scopo di salvare la Terra dalla distruzione."

"Nobile, dici? Cosa ci può essere di nobile nel salvare questo mondo così ingiusto? Meglio che sparisca tutto e ne nasca uno migliore."

"Credi che sarà meglio un mondo governato da un tiranno senza scrupoli che pone la forza al di sopra di tutto?"

"È solo con la forza che si governa."

"Ti sbagli. Non c'è forza senza giustizia. Noi ci battiamo proprio perché al mondo regni la pace e la giustizia."

"Nel mondo di Atena non è mai regnata la giustizia né tantomeno la pace. Io sono cresciuta nei bassifondi nella miseria e nel pregiudizio. In quanto donna avevo ancora meno diritti degli uomini. Sono stata discriminata e tradita dalle persone che dovevano farmi da tutori. Ho imparato così a cavarmela da sola e mi sono allenata per diventare sempre più forte. Ho capito che al mondo solo chi è forte e spietato sopravvive e ha successo. Ho combattuto sempre per me stessa, sconfiggendo chiunque si mettesse sulla mia strada, e la mia forza è stata notata da Ouranòs. Lui mi ha dato quella fiducia a lungo negata dagli uomini e una posizione di prestigio nella nuova era che verrà. Ora non mi resta che sconfiggere gli ultimi ostacoli che si frappongono ad essa e avrò ottenuto il potere a lungo agognato."

"Ti compiango, donna."

"Come osi?"

"La tua infelicità e la vita di tormenti ti hanno resa cieca alla verità che sta dietro le azioni di Ouranòs, inoltre per un tuo desiderio egoistico sei pronta a sacrificare la vita di milioni di persone. Io in quanto cavaliere ti sconfiggerò a qualunque costo."

Si mise in posizione con il braccio rotto alzato stringendo i denti dal dolore mentre Titania rideva.

"Sei bravo solo a parole. Parli di vittoria quando ti resta poco da vivere. Ti sei visto?"

"Sono ferito, è vero, ma questo non conta e poi anche tu lo sei."

"È vero. Sei il primo uomo ad essere riuscito a ferirmi a tal punto, ma è pur sempre poca cosa. La mia arma è ancora intatta mentre la tua è in frantumi. Cosa credi di potermi fare?"

"Anche se la mia arma è distrutta e il mio corpo ferito non mi arrenderò finché giustizia non sarà fatta."

"Basta parole. Bomb Crash!"

"Jumping Stone."

El Shadai saltò in alto evitando il colpo di Titania, per poi colpirla al petto con un calcio a piedi uniti che la fece volare a diversi metri di distanza. Subito si rialzò ancora piena della sua sicurezza, mentre El Shadai sudava e ansimava ma il suo sguardo fiero non cedeva.

"Non penserai di battermi con una simile tecnica?"

"No. Ti sconfiggerò con la mia sacra spada."

"Pensi che una spada in frantumi possa battermi?"

"Finché lo scontro non è finito non si può dire chi sia il vincitore."

"Allora lo finirò una volta per tutte. Prepara le difese perché ne avrai bisogno. Distruggerò te e tutti i tuoi amici usando tutta l'energia che mi è rimasta. Final Crash!"

L'onda gigantesca avrebbe distrutto tutto, compresi i suoi amici, e questo El Shadai non l'avrebbe mai permesso. Si mise nel mezzo della traiettoria e seppur allo stremo era deciso a fermarla a qualsiasi costo.

"È finita. Non potrai sfuggire alla mia tecnica."

"Neanche intendo farlo. Ora distruggerò la tua tecnica mortale."

"Vaneggi, ragazzo. Niente e nessuno può fermarla."

"Io al contrario tuo vivo per gli altri e questo mi dà una forza maggiore, rafforzata dall'amicizia e dal rispetto. Ti farò capire quanto sia grande la forza di un cavaliere d'Atena che si batte per la giustizia."

"Sono tutte parole inutili, che non ti salveranno, e stessa sorte toccherà ai tuoi amici."

"Ti sbagli! Il cosmo di noi cavalieri si rafforza quando dobbiamo proteggere qualcuno, arrivando a compiere ciò che prende il nome di miracolo!"

"È solo un illuso. Ora la mia onda lo travolgerà... ma che succede? Il suo cosmo si espande sempre di più e l'energia si accumula sul braccio sinistro dove è comparsa... quella che sembra... una spada sacra."

"A donare la forza a questa spada sono tutti coloro che mi sono amici, e a darmi il coraggio di proseguire verso il cammino che mi sono scelto sono le persone che devo proteggere. Loro mi danno una forza infinita e il potere di realizzare anche l'impossibile. Double Excalibur!"

Su entrambe le mani si formò una spada sacra, e unite tagliarono in due la tecnica avversaria, riversando l'onda d'urto lateralmente senza che toccasse né lui né i suoi amici.

"Impossibile! Ha neutralizzato la mia tecnica che è superiore a qualsiasi altra. La mazza del giudizio mi è stata donata da Ouranòs in persona, che è un dio superiore a qualsiasi altro. Eppure questo ragazzo è riuscito a superarla, e a dargli la forza sono state proprio le persone che deve proteggere. A spingerlo a tanto sono stati gli esseri umani che macchiano questo mondo con la loro impurità. Come può essere?"

Gli interrogativi si affollarono uno dietro l'altro nella mente di Titania, mentre El Shadai passava all'attacco colpendola con la seconda spada. Lei ritornò in sé giusto per parare la lama con la sua mazza ed entrambi rimasero feriti, ma negli occhi del giovane non c'era insicurezza, mentre Titania perdeva colpi.

"Cosa ti spinge a tanto? Cosa?"

"Te l'ho detto. L'amore per la pace e la giustizia. Il desiderio di proteggere la gente dai soprusi e dall'ingiustizia."

"Ma se è un mondo ingiusto il nostro."

"Ogni persona ha la capacità di migliorarlo e renderlo più giusto. Con le proprie azioni decreta il proprio destino."

"No. Non l'accetterò mai."

Titania caricò l'energia sul braccio destro.

"Hai perso: arrenditi!"

"Non ci penso nemmeno. Anche se hai miracolosamente resistito alla mia tecnica non potrai mai spezzare la mia arma e la tua non può resistere alla sua potenza."

"Con il prossimo attacco la spezzerò. Vorrei però non doverlo eseguire e ti prego un'ultima volta di desistere."

"Falla finita! Non voglio la tua pietà. Io sono una cavaliere del Cielo Oscuro e non posso essere sconfitta. Bomb Crash."

El Shadai mise un braccio in basso dietro la schiena e uno in alto dietro la testa. Saltò poi in alto evitando il colpo avversario, a cui seguì subito un altro nella sua direzione. Lui si mosse fulmineo alla velocità della luce evitandolo, quasi passandoci attraverso, per poi sferrare un colpo con entrambe le spade.

"La mia Excalibur, forgiata in nome della giustizia, non sarà mai spezzata da alcunché. Continuerà sempre a colpire inesorabile. Croce celeste della doppia Excalibur!"

Le due lame si abbatterono su Titania disegnando una croce di luce che spezzò le difese della donna come la sua mazza. Ricadde a terra in una pozza di sangue. Il suo braccio era staccato dal corpo e aveva un taglio che la divideva in due dall'alto verso il basso, ed era tenuta insieme solo dalle ultime forze del suo cosmo.

"Titania!"

"Avevi ragione."

"Mi rincresce, non avrei voluto colpirti ma ho dovuto fare il mio dovere di cavaliere."

"Io sono sempre vissuta nell'odio. Ma oggi... per la prima volta ho visto... la forza della giustizia e ho compreso che è persino bella."

"Titania, mi dispiace che la vita sia stata ingiusta con te."

"Prendi questa pietra." Gliela porse con l'altra mano. "Te la cedo spontaneamente. Crea insieme agli altri un mondo migliore, in cui non ci siano più le ingiustizie e sofferenze. Io mi sono unita a Ouranòs per vedere un mondo così, ma pregherò dal cielo affinché voi ci possiate riuscire."

"Ti prometto che ce la faremo a realizzare quel sogno. Hai la mia parola d'onore che farò del mio meglio per realizzarlo."

"Sì, tu sei uno che mantiene la parola. Mi chiedo se ci fossimo incontrati... in un mondo così, se il nostro destino... sarebbe stato diverso."

"Penso che in quel caso saremo stati amici invece di combatterci."

"Lo credo anch'io. Mi sarebbe piaciuto avere... un amico come te."

Il cosmo di Titania sparì del tutto e il suo sguardo rimase fisso, mentre il suo corpo finiva in pezzi.

"Titania!" urlò El Shadai. "Ti prometto che esaudirò il tuo sogno a qualunque costo."

Rimase ancora un po' di tempo vicino a lei, poi si riscosse e andò dai suoi compagni.

In quel mentre Light riprese conoscenza, chiedendo cosa fosse successo. El Shadai non disse niente e aiutò lui e gli altri a liberarsi. Presto si ripresero tutti ed erano pronti per continuare la loro missione.

"Accidenti El Shadai, l'hai sconfitta" disse Lionet, appena gli altri dissero che era l'unico ad essere rimasto in piedi dopo l'attacco della donna.

"Davvero un'impresa incredibile" disse Sheratan.

"Sei stato bravissimo" disse Cristalia.

"No, amici, non merito tante lodi. Oggi è morta un'amica a cui ho promesso di creare un mondo migliore, dove le ingiustizie siano sempre bandite e regni la pace."

"È il sogno di tutti noi" disse Light.

"Un sogno che intendo realizzare. Andiamo, ora!"

El Shadai corse fuori dalla casa, seguito dagli altri.

"Ma che gli è preso?" chiese Lionet.

"Di sicuro ha dovuto combattere duramente, e forse ha anche incontrato una persona che gli ha toccato il cuore."

Lionet non comprese bene mentre Light pensava a Zaffira, che avrebbe salvato e tolto dal destino oscuro che le era stato imposto.

La difesa perfetta

La casa dove Light, Lionet e Cristalia entrarono erano grande e ben articolata. Molte colonne si estendevano ad entrambi i lati mentre grandi tappeti la percorrevano interamente, in modo che i piedi non toccassero mai la pietra sottostante. Anche le pareti erano decorate di affreschi di ogni genere ed epoca e pure l'illuminazione era buona, infatti in ogni colonna era accesa una torcia. Tutto lì dava l'idea dell'ordine e del pulito. Sembrava più l'entrata di un albergo che una casa custodita da un guerriero.

Si chiesero che tipo di persona potesse vivere lì, ma non si lasciarono prendere dalle apparenze e rimasero in guardia. Pensarono un attimo ai loro amici da cui si erano divisi chiedendosi chi si fossero trovati davanti. Usciti dalla prima casa si erano trovati davanti due percorsi che portavano alle due case seguenti, messi a distanza precisa formando un'altra parte del pentacolo che raffigurava le quattro case.

Sapevano di non aver tempo da perdere così si erano divisi fiduciosi gli uni negli altri, sperando di rincontrare presto i loro amici.

Un turbine d'acqua che si formò dal terreno poco avanti a loro e si estendeva fino alla parete li destò dai loro pensieri, e si misero in posizione da combattimento.

"Ci siamo, ragazzi" disse Light.

"Sono pronto" rispose Lionet.

"Il nostro nemico usa l'elemento acqua e ha un cosmo molto forte e oscuro."

"Non vorrei dirlo, Cristalia, ma si direbbe anche più forte di Titania."

"Che importa. Chiunque sia l'affronteremo" disse Lionet fiducioso.

"Dite che mi affronterete, bene. Ve lo concedo, ma non di vincermi, perché questa è cosa impossibile per chiunque."

Comparve un uomo alto e magro, non tanto muscoloso, con capelli bianchi lunghi, lisci e ben curati, e occhi azzurri. Aveva anche una lunga barbetta bianca che spuntava dal mento ed era adornato da un'armatura bianca che gli conferiva un tocco d'eleganza in più. Sembrava più una veste, lunga ed elegante, che un'armatura e l'elmo era composto solo da un piccolo fermino. Loro si presentarono chiedendogli di cedere la sua pietra.

"Non mi piace rispondere a delle domande scontate. Sapete già che non vi darò la pietra, come che non uscirete mai vivi da qui."

"L'ha detto anche Titania prima di te, ma l'abbiamo superata" disse Lionet.

"Come potete paragonarmi a quella nullità?"

"Nullità?" dissero gli altri perplessi.

"È sempre stata la più debole di noi cinque cavalieri. Puntava solo sull'attacco trascurando il resto. Io invece posso contare su una difesa formidabile, che mi garantisce l'immunità da qualsiasi colpo. Avrete dunque capito che non potrete mai battermi."

"Noi non ci arrenderemo mai e nessuno è invincibile."

"Giusto, Light. Vediamo questa famosa difesa. Ruggito del leone furente."

"Diamond Dust!"

"Infiniti pugni di luce."

"Io posso resistere a colpi ben peggiori. Guardate la difesa suprema. Perfect Defence."

Intorno all'uomo si formò una cupola d'energia azzurra trasparente larga e lunga una decina di metri che assorbì senza problemi tutti gli attacchi.

"Accidenti! Nemmeno un graffio" disse Cristalia.

"Continuiamo a colpirla" disse Lionet.

"È inutile. Per quante volte ci proviate non riuscirete mai a superare la mia barriera invincibile. Sappiate che non ha limite di tempo e la posso mantenere finché voglio. Io sono Ariel il Saggio, il più sapiente dei cinque cavalieri, e quando ho innalzato questa barriera sono invulnerabile."

"Staremo a vedere" disse Lionet.

"Perché non ci attacchi?" chiese Light.

"So bene che dovete prendere le pietre, per cui non ho motivo di rischiare inutilmente. Inoltre avete anche poco tempo a disposizione."

"Vigliacco!" urlò Lionet.

"Anche se la tua difesa è formidabile la supereremo" disse Light.

"Il tuo è l'elemento acqua. Se lo congelo la tua difesa verrà meno."

"Davvero pensi di riuscirci? Ti sfido."

"Accetto la sfida. Aurora Execution!"

Il raggio ghiacciato partì dalle mani di Cristalia ancora più potente della volta precedente e vicino allo zero assoluto, ma neanche questo bastò a perforare la barriera. Rimase intatta e senza un graffio anche questa volta.

"Non può essere! Il mio attacco migliore non l'ha nemmeno scalfita."

"Non te la prendere e lascia fare a me. Ora vedrete il mio nuovo colpo". Lionet mise le braccia dietro per poi allungarle in avanti con i palmi aperti dove scaturì un'enorme palla di fuoco. "Greatest Fireball!"
Colpì la barriera azzurra causando un'esplosione infuocata che per un attimo oscurò la vista. L'entusiasmo di Lionet svanì subito dopo constatando che la barriera era ancora intatta.
"Non è possibile."
Guardò i suoi amici e vide Light con le braccia alzate e il suo cosmo che si espandeva.
"Non volevo ricorrere a questo, ma non c'è altra scelta. Dobbiamo assolutamente superare anche quest'ostacolo. Galaxian Explosion!"
Migliaia di bombe di luce simili a tante galassie si riversarono sul nemico, facendo tremare l'intera struttura per poi convergere in un'esplosione colossale. I ragazzi guardarono sicuri della vittoria, ma l'orrore si palesò davanti ai loro occhi quando videro che pure questa volta la barriera era intatta e senza un graffio.
"È impossibile superarla" disse Cristalia.
"L'avete capito, finalmente."
"Non posso crederci. La farò a pezzi."
Lionet si scagliò contro la barriera colpendola con una scarica di pugni infuocati, ma per quanto veloci e potenti non le fecero nemmeno un graffio. Anche Light era sconcertato e non capiva proprio come poter superare quell'ostacolo. Però un modo ci doveva pur essere e lui intendeva trovarlo.
"Rendetevi conto della realtà e arrendetevi. Non potete superare la mia barriera in nessuna maniera."
"Invece la supereremo" disse Light.

"Continueremo a colpirla finché non cadrà. Del resto nemmeno tu puoi attaccarci."

"Lo credi davvero, ragazzino? Adesso vi farò vedere di cosa sono capace."

Ariel alzò le braccia all'altezza del corpo e sulle mani comparvero dei globi d'acqua grandi come la testa di un uomo.

"Lionet, sta' attento" urlò Cristalia.

"Perfect Bomber!"

Dalle sue mani partirono una miriade di bombe d'acqua che esplodevano a contatto con il bersaglio e presero Lionet violentemente. Tentò di difendersi ma diversi colpi lo presero. Cristalia si mise davanti venendo subissata di colpi al posto suo.

"No!" urlò Lionet.

L'intervento di Light salvò entrambi. Le sue mani cariche d'energia dorata fermarono l'attacco nemico, seppur fece indietreggiare tutti e tre di parecchi metri.

"È incredibile. Non riusciamo a colpirlo, e inoltre è in grado di sferrare attacchi così potenti" disse Lionet.

"È la fine. Non riusciremo mai a superarlo" disse Cristalia.

"Invece ce la faremo" disse Light guardandoli entrambi. "Non ricordate più la missione che dobbiamo compiere? Abbiamo giurato di salvare la Terra dalla distruzione e non possiamo farci fermare da nessun ostacolo. E poi ad ogni problema c'è sempre una soluzione. Tu, Cristalia, usi l'elemento acqua, più di tutti dovresti sapere come neutralizzare quella tecnica."

"Non saprei proprio."

"Un modo, sono concorde, ci deve pur essere, ma dobbiamo trovarlo in fretta" disse Lionet.

"Allora ragazzini, che ne dite? Ne volete un'altra dose?"

Ariel era pronto per attaccare nuovamente.

"Io fermerò il suo attacco, voi cercate di trovare il modo di superare le sue difese."

"Aspetta Light, non..." disse Cristalia.

"Lascia perdere. Quando ha in testa una cosa non lo si smuove di una virgola. Cerchiamo invece un modo per superare quella dannata barriera."

Cristalia pensò rapida ad una soluzione. Light aveva ragione, non bisognava mai lasciarsi andare, ma combattere fino all'ultimo. Lei era un cavaliere d'Atena con una missione da compiere e non c'era sfida, per quanto sembrasse impossibile, che non si potesse superare. Poi l'acqua era il suo elemento... Le venne all'istante un'idea.

"Lionet, quando la mia polvere di diamanti prenderà la barriera tu colpiscila con il fuoco."

"Cosa?"

"Fidati di me! Diamond Dust!"

"Io di te mi fido. Ruggito del leone infuriato!"

"Ancora con questi attacchi? Non avete capito che sono inutili? Volete sprecare le vostre energie?"

La polvere di diamanti colpì la barriera senza farle niente, ma venne sciolta dal fuoco e divenne acqua. Questa passò attraverso la barriera riversandosi per terra vicino a Ariel che non ci fece nemmeno caso e scagliò le bombe d'acqua.

"Morite. Perfect Bomber!"

"Another Dimension!"

Tutte le bombe d'acqua finirono nell'altra dimensione che fece volare anche quadri, tappeti e pezzi di roccia ma lasciando intatta la barriera.

"Tecnica interessante, ma inutile contro di me. Ormai pure delle teste dure come voi avranno capito di non avere speranze."

"C'è sempre speranza" disse Light.

"Noi siamo i cavalieri della speranza. Coloro che realizzeranno l'impossibile" disse Lionet.

"Ed io vanificherò la tua tecnica."

"Cosa blateri, ragazzina? La mia difesa è insuperabile."

"Nessuna difesa lo è."

"Allora prova a superarla."

Cristalia spiegò brevemente agli altri cosa dovevano fare. Tutti e due annuirono senza porsi domande. Avevano piena fiducia nella loro amica ed erano certi li avrebbe portati alla vittoria. Corsero rapidi contro la barriera attaccando da tre direzioni diverse, Cristalia al centro e i ragazzi ai lati.

"E sarebbe questa la vostra tattica? Un attacco suicida? Non riuscirete mai... ma cosa fanno?"

Poco distanti dalla barriera le armature d'oro scomparvero dai loro corpi e anche il cosmo si affievolì fino a sparire del tutto.

"Non è possibile! Hanno scoperto il segreto!"

Come furono vicini alla barriera, questa si dissolse come non fosse mai esistita e tutti e tre furono dentro.

"Ora che siete senza armatura sarà uno scherzo finirvi. Perfect bomber!"

Però Ariel non riuscì a lanciare il suo attacco che due anelli di ghiaccio gli bloccarono i movimenti e rimase in balia degli attacchi dei ragazzi.

"Non riuscirete comunque a scalfire la mia armatura a mani nude."

"Al tuo posto non ci giurerei. Pugno galattico!"

Il pugno di Light venne avvolto da un'energia dorata e si scagliò fulmineo contro l'avversario che nemmeno si accorse di essere stato colpito.,

"Greatest Fireball."

L'intero corpo del nemico venne avvolto da una palla di fuoco enorme e l'armatura già danneggiata finì in pezzi.

"È finita per te, servitore di Ouranòs. Aurora Execution!"

Il raggi di ghiaccio lo travolsero totalmente, distruggendo le sue ultime difese e scaraventandolo a terra mentre il suo corpo si congelava.

Tutti e tre erano stremati ma contenti d'avercela fatta anche questa volta.

"Incredibile! Ho perso!" disse Ariel.

"Eri troppo sicuro di te stesso" disse Light.

"Ma come avete fatto a capire il segreto?"

"Quando ho visto l'acqua penetrare dentro e lo stesso c'erano sassi e detrito, ho capito che per superarla bisognava non usare il cosmo. Insomma era fatta apposta per respingere il cosmo."

"Sei una ragazza sveglia, ma hai rischiato molto."

"No, perché potevo contare su amici insostituibili. Loro si sono fidati ciecamente di me senza chiedere niente. È solo grazie a loro che ho vinto."

"Ariel, rinchiudersi in una barriera d'egoismo porta solo alla disfatta" disse Light.

"Già, forse è proprio così. Ho vissuto sempre per me stesso, disprezzando gli altri e considerandoli inferiori. Ho sempre creduto d'essere perfetto in virtù dell'esperienza. Oggi però ho visto cosa può fare l'unione dei cuori di coloro che si fidano gli uni degli altri e ho compreso d'aver sempre... sbagliato."

Ariel morì lasciando aperta la sua mano destra dove aveva messo la pietra bianca.

"Alla fine ha capito i suoi errori" disse Lionet.

"Sono stata ingiusta con lui" disse Cristalia.

"Che vuoi dire?" chiesero gli altri.

"Non avevo capito che era una persona sola. Lo credevo un carnefice, invece era solo una vittima."

"Già, un'altra delle vittime di questa assurda guerra in nome dell'egoismo di Ouranòs. Ma noi metteremo fine a tutto ciò."

Gli altri annuirono alle parole di Light e seppur stremati si avviarono verso la casa seguente.

El Shadai e Sheretan si trovarono in una casa circolare larga ma molto corta. Era un grosso cerchio, largo una ventina di metri e lungo non più della metà. Diverse colonne ai lati con delle torce accese illuminavano l'ambiente e due erano poste al centro formando una specie di cornice. Dietro di essa c'era un giovane alto e magro, con lunghi capelli biondi e occhi di ghiaccio, con un viso lungo e quasi ferino oltre che molto brutto. La bellezza non pareva proprio il suo forte e l'unica cosa a risplendere di lui era l'armatura di un bianco candido come la pietra che portava al centro di essa.

Era appoggiato malamente ad una specie di trono di pietra e sogghignava malignamente alla vista dei due giovani che si avvicinavano cauti. Appariva più come un animale che una persona. Li puntava come fa una bestia con le sue prede, con una freddezza assoluta e allarmante che fece capire ai giovani che si trovavano di fronte a qualcuno estremamente pericoloso e spietato.

"Guardiano di questa casa. Io sono Sheretan dell'Ariete e lui El Shadai del Capricorno. Ti chiediamo di consegnarci la pietra e lasciarci andare evitando così un'inutile guerra e spargimento di sangue."

Lui li guardò un attimo e rise. Poi prese la pietra tenendola tra le dita della mano destra.

"Io sono Umbriel lo Spietato, e se volete questa pietra non ho nulla in contrario."

Aveva una voce sottile e tagliente, per non dire bugiarda.

"Davvero ce la lasci prendere?" chiese El Shadai.

"Certo. Però venitevela a prendere."

Lui non si mosse da lì continuando a fissarli e giocherellando con la pietra. I ragazzi si avvicinarono cauti. Sheratan sentiva un brutto presentimento, e non era affatto convinta delle parole di quello strano individuo che non sembrava conoscere la parola onore. El Shadai, più convinto, si avvicinò a lui. Sheratan all'ultimo presagì un pericolo e urlò al suo amico di non avvicinarsi. Quando il ragazzo si trovò in mezzo alle colonne, da esse partirono scariche elettriche che lo presero da capo a piedi facendolo urlare. Sheratan colpì le colonne con raggi di luce distruggendole, ma anche dalle altre ai lati partirono scariche d'energia che la presero da tutti i lati. Ci fu un'esplosione intorno a lei e Umbriel rise malignamente.

"Più facile del previsto battere questi cavalieri d'oro. Sapevo che non mi avrebbero dato gloria."

"È solo per la gloria che combatti? Hai una così misera ragione che ti spinge alla pugna?"

"Sei ancora viva, donna?"

Sheratan riapparve vicino a El Shadai chiedendogli come si sentisse. Lui era dolorante e molto debole, provato ancora dalla battaglia precedente.

"Non ti preoccupare. Sconfiggilo!"

El Shadai perse i sensi.

"Lo farò. Adesso riposati."

"Devi essere stata baciata dalla fortuna per averla scampata al mio attacco, ma al posto tuo non farei promesse invano."

"Un cavaliere d'Atena non promette mai invano. Io, Sheratan, ti sconfiggerò."

Lui schioccò le dita e dalle colonne partirono nuovamente scariche elettriche, ma Sheratan si teletrasportò via evitando tutti i colpi.

"Dunque sai teletrasportarti. Ecco spiegato come hai fatto a scamparla. Se le cose stanno così allora ho trovato un giocattolo interessante con cui divertirmi un po' prima che si rompa."

"Non sono un giocattolo ma una persona."

"Tutte le persone del mondo sono solo dei giocattoli da usare a mio piacimento. Mi diverto a farli soffrire lentamente per poi ucciderli. Lo stesso farò con te."

"Sei un essere diabolico ma non te lo permetterò. Stardust Revolution!"

Le meteoriti colpirono il trono facendolo a pezzi, ma del nemico nessuna traccia. Sheratan venne presa da una serie di scariche elettriche così improvvise da non comprendere da dove provenissero. Urlò e si ritrovò inginocchiata a terra. Vide come un lampo davanti a sé e comparve il suo nemico.

"Ti pensavo meglio, invece vedo che sei alquanto lenta. Davvero pensavi di battermi con quell'attacco ridicolo?"

Sheratan si rialzò mettendosi in guardia, ma una serie di colpi la presero da tutte le parti senza che riuscisse nemmeno a scorgerli. Urlò nuovamente e si ritrovò a terra.

"Come faccio? Non riesco nemmeno a vedere i suoi colpi. È talmente veloce che riesce a colpirmi ed evitare i miei colpi."

Sentì il suo corpo essere preso da altre scariche e il suo avversario ridere.

"Sei una nullità, ed io che credevo di divertirmi. Ti farò soffrire ancora un po' prima d'ucciderti."

"Io ti vincerò!"

Sheratan malgrado il dolore si rialzò, sorretta dal suo verde cosmo.

"Bene, se sei resistente: ci sarà ancora più gusto nell'ucciderti lentamente."

"Non mi farò uccidere tanto facilmente. Crystal Wall!"

Le scosse elettriche vennero respinte contro le colonne, che in parte si distrussero.

"Una barriera, interessante. Vediamo quanto reggerà contro la mia tecnica. Speed Attack!"

Si mosse così veloce che Sheratan non riuscì neanche a vederlo e trapassò la barriera e lei arrivandole alle spalle mentre altre scariche la presero.

"Impossibile! Hai superato la mia barriera e mi hai colpita."

"Stupita, vero? Devi sapere che io sono il più veloce tra i cinque guerrieri del Cielo Oscuro, e sono anche quello che non ascolta supplice né ha remore. Gli altri si pongono troppi problemi, io invece non me ne faccio."

"Sei spietato."

"Proprio così. Mi piace divertirmi con le mie vittime per poi ucciderle. Mi puoi definire malvagio ma la cosa non può che farmi piacere. Più sono odiato e più mi sento potente. L'odio che gli altri provano per me mi dà forza e mi rende invincibile. Onnipotente!"

Colpì Sheratan da tutte le direzioni. Non riuscì a vedere i suoi colpi e sempre più scariche presero il suo corpo facendola urlare anche di più.

"Pazzo assassino, ma ti batterò!"

Per quanto la colpiva e sentiva il suo corpo percorso da scariche elettriche si rialzava sempre.

"Parole grosse dettate dalla disperazione. Ma dimmi una cosa, riesci a vedere i miei colpi dati alla velocità della luce?"

"Malgrado ho acquisito il settimo senso non ne sono capace. Si muove così rapido che non riesco a vedere nessuno dei suoi colpi. Però non posso farmi battere. Devo sconfiggerlo a tutti i costi."

"Allora? Il tuo silenzio è meglio di tante parole. Non puoi vederli, ovviamente. Nessuno può farlo. Vediamo se riuscirai a scorgere questo. Iperspeed Power!"

Anche questa volta Sheratan non vide niente. Umbriel sparì alla sua vista per poi riapparire davanti a lei e colpirla con un pugno al mento, che scatenò una scarica elettrica che arrivò fino al soffitto. Venne scaraventata in alto, dove volò per parecchi metri, per poi ricadere pesantemente per terra con il corpo percorso da scariche elettriche. Sentiva dolore dappertutto e le ultime forze mancarle. Si trovava a fronteggiare un avversario molto più forte di lei e dotato di una velocità incredibile, superiore anche a quella di un cavaliere d'oro.

Si chiese se lei era veramente tale. Fin da piccola aveva dimostrato capacità superiore alla media e non aveva fatto che allenarsi per diventare un cavaliere d'Atena. Scoperto che la sua costellazione era quella dell'Ariete, si era prodigata per poter avere la prodigiosa armatura d'oro. Però ora comprese che non era quella a fare la differenza in battaglia, ma la forza d'animo di chi la indossava. Questa, unita a forti valori e solide basi, rendeva possibile qualsiasi cosa, mentre l'armatura era solo un involucro vuoto senza queste cose.

Aveva visto tutti i suoi compagni farsi forza e superare ostacoli in apparenza insormontabili. El Shadai aveva salvato tutti loro e sconfitto un'avversaria molto potente tutto da solo. Sentiva che anche in quel mentre i suoi amici stavano combattendo duramente, e lei non doveva essere da meno. Aveva fatto una promessa con loro e voleva mantenerla. Non poteva arrendersi. L'umanità era in pericolo. Era un cavaliere d'Atena, un cavaliere della speranza.

"Nessun nemico è invincibile, nemmeno questo! Devo credere in me stessa, perché dentro di me c'è la forza delle stelle che mi permette di superare tutte le difficoltà."

Sheratan si rialzò nuovamente, sorretta dal suo cosmo che si espandeva sempre più.

"Oh, sei ancora viva. Non avevo mai incontrato nessuno resistente come te, ma meglio così. Sarà ancora più divertente ucciderti."

"Non te lo permetterò, perché la mia vita appartiene all'umanità e non posso essere sconfitta."

"Parole che non ti salveranno dalla fine. Speed Attack."

"Teletrasporto istantaneo!"

Sheratan si teletrasportò da un punto all'altro rapidamente, evitando gli attacchi nemici.

"Fuggire non ti servirà. Il mio colpo ti raggiungerà ovunque."

Sheratan si mise spalle a una colonna e sentì il corpo percorso da una scarica elettrica, ma resistette al dolore. Si teletrasportò in avanti usando al contempo la tecnica che le avrebbe consentito la vittoria. L'avversario si materializzò alle sue spalle davanti alla colonna.

"È tutto inutile, non puoi sfuggirmi. Ora ti darò il colpo di grazia."

"Questa volta sarai tu ad essere sconfitto."

"Ti va di scherzare. Io sono... ma che succede?"

Intorno a Umbriel si era formata una rete di cristallo che gli bloccava i movimenti.

"Quello è il Crystal Net. Blocca i movimenti nemici come una specie di ragnatela. Ed ora ti farò vedere la forza che deriva dalla giustizia."

Sheratan allargò le braccia e sulle mani si formarono delle sfere di luce simili a stelle.

"Non puoi scalfire la mia armatura con le tue misere forze, non ce la farai."

"Infatti io non combatto da sola, ma sono sostenuta da amici straordinari, dagli ideali di pace e dalla dea Atena, che riporterà la giustizia a questo mondo. Chi come te vive solo per se stesso non potrà mai capire quanta forza risieda in chi crede nella giustizia e nella solidarietà. Sparisci da questo mondo. Starlight Extinction!"

Raggi di luce simili a stelle cadenti colpirono Umbriel in tutte le direzioni e il suo corpo, come la sua armatura, si dissolse nel nulla lasciando solo la pietra bianca.

"Ce l'ho fatta. Ho vinto perché ho creduto in me stessa e nella giustizia."

Sheratan cadde per terra, stremata ma contenta, comprendendo che nulla era impossibile per chi combatteva in nome di Atena.

Vento e fiamme

Light, Lionet e Cristalia si ritrovarono in un'ampia costruzione con diverse colonne ai lati ma senza soffitto. Da lì si vedeva il cielo aperto e i simboli, le cui luci diminuivano sempre più ricordandogli che dovevano sbrigarsi. Videro avanti a loro un grosso vortice d'aria da cui emerse un uomo grande e grosso, oltre che brutto. Era davvero possente, anche se non gigantesco come Titania. Alto quasi due metri, spalle larghe, ampio torace, capelli scuri corti e occhi neri. Aveva i lineamenti molto marcati oltre che mal fatti, e un naso grosso e schiacciato. La bellezza non era il suo forte e pareva il classico individuo grande, grosso e frescone. Aveva comunque una scintillante armatura bianca le cui protezioni si concentravano soprattutto nelle braccia e nel corpo, mentre la testa aveva solo un elmetto che gli copriva la fronte corrucciata. Li squadrava uno ad uno senza proferire parola, così furono loro a rompere il silenzio.

"Io sono Light, cavaliere d'oro di Atena dei Gemelli. Questi sono i miei amici Lionet e Cristalia. Ti chiedo di consegnarci la pietra e farci passare."

L'uomo rise e li guardò nuovamente uno ad uno.

"Sei divertente, ragazzo."

Aveva una voce grossa e possente e rimaneva immobile con le braccia conserte.

"Se non ce la darai con le buone dovremo prenderla con le cattive" disse Lionet mettendosi in guardia.

"Vi sfido a farlo, anche perché in quanto guardiano di questa casa non ve la consegnerò mai. Se la volete dovrete uccidermi."

"Se non c'è altra scelta lo faremo. Infiniti pugni di luce."

"Ruggito del leone infuriato."

"Diamond Dust!"

L'uomo rimase immobile prendendosi tutti e tre i colpi. I pugni di Light lo colpirono in tutto il corpo, che venne avvolto subito dopo dal fuoco di Lionet ed infine congelato. L'armatura lo liberò dal ghiaccio, ma non dalle innumerevoli ferite. Era ancora in piedi, ma i danni al suo corpo e all'armatura erano notevoli e non avrebbe più potuto far molto in quelle condizioni.

"Alla fine era tutto fumo e niente arrosto."

"Aspetta Lionet, non mi convince."

"Ragazzi, finiamolo."

Fecero per avvicinarsi ma un turbine di vento che arrivava fino al cielo avvolse l'uomo per un attimo.

"Healing Vortex!"

Come il vento sparì videro che l'uomo era nuovamente in perfetta forma, senza più una ferita, e pure l'armatura non più danneggiata.

"Cosa?" dissero tutti e tre.

"Stupiti, vero? Non dovete esserlo. Io sono Oberon in Possente, il più resistente dei cinque guardiani, e ci vuole ben altro per sconfiggermi."

"Allora significa che la prossima volta picchieremo più duro."

Lionet sembrava sicuro di batterlo con facilità e pure Cristalia, ma Light aveva la sensazione che quell'uomo fosse più pericoloso di quel che sembrasse.

"Aspettate ragazzi..."

Non finì di parlare che loro due erano già piombati all'attacco con il pugno carico d'energia infuocata e di ghiaccio.

"Double Vortex!"

Oberon mosse rapido le braccia dal basso verso l'alto e due enormi vortici si materializzarono sotto i ragazzi per poi farli volare in alto. Erano così ampi e potenti che sembrava li dovessero portare fino al cielo stellato. Anche se non fu così volarono per centinaia di metri, per poi ricadere pesantemente al suolo sbattendo di testa. Light corse verso di loro e li trovò con la testa ferita in una pozza di sangue. L'elmetto d'oro li aveva protetti, salvandoli dalla morte, e si era rotto, ma le ferite erano comunque notevoli.

"Ragazzi, fatevi forza. Adesso..."

"È inutile. In quello stato non gli resta molto da fare. Dovrebbero ringraziare solo il fatto d'aver indosso quell'armatura d'oro, cosa che comunque non gli è bastata contro di me."

"Maledetto."

"La colpa è loro. Si sono gettati imprudentemente contro di me credendo in una vittoria facile. Hanno però capito sulla loro pelle che non mi faccio fregare facilmente."

"Devo ammettere che il tuo aspetto trae in inganno. Sembri uno con poco acume, invece combatti con grande strategia. Tuttavia io ti superò e andrò oltre."

"Non hai che da provarci, ragazzo. Come avrai capito non basta di certo indossare quell'armatura per battermi."

"Questo lo so bene. Le armature, per quanto potenti, non sono che degli strumenti. Sono le persone che le indossano a fare la differenza. Noi tutti intendiamo dare il meglio di noi stessi per salvare questo mondo e la pace sulla Terra. Non ci faremo mai sconfiggere!"

La sicurezza che esprimeva lo sguardo di Light, sostenuto dal suo cosmo, colpì molto il grosso uomo.

"Anche se sei un ragazzo parli già da adulto, ma non capisco perché ti prodighi per salvare un mondo come il nostro. La

Terra va mondata da tutti i peccati per creare un mondo migliore. Inutile continuare a lottare per un sogno di pace che non si realizzerà mai."

"Non è solo un sogno. Noi tutti ci crediamo veramente e lo realizzeremo."

"Allora dimostrami la validità delle tue parole sconfiggendomi."

"Lo farò subito."

Light si scagliò contro l'uomo con il pugno luminoso.

"Ti facevo più furbo, invece attacchi come i tuoi amici. Double Vortex."

Due vortici si formarono sotto Light, ma lui saltò in avanti rapido evitandoli, ma subito altri due apparvero seguiti da altrettanti l'attimo dopo. Per quanto grandi e pericolosi, Light li evitava uno dietro l'altro e in un attimo fu davanti a Oberon.

"Pugno galattico!"

Sembrò passargli attraverso tanto fu veloce e si trovò in un attimo alle spalle dell'uomo, che aveva una grossa ferita al petto. Rapido Light si scagliò su di lui, ma comparve subito lo stesso vortice di prima, che avvolse l'uomo guarendolo nuovamente.

"Sei stato abile ad evitare i miei vortici, ma come vedi non è servito a niente."

Light non parlava e si limitava a fissarlo e cercare il modo di superare quella sua straordinaria tecnica, che si attivava una volta che veniva colpito. Ripensò subito a quello, come al fatto che il nemico rimaneva fermo sul posto per poi concentrare tutto sull'attacco. Era una posa difensiva e offensiva allo stesso tempo, e in un attimo comprese cosa fare. Aspettò l'attacco di Oberon, che non tardò ad arrivare.

"Questa volta non la scamperai. Iper Vortex!"

Dalle braccia protese in avanti spuntarono due enormi vortici che si scagliarono rapidi contro Light, che concentrò il suo cosmo sulle braccia ma venne ugualmente travolto. Volò per parecchi metri ricadendo poi pesantemente, lasciando un solco sul terreno, mentre il suo elmo con due facce gli volò via. Oberon rise, certo della sua vittoria.

"Eri abile, ragazzo, ma nessun cavaliere d'oro può resistere alla furia di un cavaliere del Cielo Oscuro come me."

"Ne sei sicuro?"

"Cosa?"

Light, avvolto dal cosmo dorato, si rialzò nuovamente. Aveva numerose ferite e gli usciva sangue dalla testa, ma la sua determinazione non era diminuita neanche un po' mentre il suo cosmo brillava come non mai.

"Sei riuscito a scamparla grazie all'armatura, ma non resisterai al prossimo attacco. Iper Vortex."

"Come ti ho già detto le armature sono solo degli strumenti. A fare la differenza sono le persone, che con i loro sentimenti possono cambiare il mondo!"

Questa volta il vortice si fermò a poca distanza da Light per poi dividersi in due, che colpirono le pareti laterali della casa distruggendola mentre il giovane partiva all'attacco.

"Anche se sei riuscito a fermare il mio attacco non riuscirai a battermi, io sono indistruttibile."

"Nella vita ho compreso che nessuno è imbattibile o indistruttibile, come nessuno è perfetto. La superbia porta solo alla distruzione. Infiniti pugni di luce."

Light lo colpì più volte facendogli solo qualche piccola ferita al volto e al corpo.

"Tutto qui il tuo attacco? Valgono ben poco le tue motivazioni."

Oberon venne avvolto dal vortice difensivo, che in un attimo curò le sue ferite. Light però era già pronto con le braccia alzate per il prossimo attacco, quello vero.

"Cosa? Ma allora..."

"Esatto, quello non era il mio vero attacco. Qui c'è concentrato tutto il mio cosmo e le motivazioni che mi spingono a continuare a lottare per un mondo migliore. Galaxian Explosion!"

Oberon venne bombardato dalle galassie lucenti cariche d'energia, e stavolta nemmeno il suo corpo robusto riuscì a reggere, né la sua armatura, ed entrambi furono fatti a pezzi. Si ritrovò per terra in una pozza di sangue.

"Oberon..."

"Complimenti, sei riuscito a capire il mio punto debole."

"Sì. Ho capito che il vortice difensivo si attivava in automatico quando venivi ferito, lasciandoti però scoperto l'attimo dopo. Inoltre rimanevi fermo in quella posizione per accumulare l'energia necessaria all'attacco seguente. In pratica la tua era una posizione sia difensiva che offensiva allo stesso tempo."

"Prendi questa, giovane cavaliere."

Gli porse la pietra bianca.

"Me la cedi spontaneamente?"

"Sì. Oggi ho visto chiaramente in te una speranza per l'umanità. Finché esisteranno persone come te una speranza per un mondo migliore esisterà sempre. Io mi sono unito a Ouranòs proprio nella speranza che questo sogno si realizzasse. Promettimi che lo realizzerai insieme ai tuoi amici."

"Te lo prometto, grande guerriero. Creerò un mondo migliore anche per te."

"Ti devo dire un'ultima cosa. Stai attento non solo a Ouranòs, ma soprattutto a sua moglie..."

In quel mentre il corpo di Oberon venne avvolto da fiamme nere.

"Che ti succede?"

"È lei. Stai attento all'oscurità..."

Il corpo del guerriero bruciò completamente e svanì alla vista di Light, che percepì un cosmo molto potente all'opera. Prese la pietra e si diresse dai suoi amici, che parzialmente si erano ripresi.

"Ragazzi, come state?"

"Bene..." disse Lionet.

"Ma cosa..."

Light raccontò brevemente quello successo.

"Allora l'hai sconfitto."

"Light, non perdere tempo. Vai avanti."

"Ma..."

"Cristalia ha ragione. Noi ti raggiungeremo subito. Va' ora. Manca solo una pietra."

"D'accordo. Ci vediamo all'ultima casa."

Loro erano ancora deboli per il colpo alla testa, ma presto sarebbero stati insieme al loro amico che erano però certi avrebbe superato ogni difficoltà.

Light si ritrovò non molto dopo in una casa ampia con tante colonne disposte ai lati, e in ognuna spiccava una torcia dall'ampio fuoco. L'ambiente era molto ben illuminato e più avanti il giovane vide un altare con sopra un grosso braciere, e subito dopo spiccava su tutto un'enorme statua di un uomo vigoroso con la barba. Light sapeva che era la raffigurazione di

Ouranòs più classica, e vide ai piedi di quella statua una figura inginocchiata che non riusciva a scorgere bene. Avvertì però un grande e possente cosmo aggressivo, che si innalzò dalla figura diventando una fiamma bianca. Light vide che chi lo emanava era una donna. Era alta, con folti capelli rossi messi in su in qualche maniera incomprensibile per il giovane e occhi di ghiaccio. Il suo sguardo esprimeva determinazione e acume, come il suo portamento fiero e il passo sicuro. Aveva un fisico atletico e proporzionato all'altezza, come il seno, e nell'insieme non era brutta, ma aveva un che d'inquietante - per non dire pericoloso - stampato in volto.

A dire il vero metteva paura. D'istinto Light fece un passo indietro, ma subito si riprese e sostenne lo sguardo duro e determinato della donna.

"Io sono Light, cavaliere d'Atena. Ti chiedo di consegnarmi la pietra e lasciarmi passare."

"Se vuoi la pietra, cavaliere d'Atena, sono disposta a dartela, purché tu giuri fedeltà al mio dio e signore Ouranòs."

"Se hai ben capito sono cavaliere d'Atena e non lo farò mai."

"Avevo compreso, ma come hai fatto tu ho voluto darti una possibilità di redimerti dai tuoi peccati, come quello di voler ostacolare la giusta opera del mio dio. Io sono Miranda la Straordinaria, sacerdotessa di Ouranos!"

"Giusta opera, la chiami? Lui vuole distruggere il mondo e uccidere la gente che lo abita. Come puoi definirla giusta?"

"Perché è la sua volontà. Tutto ciò che fa il mio dio non può che essere una cosa giusta. La mia intera esistenza è votata al suo volere, e ogni cosa che lui desidera deve essere fatta. Se lui ha deciso di distruggere il mondo io sarò con lui per aiutarlo nella sua impresa."

"Sei pazza! Fai tutto ciò che ti dice senza ragionare? Ti sembra giusto quel che fa?"

"Non spetta a me giudicare la sua volontà ma solo ubbidirgli. Orsù, cavaliere d'Atena, ora sarai immolato al mio dio, così che il tuo corpo e la tua anima si uniscano a tutti coloro che l'hanno ostacolato."

"Ti sbagli, io lo fermerò."

Light si mise in posizione di guardia, ma comprese che doveva attaccare subito perché la sua avversaria era molto pericolosa.

"Inutile che ti affanni, sei già in mio potere. Crocifissione infuocata."

"Cosa..."

Light fece per attaccarla, ma si accorse di non potersi muovere. Il suo corpo era avvolto dal fuoco e dietro di lui si era formata una grande croce proprio di quell'elemento che gli bloccava braccia e gambe. Sentì il calore penetrargli dentro e un calore insopportabile prenderlo, e vide in quel mentre che l'intero pavimento era di fuoco, che si propagava dappertutto.

"Che diavoleria è mai questa?"

"Solo la punizione che spetta a coloro che si oppongono al mio dio e lo offendono. Sappi che io non ho mai avuto pietà per nessuno."

"Non la voglio la tua pietà, né comprendo una vita dedicata ad un dio malvagio che porta solo morte e distruzione. Come potrà nascere mai qualcosa di buono? Nulla può nascere dall'odio."

"Basta, umano! Sappi che ogni cosa che fa il mio dio è sempre giusta e non permetto a nessuno di offenderlo. Brucia tra le fiamme dell'inferno da me creato."

Il fuoco circondò Light facendolo urlare e soffocandolo. Sentiva un dolore terribile e solo l'armatura permetteva ancora di resistervi, ma se non si liberava subito sapeva che sarebbe stata la fine. La sua avversaria era forte, sicuramente la più potente di quelli incontrati finora, ma non intendeva arrendersi, né ora né mai.

Mentre Miranda già rideva per la sua facile vittoria, Light espandeva il suo cosmo di luce, che innalzò il fuoco fino al cielo mentre lo strappava al contempo dalle sue braccia.

"È tutto inutile, non puoi liberarti... ma cosa…"

"Pensavi che un cavaliere d'Atena, che si batte per la pace e la giustizia sulla Terra, si arrendesse davanti a questo fuocherello? Io al contrario tuo combatto per quello in cui credo, non perché mi viene ordinato da un dio!"

Una luce dorata avvolse totalmente Light liberandolo dal giogo delle fiamme, che si dissolsero del tutto. Miranda, inizialmente sorpresa, non perse la sicurezza che la sorreggeva.

"Questo non sarà solo un duello tra due persone, ma tra due ideali completamente diversi."

"Tu, Miranda, sei solo una marionetta che non sa distinguere da sola la via da seguire e lascia che siano altri a farlo. Anche far decidere a qualcun altro, seppur dio, è male."

"Ora basta. Mare di fiamme."

Dalle colonne piombarono rapide infinite fiamme su Light, che le ignorò completamente correndo rapido verso la sua avversaria.

"Pugno galattico."

Si mosse così fulmineo che era sicuro d'averla presa, ma il suo pugno incontrò solo un muro di fuoco, che trapassò senza però colpire nessuno. Dopo un attimo di disorientamento vide innalzarsi un turbine di fuoco fino all'alto soffitto, e sopra di esso c'era Miranda con le braccia alzate, pronta a colpire.

"Complimenti, cavaliere d'Atena. Un attacco potente e veloce il tuo, ma prevedibile. Avevo compreso subito la traiettoria del tuo corpo. Sappi che sono la più acuta e determinata dei cinque guardiani, nonché il capo assoluto. Ora vedrai il vero potere di un cavaliere del Cielo Oscuro. Marvellous Flame!"

Tre enormi palle di fuoco, grandi come due persone e larghe anche di più, si formarono una sopra e due ai lati di Miranda e si scagliarono su Light. Lui comprese che doveva attaccare, così saltò rapido in quella direzione, evitando la prima delle tre palle di fuoco, che si schiantò sul terreno facendo un buco, mentre la seconda gli arrivò da sopra. Bruciando il cosmo e sfruttando lo slancio iniziale riuscì a portarsi ancora avanti evitandola di poco, ma non poté evitare la terza che lo prese dal basso. A questa si aggiunse la seconda che cambiò rapida traiettoria, sospinta dal cosmo di Miranda che guardava con freddezza la fine del suo avversario.

Light, avvolto da entrambe le fiamme, non poté che urlare e precipitò al suolo formando un piccolo cratere. Si sentiva a pezzi ed era ferito, oltre che bruciato, ma sapeva che doveva reagire subito, prima che la sua avversaria facesse la prossima mossa.

"Non te la prendere, cavaliere d'Atena. La potenza del mio dio è troppo superiore ed è normale che vieni sconfitto."

"Non è il tuo dio che sta combattendo, ma tu."

Light fece forza con le braccia per rialzarsi, mentre il suo cosmo continuava a risplendere come non mai. Miranda rimase sorpresa dall'intensità del suo cosmo e comprese di doverlo colpire subito prima che potesse rialzarsi.

"La tua volontà ti fa onore, ma da sola non basta contro una forza così superiore come quella che mi conferisce il mio dio Ouranòs. Marvellous Flame!"

Light, anche se stremato e ancora spossato per lo scontro precedente, sapeva di non doversi arrendere e di dover dare il meglio di se stesso. Ripensò a Zaffira che aspettava il suo aiuto, che credeva in lui, costretta altrimenti ad un futuro di tenebre che lui non avrebbe mai permesso. Ripensò alla Terra in pericolo, con tutte le persone che non chiedevano altro che di poter vivere un vita in cui regnassero la pace e la giustizia, e lui si sarebbe adoperato per tale scopo. Lui era un cavaliere d'Atena, un cavaliere della speranza, e non l'avrebbe mai persa. Finché era in vita avrebbe continuato a bruciare il suo cosmo e lottare fino all'ultimo.

Si rialzò avvolto nel suo cosmo dorato che aumentava sempre di più, mentre le tre palle di fuoco si avvicinavano sempre di più con l'intento di distruggerlo.

"Non mi arrenderò mai, Miranda, perché io sono cavaliere d'Atena e porto la speranza nel mondo."

Si scagliò a tutta velocità contro la prima palla di fuoco, passandoci attraverso e dissolvendola, mentre saltava la seconda che colpì il terreno, causando un altro buco, e girandosi verso la terza fermandola con le mani. La forza dell'impatto lo fece indietreggiare, lasciando un solco nel terreno, ma poi piegò le braccia e respinse l'enorme sfera fiammeggiante contro la sua padrona. Questa agilmente saltò via ritrovandosi poi sul terreno a una decina di metri di fronte a Light.

"Hai un grande spirito, cavaliere d'Atena, ma sappi che neanche io intendo arrendermi, perché sono al servizio del dio più grande che cambierà il mondo."

Miranda alzò le braccia e lo stesso fece Light, ognuno avvolto nel proprio cosmo lucente, che aumentava sempre più d'intensità.

"Agisci solo per fanatismo, senza chiederti cosa realmente sia giusto, e simili motivazioni non potranno mai vincere."

"Sono le tue ultime parole. Marvellous Extreme Flame!"

"Galaxian Explosion!"

Le sfere di luce, che sembravano enormi stelle, si scontrarono con enormi palle di fuoco, dando luogo ad un'esplosione di luce gialla e rossa senza precedenti, che scosse l'intera struttura riducendola ad un cumulo di macerie.

Quando Light riaprì gli occhi vide solo rocce sparse e colonne crollate in quella che era l'ultima delle cinque case. L'energia a cui avevano dato luogo aveva distrutto quasi tutto, anche il soffitto e l'altare non c'erano più, solo la statua di Ouranòs aveva retto l'urto. Il giovane era sdraiato a terra ferito ed esausto. Cercava di farsi forza con le braccia e le gambe, ma non gli rispondevano. C'era un gran silenzio, ma percepì chiaramente un forte e aggressivo cosmo farsi strada tra i resti della casa sempre più intensamente.

Vide Miranda a dieci metri da lui che si rialzava. Aveva ferite in tutto il corpo e anche al volto, l'armatura era semidistrutta ma il suo cosmo, malgrado tutto, era ancora forte e combattivo.

"Healing Flame!"

Il fuoco l'avvolse e parte delle ferite si rimarginarono, non come Oberon ma giusto quel che bastava per farla stare in piedi e renderla pericolosa. Si avvicinò a lui e dalla mano destra alzata scaturivano fiamme che gli avrebbe scatenato contro l'istante seguente.

"Sei stato davvero degno della dea che servi, ma alla fine la forza che mi sostiene si è rivelata più forte."

Light sapeva che non era così. Purtroppo la lotta sostenuta in precedenza contro Oberan gli aveva tolto le forze, e per quanto si fosse sforzato al massimo alla fine gli erano venute meno o comunque non al massimo. Le fiamme scaturirono da lei e Light si preparò all'inevitabile, ma una lama d'energia gialla le tagliò in due salvandolo dalla loro furia.

"Chi ha osato?" gridò Miranda.

Light vide i suoi quattro amici nuovamente al suo fianco, pronti a combattere.

"Sono stato io. Sono El Shadai del Capricorno e questi sono i miei amici Lionet del Leone, Cristalia dell'Aquario e Sheratan dell'Ariete. Siamo i cavalieri d'Atena, che combattono per la pace e la giustizia."

"Bene, cavalieri, oggi sarete tutti immolati al grande Ouranòs signore di questo mondo."

"Non sembri in condizioni di combattere" disse Lionet.

"Consegnaci la pietra e lasciaci passare, eviteremo così inutili spargimenti di sangue" disse Sheratan.

"Ora vedrete la potenza di chi serve un dio superiore agli altri. Crocifissione infuocata."

"Ragazzi, state attenti!" urlò Light, ma era troppo tardi. Tutti quanti, lui compreso, vennero avvolti dalle fiamme e si trovarono una croce infuocata sulle spalle. Poterono solo urlare dal dolore, mentre l'intera casa era nuovamente avvolta dalle fiamme e Miranda dava sfogo a tutta la sua rabbia e alla follia che le portava il suo estremo fanatismo.

Light non aveva più forze per opporsi mentre gli altri cercarono di liberarsi, ma inutilmente: tranne Lionet. Il suo cosmo fiammeggiante aumentò d'intensità, assorbì le fiamme che lo bloccavano e, facendo forza con le braccia, si liberò dalla croce.

"Mi dispiace, ma il fuoco è il mio elemento e ci vuole ben altro per fermarmi."

"Allora userò il mio vero potere."

"Perché invece non ci lasci passare e basta? Guarda come sei ridotta. Non vorrei uccidere una donna."

"Non ho bisogno della tua pietà, né ho problemi a eliminarvi tutti."

Alzò le braccia e Lionet vide i suoi amici volare in alto e venire circondati da un mare di fuoco. Urlarono disperatamente, ma il fuoco non gli dava scampo e neppure le armature avrebbero potuto salvarli a lungo.

"Maledetta, la pagherai!"

"Se vuoi salvarli dovrai farlo in fretta perché a breve le fiamme li consumeranno."

"Allora ti sconfiggerò subito."

"Marvellous Flame!"

Come prima, la donna venne avvolta da un turbine di fuoco che la portò in alto, e scagliò in contemporanea tre enormi sfere di fuoco. Lionet non si curò nemmeno di loro e si lasciò trascinare dallo stesso turbine evocato dalla donna, scagliandosi su di lei a tutta velocità. Superò senza problemi due sfere di fuoco e passò attraverso la terza, per poi essere in corpo a corpo con Miranda e colpirla con un'infinità di pugni infuocati.

"Infinity Fireball."

"Marvellous Flame!"

Si colpirono a vicenda ripetutamente, ma la forza di Lionet era superiore e sembrò prevaricare, ma alla fine si colpirono entrambi finendo a terra. Lionet era stato preso alla testa dove era già ferito e il sangue cominciò ad uscirgli nuovamente, mentre Miranda aveva ferite in tutto il corpo e l'armatura ormai distrutta.

Si rialzarono entrambi, nessuno intenzionato ad arrendersi. Lionet sentiva le grida dei suoi amici che lo esortavano comunque a combattere e non preoccuparsi, e il suo cosmo aumentò ancora d'intensità.

"Non ce la puoi fare, cavaliere d'Atena, il dio che mi dà la forza è superiore a tutti."

"Invece ti sconfiggerò. Non permetterò che i miei amici muoiano e che l'umanità venga distrutta dalla malvagità di un dio egoista. Una divinità che non conosce l'amore e la giustizia e usa i suoi poteri per distruggere e sottomettere non è assolutamente degna di essere venerata. Greatest Fireball!"

Dal pugno di Lionet scaturì un'immensa palla di fuoco e persino la sicurezza straordinaria di Miranda fu per un attimo incrinata da quella di Lionet, ma subito si riprese.

"Il mio è un dio superiore e per questo sempre giusto. Ciò che gli dei fanno può non essere compreso o apprezzato dagli uomini, ma non può che essere giusto. Marvellous Extreme Flame!"

Anche Miranda creò un'enorme palla di fuoco, che si scontrò con quella di Lionet formandone una ancora più grande e distruttiva, che era sospesa a mezz'aria tra i due. Le forze si equivalevano e sembrava che nessuno dei due riuscisse a prevaricare, malgrado si sforzassero al massimo espandendo il loro cosmo. Lionet sapeva però che doveva sbrigarsi e sentiva il cosmo dei suoi amici affievolirsi sempre più, mentre lo espandevano cercando di proteggersi fino all'ultimo dalle fiamme.

"Non ti arrendere, so che puoi batterla" urlò Light.

"È vero, sei il migliore, puoi farcela" disse Cristalia.

"Fai vedere quanto è forte un cavaliere che combatte per Atena e per la giustizia" disse El Shadai.

"Non preoccuparti per noi e concentrati al massimo" disse Sheratan.

"Sì amici, grazie a tutti voi sono sicuro che ce la farò."

"Inutile che ti fai delle illusioni, io sono Miranda la Straordinaria e non posso essere sconfitta perché il mio dio è con me."

"Un dio che vive nell'egoismo ed è pronto ad uccidere milioni di persone senza battere ciglio, non potrà mai essere con nessuno se non se stesso. Hai sbagliato a riporre fiducia in lui."

La sfera avanzò verso Miranda, che dette fondo alle sue ultime forze per riuscire a ribaltare la situazione.

"No, lui è con me..."

Riuscì nuovamente a spostare la sfera infuocata al centro dei due, ma vide il cosmo di Lionet risplendere in tutta la sua potenza e formare un leone infuocato intorno a lui.

"Noi tutti seguiamo Atena non perché costretti o perché la reputiamo una dea più o meno forte di altri, ma perché lei sola ha a cuore le sorti di questo pianeta e delle genti che lo abitano. Lei ha il nostro stesso sogno di giustizia e libertà, la stessa che bramano tutti gli esseri umani che noi cavalieri rappresentiamo, e usiamo al massimo la nostra vita per dargli la speranza che questo sogno si concretizzi."

Lionet urlò e la fiamma si rivolse contro Miranda, che non riuscì più a trattenerla e ne venne travolta totalmente, e tutto esplose in un mare di fiamme. I quattro amici furono nuovamente liberi e ricaddero al suolo, ma Lionet creò un piccolo vortice di fuoco che attutì la caduta. Finalmente erano nuovamente tutti insieme.

"Sei stato straordinario" dissero tutti.

"No, è grazie a voi che ho vinto. Mi avete dato la forza di superare questa fortissima avversaria."

Guardarono verso Miranda, il cui corpo bruciato senza più l'armatura era riverso a terra a faccia in su e guardava ora verso di loro.

"Avete vinto... cavalieri d'Atena."

"Miranda, perché hai riposto tanta fiducia in un dio solo in virtù della sua forza?" chiese Lionet.

"Fin da piccola sono stata addestrata per servirlo. Mi è sempre stato detto che è il migliore e che ogni sua decisione è giusta. Ora però per la prima volta vedo chiaramente la forza che deriva dai sentimenti di chi combatte per il giusto. Volevo onorare il mio dio con la mia vita, ma ora comprendo d'averla... solo... sprecata."

Anche Miranda, l'ultimo dei cinque guardiani, morì. Le chiusero gli occhi e si inchinarono tutti a lei, riconoscendola come la migliore guerriera mai incontrata finora.

"Anche lei era solo una vittima" disse Lionet.

"Ragazzi, dobbiamo mettere fine a tutto ciò una volta per tutte. Ora abbiamo tutte le cinque pietre, andiamo e sconfiggiamo Ouranòs una volta per tutte."

"Siamo con te, Light" urlarono tutti mettendo una mano sopra l'altra.

Poco dopo si trovarono fuori dalla casa, dove misero le cinque pietre una accanto all'altra e formarono una luce multicolore. Essa scaturì dalle pietre formando cinque linee che attraversavano tutto il perimetro delle case, creando un pentacolo multicolore al cui centro una colonna luminosa portava fino al castello di Ouranòs. L'attraversarono rapidi e in breve sarebbero giunti finalmente a confronto con il loro nemico, che tanto male aveva fatto, intenzionati a porre fine al suo regno una volta per tutte.

L'oscurità si avvicina

Zaffira pregava dentro la sua stanza prigione. Era un ambiente largo e con tutti i comfort, ma non poteva muoversi da lì e presto avrebbe dovuto adempiere alla sua promessa. Sapeva di non potersi tirare indietro ma in cuor suo pregava per la sorte di Light e i suoi e sentiva che erano vicini.

C'era molta confusione dentro il castello. Le voci che cavalieri nemici avevano superato i cinque guardiani e si erano introdotti all'interno si susseguivano senza sosta. Zaffira avrebbe voluto che venissero subito lì a liberarla, ma sapeva che c'era ben altro in ballo. Il mondo stava per essere distrutto e solo i cavalieri d'Atena potevano impedirlo. Lei doveva aiutarli in tutte le maniere, cercando di alleviare le loro sofferenze in quanto aveva in sé lo spirito di Atena.

A dire il vero non aveva mai creduto di essere speciale, ma solo tanto infelice. Tutta la sua vita l'aveva passata dentro quella gabbia dorata e il suo futuro era di oscure tenebre, ma se davvero c'era qualcosa di speciale in lei voleva usare il potere per aiutare i cavalieri. Aveva pregato incessantemente per loro e cercato di guarirli oltre ad alleviargli il dolore, e forse c'era riuscita. Non lo sapeva con esattezza, ma voleva credere d'aver contribuito alla loro vittoria.

A interrompere i suoi pensieri fu un rumore di passi. La porta si aprì di scatto e Albaldar comparve davanti a lei. Aveva il viso contratto da un moto di rabbia e sembrava prossimo ad esplodere, ma come vide Zaffira sembrò rilassarsi molto. L'oscura armatura gli conferiva un'aria ancora più cupa ma lei sapeva che non era una persona malvagia. Nel vuoto della sua solitudine era stato l'unico che fin da piccolo veniva sempre a trovarla, chiedendole come stesse e portandole sempre un fiore o un pensiero. Lei sorrideva a quel gesto ma subito si incupiva sapendo di non potersi muovere da lì. Lui una volta l'aveva fatta uscire, contravvenendo agli ordini di suo padre, ed era stato punito per quello. Non sapeva cosa gli fosse successo esattamente, ma da allora l'aveva visto molto più di rado.

Fin da quando era bambina le avevano detto che era la reincarnazione di Atena e che sarebbe dovuta andare in sposa ad Albaldar. Lei lo considerava un amico ma non avrebbe voluto quel destino per sé, ma era pronta ad accettarlo purché la Terra si salvasse.

"Zaffira, vieni. Oggi è il gran giorno."

Lei comprese il significato di quelle parole, che la fecero sbiancare. Seguì il ragazzo che la prese delicatamente per un braccio fino ai piani superiori. Lì entrarono in una piccola ma graziosa stanza, dove tre donne anziane l'aspettavano armate di pettini, trucchi e vestiti.

"Loro penseranno al tuo look. Fatti bella per le tue nozze. Verrò a breve a condurti da mio padre."

Albaldar se ne andò mentre le tre donne prestavano le loro cure alla ragazza. Ella notò che il giovane chiamò alcune guardie che vennero messe alla porta dove era appena entrata, e dovevano essercene anche all'altra posta dall'altro lato.

Albaldar arrivò nella grande sala del trono dove c'era suo padre seduto sopra e sua madre poco distante. La luce che proiettavano le tante fiaccole poste sulle numerose colonne poste ai lati della grande stanza dava un tocco luminoso ma surreale all'ambiente. Infatti come ci si avvicinava al trono la luce si attenuava sempre di più, fino a scomparire del tutto una volta giunti lì. C'era come uno spazio a parte in cui la luce sembrava bandita, per lasciare spazio alle tenebre più profonde. Ouranòs sedeva tranquillo sul grande trono con un braccio appoggiato sotto il mento, e sembrava distratto ma non si perdeva nulla di quello che stava succedendo. Vicino a lui la regina Lilith, alta, sensuale, ben fatta nel corpo e nel volto, con lunghi capelli neri e occhi di un chiaro quasi bianco, reggeva in mano una sfera di cristallo che proiettava immagini. Oltre a loro non si vedeva nessun altro, ma Albaldar sapeva che non era così.

Si inginocchiò davanti a loro chinando il capo, aspettando che gli parlassero.

"Figliolo, sei pronto per prendere possesso delle redini del destino? Sei pronto a regnare nel nuovo mondo che sto creando per te?"

Albaldar alzò leggermente il capo.

"Sì, padre."

"Su, non siate così formali voi due. Oggi è il gran giorno, figlio mio. Avrai il mondo che ti è stato promesso, come la sua regina. Alzati e vieni qui."

La voce della madre era sensuale e delicata, ma allo stesso tempo decisa, e quella che sembrava un'esortazione era in realtà un ordine. Albaldar era sempre in soggezione davanti a loro due e quel giorno era molto teso. Non era veramente interessato ad avere un mondo tutto per sé quanto a poter avere Zaffira. Sapeva però del pericolo rappresentato dai cavalieri d'Atena venuti per fermare suo padre e riprendere la sua amata.

Suo padre mise le sue grosse mani sul suo volto. Si sentiva schiacciare davanti a quel suo sguardo terribile e oscuro. Ouranòs vedeva il giovane sempre come un bambino, ma ormai era un uomo che stava per ereditare il regno per cui aveva lottato tutta la vita.

"Figlio mio. Oggi tutto quello per cui abbiamo lottato sta per realizzarsi. Ancora poche ore e la Terra sarà solo un brutto ricordo, come gli stupidi umani che la popolano. Nascerà un nuovo, splendido mondo, in cui regnerà solo la legge del più forte e saranno bandite per sempre discriminazione e ingiustizie. Tu, figlio mio, ne sarai il sovrano. La gente si inchinerà a te e seguirà la tua guida fino alla fine. Sarà un nuovo paradiso. Non dobbiamo però permettere a nessuno di portarcelo via."

"Padre, ti riferisci ai cavalieri d'Atena? Non devi, perché li sconfiggerò e non permetterò che prendano Zaffira."

"Ci tieni molto a quella ragazza, vero? Non solo perché è Atena."

La madre si avvicinò a lui accarezzandogli delicatamente il volto, mentre Ouranòs lo guardava con un'espressione che sembrava di severità.

"Madre, io l'amo."

"Non avevo dubbi."

"Come?"

Lei rise un attimo.

"Sai che non puoi nascondere nulla a tua madre. Inoltre le sei sempre stato accanto fin da bambino. In passato ti abbiamo vietato di vederla perché non era ancora il tempo, ma so che di nascosto l'hai fatto lo stesso."

"Allora lo sapevi, lo sapevate entrambi."

"Figlio mio. Oggi con il tuo matrimonio darai inizio ad un nuovo straordinario regno, un cambiamento epocale e assoluto nella storia. Dovrai essere sempre forte e risoluto."

"Sì, padre."

"Noi vogliamo che tu sia felice e niente interferisca con il tuo matrimonio."

"Madre. Padre. So bene che i cavalieri stanno venendo qui e voglio fermarli a qualsiasi costo."

"Non sarà necessario, figliolo. Oggi inizia una nuova vita per te. Non dovrai più sporcarti le mani con nemici di quel livello."

"Ma madre, li devo fermare altrimenti verranno qui. È mio dovere proteggervi dai nemici."

"Le tue parole ti fanno onore, figliolo, ma..." disse Ouranòs.

"C'è già chi li sconfiggerà."

"Cosa? Allora lui è tornato? È già qui?"

"Sono già qui."

Al suono di quella voce fredda Albaldar si voltò e vide spuntare da dietro una colonna un'ombra nera attorniata da un'armatura, una volta d'oro ed ora come la sua. Aveva scudi neri e armi dello stesso colore poste sulla schiena o in appositi scomparti nelle gambe e nella cintura. L'uomo, alto e magro, per cui la parola brutto pareva un complimento, sorrideva beffardo e si muoveva con passo rapido e sicuro. Aveva capelli neri corti e occhi di ghiaccio, spalle larghe e fisico asciutto. Assomigliava molto a sua madre ma non aveva un minimo del suo straordinario fascino, anzi sembrava il suo lato brutto amplificato a dismisura. Se Albaldar non avesse saputo che si trattava di suo fratello maggiore Power non l'avrebbe mai detto. L'uomo fece un leggero inchino ai regnanti per poi rivolgersi al giovane.

"Oggi è il gran giorno, principino, non è il caso che vi sporchiate le mani, ma al contrario che siate felice. Sono tornato apposta per vedere il vostro nuovo regno e il trionfo della mia famiglia. Penserò io ad eliminare gli umani che ancora si oppongono a Sua Eccellenza Ouranòs. Per cui goditi la tua bella sposa e lascia fare a me."

"Sei molto sicuro di te, Power, ma i nemici che sono penetrati qui non sono da poco e avrai bisogno..."

"Ti dimentichi che venivo considerato il più forte tra i cavalieri d'oro? Non ho perso di certo lo smalto di un tempo, ma al contrario ho affinato la mia tecnica, e sarà per me solo un gioco battere quei pivelli. Non hai di che preoccuparti."

Fece un sorriso beffardo e di superiorità, che fece andare in bestia Albaldar, e scomparve alla sua vista come non ci fosse mai stato. Il giovane strinse con forza il pugno.

"Su, figliolo, perdona i modi di mio fratello. Lo sai che lui è talmente sicuro di sé da essere strafottente, ma la sua forza è reale."

"Tu lo sai meglio di me, madre. Io non l'ho mai veduto in azione."

"Nessuno lo vede mai perché con la sua tecnica non lascia scampo ai nemici. Muoiono ancora prima di poter fare alcunché. Però se lo conosco bene si divertirà un po' con i nostri nemici prima d'ucciderli. Comunque sia, sempre fine sarà la loro, per cui non dovrai preoccuparti. Ora vai a prepararti. Nel grande cortile stellato si svolgerà il tuo matrimonio."

Lui fece un inchino e si avviò. Sapeva poco o niente sul conto di Power, anche il suo vero nome era un mistero ed era stato sostituito da quel soprannome che si riferiva alla sua forza superiore. Comunque a lui non piaceva e avrebbe voluto sconfiggere Light con le sue mani. Era stato il primo avversario a metterlo in difficoltà ma non solo, era colui che voleva portargli via Zaffira.

Pensò solo a lei e la tensione diminuì. I due ambiziosi genitori lo guardarono uscire, non senza una certa apprensione.

"Non è ancora pronto a regnare" esordì Ouranòs dopo un attimo di silenzio.

"Imparerà col tempo. Nessuno si opporrà a lui, sarà il signore incontrastato del nuovo mondo da noi creato."

"Grazie ad Atena è stato possibile tutto ciò, ed ora con le nozze di mio figlio la discendenza divina regnerà per sempre nell'universo."

"Il legame con quella ragazza che ha lo spirito di Atena è molto grande in lui. Non gli interessa della divinità che ha in lei, ma di come la vedono i suoi occhi."

"Tuttavia la forza divina che la sostiene è reale, e in un modo o nell'altro avremo raggiunto il nostro scopo."

"Proprio così, mio caro."

"Ormai manca poco alla fine di questo mondo, una volta eliminati i cavalieri d'Atena tutto sarà compiuto."

"Ti preoccupi troppo di loro, Power penserà a tutto."

"Sembri avere molta fiducia in lui, ma sarà davvero all'altezza?"

"Lui come te è pregno dell'energia oscura che ci dà la forza. Anche se non è devastante come la tua riesce ad usarla in un modo che molti direbbero subdolo, ma allo stesso tempo letale."

"Nemmeno io l'ho mai visto in azione, ma non ho motivo di dubitare delle tue parole."

"Non mi sono forse consacrata e te e servito per tutta la vita?"

"Sì, e hai messo al mondo un figlio meraviglioso. Non sei però addolorata per la perdita di tua figlia naturale?"

"Faceva parte del suo destino sacrificarsi per il sogno comune. Inoltre, come spesso hai affermato, il nuovo mondo apparterrà solo ai più forti."

"Già. Sarà un mondo bandito per sempre all'immondizia umana che per tanto tempo ha sporcato la terra. Gli dei che ho generato avrebbero dovuto regnare per l'eternità, invece gli uomini hanno preso il sopravvento e sporcato questo mondo con la loro insulsa esistenza."

"Ora però spariranno per sempre."

"Sì, il momento è giunto."

"Vado a preparare tutto per le nozze di nostro figlio. Tutto dovrà essere perfetto."

Ouranòs annuì mentre lei scomparve, per riapparire in una piccola stanza completamente buia con un lungo tavolo in mezzo e diverse sedie. Lei vedeva perfettamente al buio e si mise comoda, mentre la sfera di cristallo si alzava ad alcuni centimetri dal tavolo, proiettando le immagini dei cavalieri che si facevano largo tra le guardie di palazzo. Tra non molto sarebbero stati nel mastio principale e lì avrebbero incontrato suo fratello Power.

Lilith rise. I suoi piani stavano andando meglio del previsto. Mancava poco e poi il suo sogno si sarebbe realizzato. Ouranòs credeva che condividessero lo stesso, ma si sbagliava di grosso. Il suo dio era molto più potente e non prevedeva la salvezza di nessuno, come nessun nuovo mondo, ma solo tenebre assolute. Solo lei e suo figlio sarebbe stati gli unici a sopravvivere. Gli altri dei sarebbero periti tutti uno dietro l'altro. Atena nel corso dei secoli aveva spianato la strada al suo dio, distruggendo tutti gli altri che avrebbero potuto ostacolarlo. Ora che Hades, Nettuno e Marte non c'erano più e anche molti altri erano periti, niente avrebbe più potuto fermare l'avvento del dio supremo.

Rise parecchio finché la sfera non proiettò l'immagine di Light che guidava il suo gruppo ed erano ormai arrivati nel luogo prestabilito. Guardò bene quel giovane, inconsapevole che avrebbe cambiato il destino di tutti, ma non come voleva lui. Rise ancora, mentre suo fratello Power sarebbe entrato in azione a momenti. Nello stesso momento Zaffira sentì come una fitta al cuore e si piegò sulle ginocchia, mentre le donne le stavano sistemando lo splendido vestito azzurro fine che le sembrava un inutile ornamento. Qualcosa di terribile stava per succedere e sentì che Light e gli altri erano in grave pericolo. Doveva aiutarli, doveva andarsene da lì.

In un'altra sfera più piccola che comparve al lato sinistro di Lilith vide l'immagine di Zaffira che percepiva all'approssimarsi dell'oscurità imminente.

"Senti, vero, il terribile potere che sta per essere scatenato, giovane Atena. È tempo che risvegli la parte divina che è in te. È tempo che torni ad essere la dea Atena e dia battaglia al tuo nemico Ouranòs. Sono certa che vuoi salvare con tutto il cuore il giovane che tanto ami e a cui sei legata da un legame indissolubile."

La guardò agitarsi e allontanare le donne che le erano attorno.

"Tranquilla Atena, loro non possono ostacolarti. Vai e raggiungi il giovane che tanto ami."

In quel mentre tutte le donne intorno a lei si addormentarono e lo stesso le guardie fuori della stanza. Lei, sorpresa, ringraziò il cielo per quello e corse verso la fonte d'oscurità, che sentiva espandersi sempre più portando le tenebre in questo mondo. Un'altra sfera comparve nel lato destro e vide l'immagine di suo figlio Albaldar che si metteva il vestito scuro da sposo ma sentiva come qualcosa che lo chiamava.

"Anche tu sei inquieto e vorresti raggiungere il campo di battaglia. Sei libero di farlo. Qualunque cosa accada ci penserò io a te, non hai da temere."

Albaldar sentiva un cosmo oscuro espandersi e comprese che si trattava di Power. Di colpo sentì anche un altro cosmo avvicinarsi ad esso oltre ai cinque che erano già lì. Non lo riconobbe ma gli sembrò familiare. Seppur tenuto a freno era molto potente, e gli sembrava simile a quello di suo padre ma più dolce, gentile e pieno di luce.

Di colpo gli venne in mente la sua amata. Capì che prima di sposarsi doveva ancora usare l'armatura. In un attimo gli rivestì il suo corpo e corse rapido in quella direzione.

"Tutti i pezzi della scacchiera si stanno muovendo. Ognuno pensa di avere la partita in pugno, ma alla fine sarò solo io a fare scacco matto."

Rise nuovamente e si mise comoda ad assistere allo svolgersi degli eventi.

Light e gli altri si trovarono in una grande stanza circolare con diverse scale che salivano a chiocciola tutt'intorno. Era da tanto che giravano in quel labirintico castello, sbaragliando soldati giganti senza sosta. Non erano ancora riusciti a trovare il loro nemico ma avevano compreso che si trovava nel punto più alto. Dovevano essere nelle vicinanze, o forse quasi arrivati. Molte fiaccole alle pareti consunte illuminavano la zona a giorno, ma d'improvviso si spensero una dietro l'altra. In un attimo l'intera area piombò in una totale oscurità. Usando il loro cosmo non fu difficile fare luce, ma l'unica cosa che videro fu un'ombra davanti loro che si muoveva. Percepirono, ancora prima di vedere, un cosmo oscuro ampio oltre ogni limite e carico di malvagità.

Si misero tutti in guardia.

"Chi sei?" chiese Lionet.

"Sei Ouranòs?" chiese El Shadai.

"Chiunque sia è dotato di poteri straordinari. Stiamo attenti."

"Tranquilla Sheratan, non ci faremo intimidire" disse Lionet.

"Non dovete aver paura di me, ma dell'oscurità che vi avvolgerà in una notte senza tempo e riposo."

Rise di gusto.

"Fatti vedere se hai coraggio" disse Lionet.

"Se sei l'oscurità, sappi che io sono la luce."

Light urlò e lampi dorati illuminarono nuovamente l'intera area, rivelando un tizio brutto con indosso quella che sembrava un'armatura d'oro ma nera. A Light ricordava in tutto e per tutto quella di Albaldar.

"Una luce accecante, ma anche in te è forte l'oscurità."

"Che diavolo blateri?" urlò Light.

"Non ti scaldare, giovanotto. Io sono il più forte guerriero dell'esercito di Ouranòs, anzi sono il più forte del mondo, anzi sono così forte che tutti mi chiamano Power."

"Pallone gonfiato" urlò Lionet.

"Vediamo cosa sai fare" disse El Shadai.

"Oh, ma ragazzi, avete capito male, io non sono qui per combattere."

"E cosa sei venuto a fare? A sparare fesserie?" disse Lionet.

"Tutti i guerrieri amano combattere e dimostrare quanto sono bravi e migliori degli altri. Io, vedete, non ne ho bisogno, perché sono già il migliore."

"Te la faccio rimangiare la tua aria di superiorità."

Lionet attaccò con impeto malgrado gli altri gli urlarono d'aspettare. Poi successe qualcosa che nessuno comprese. L'attimo dopo Lionet si trovò a terra ferito, con delle macchie oscure che gli ricoprivano il corpo nei punti non protetti dall'armatura.

"Ma cosa..."

"Che gli hai fatto?" urlò Light.

"Non l'ho nemmeno visto muoversi" disse El Shadai.

"Nemmeno io" disse Lionet rialzandosi. "Eppure mi ha colpito e fatto qualcosa, mi sento più debole."

"Voi tutti avete il cuore votato alla giustizia, così l'oscurità che vi appiccico fa ancora più male e presto vi consumerà tutto il corpo."

"Che vuoi dire?" chiesero tutti.

"Che ogni volta che userete il vostro cosmo l'oscurità aumenterà d'intensità finché non vi avrà distrutti."

"Ma di cosa..."

Tutti gridarono, accorgendosi solo ora che avevano parti d'oscurità che gli coprivano il corpo.

"Ma quando ci ha colpiti?" chiese Cristalia.

"Che razza di prodigio è mai questo?" chiese El Shadai.

"Non lo so, ragazzi, ma dobbiamo contrattaccare."

"Giusto. All'attacco."

"Mi spiace per voi, ma come vi dicevo prima non sono qui per combattere. Io sono qui per vincere! Time Block!"

"Sbruffone. Attacchiamolo!" dissero tutti.

In quel mentre Light vide il mondo cambiare intorno a sé. L'ambiente era come prima, ma tutto appariva immobile. Persino il fuoco delle fiaccole era fermo e la terra stessa sembrava come congelata. Light guardò i suoi compagni e vide che erano immobili come statue. Persino i loro colpi, come il taglio dell'Excalibur, erano fermi pietrificati, e in tutto quell'orrore incomprensibile lui era l'unico a potersi muovere.

"Qui abbiamo qualcuno la cui via è sospesa."

"Bastardo, cos'hai fatto ai miei amici?"

"Dovresti averlo già capito da solo. Tutto qui, è fermo e immutabile. Il mondo che conosciamo va continuamente avanti con lo scorrere del tempo, qui invece non succede."

"Vuoi dire che hai bloccato il tempo? Perché allora a me non succede?"

"Perché tu sei come me. In te l'oscurità è forte."

"Non capisco. Cosa c'entra l'oscurità?"

"Le forze della luce pensano da sempre d'avere il predominio sul mondo, ma è l'oscurità che possiede il vero potere. Con essa si può alterare lo scorrere del tempo, facendolo rallentare, accelerare o persino fermare. La luce non potrà mai eguagliare un simile potere, e quando si scontra con esso ne rimane annichilita e immobile."

Rise come un matto.

"Vuoi dire che i miei amici sono rimasti vittima della tua tecnica perché in loro c'è la luce, insomma seguono il sentiero del bene?"

"Proprio così."

"Allora perché a me non è successo?"

"Perché in te c'è l'oscurità."

"Cosa? Io più di tutti possiedo l'elemento luce."

"Sì, ma dentro di te sei pregno d'oscurità: sei malvagio!"

"Cosa blateri? Io insieme ai miei amici combatto per pace e la giustizia sulla Terra in nome di Atena."

"Le azioni con cui tenti di mascherare la tua vera natura non la possono cambiare."

"Non credo a una parola di quello che dici. Adesso fai tornare tutto come prima."

"Se no che mi fai?"

"Adesso ti faccio vedere."

"Obscurity Block!"

Lance oscure colpirono Light paralizzandolo sul posto. Lo ferivano in alcuni punti ma il dolore era forte, la cosa peggiore però era che non riusciva a muoversi.

"Non mi fermeranno."

Light espanse il suo cosmo di luce ma senza riuscire a liberarsi dalla morsa delle lance.

"È tutto inutile. Il tuo cosmo per quanto forte non potrà mai liberarsi dall'oscurità di quelle lance. L'unica maniera che hai è far emergere il tuo cosmo oscuro."

"Di che diavolo parli?"

"Non vuoi accettarlo, ma il tuo è un cosmo oscuro."

"Io sono Light e il cosmo è rivolto alla giustizia."

L'aura dorata brillò ancora di più ma il risultato non cambiò.

"Maledizione. Non riesco a liberarmi."

"Te l'ho detto l'unico modo. Ti darò un incentivo."

Power lanciò le lance trafiggendo tutti i suoi amici.

"No!"

"Ora il loro corpo è trafitto dalle lance oscure. Come il loro tempo tornerà a scorrere normale, per loro arriverà la fine."

"Maledetto!"

"Mi odi, vero?"

"Te la farò pagare."

"Dovrai risvegliare il tuo cosmo oscuro. Ora ti darò un ulteriore incentivo, perché c'è un ospite in più da aggiungere a questa festa. È colei che tanto desideri."

"Cosa? Non sarà mica..."

Light vide colei che era sempre nei suoi pensieri e che rappresentava la luce: Zaffira. La giovane comparve come d'incanto davanti a Light penetrando nel blocco temporale.

"Light!"

"Zaffira!"

Lei corse verso di lui, ma Power le bloccò la strada.

"Andiamo da qualche parte, signorina?"

"Zaffira, fuggi via da qui" urlò Light.

Zaffira si fermò di colpo guardando lo strano orrendo essere, che emanava oscurità dal suo corpo e sembrava la rappresentazione del male stesso.

"Non abbiamo mai avuto il piacere di conoscerci. Io sono Power e seppur non vorrei rovinare la futura regina del nuovo mondo mi vedo costretto almeno a rendere difficile la sua permanenza in questo mondo. Obscure Flame!"

Una fiamma oscura avvolse Zaffira facendola urlare dal dolore.

"Zaffira!" urlò Light.

"Tranquillo giovanotto, quella fiamma non la ucciderà, non subito almeno. Le consumerà però la sua delicata pelle facendola impazzire dal dolore, e solo dopo molto tempo la porterà alla morte."

Ricominciò a ridere come un matto.

"Miserabile! Come osi far del male a Zaffira!"

"Light..." urlò Zaffira tendendo la mano.

"Se vuoi salvarla dovrai rivelare la tua vera natura. Se non sarai in grado di farlo, allora per lei non ci sarà più scampo."

Le fiamme che avvolgevano Zaffira aumentarono la loro intensità, facendola urlare a squarciagola. Light era preso da una rabbia senza precedenti. Amava Zaffira più di ogni altra cosa al mondo ed era pronto a tutto per lei, anche a trasformarsi in un mostro.

Sentì qualcosa crescere in lui. Era una nuova e terribile forza che aumentava sempre di più. La lasciò scorrere pensando solo a salvare Zaffira e non importandogli del resto; infine la furia si impossessò di lui.

Un urlo simile a quello di una bestia proruppe da Light. Il suo cosmo era ora totalmente oscuro e il suo volto appariva contorto in una smorfia di rabbia e di dolore, mentre i suoi capelli erano di un nero ancora più scuro e lo stesso gli occhi. Le lance scomparvero e si gettò verso Zaffira. La ragazza, sempre avvolta dalle fiamme, volò però in aria e Power si mise davanti a lui.

"Non è così semplice. Prima dovrai battermi."

"Levati di mezzo!"

Light colpì con un pugno il volto di Power, con tale rapidità che l'essere oscuro non riuscì nemmeno a vedere e venne scaraventato contro la parete. Il giovane lo ignorò e saltò verso Zaffira, spegnendole le fiamme e riportandola a terra. Era priva di sensi ma non sembrava ferita. Aveva solo qualche piccola ustione e pezzi d'oscurità in alcune parti del suo corpo.

"Maledetto, cosa le hai fatto?"

"Ho messo anche a lei una parte d'oscurità. La stessa che hai tu. La stessa che la consumerà ogni volta che userà il suo cosmo."

"Ti ammazzo."

Light attaccò con impeto colpendo il nemico con calci e pugni. Erano così rapidi che non riuscì ad evitarli e venne preso più volte al corpo e al volto: poi accelerò spostandosi dalla portata dei colpi. Light sentì la sua presenza dietro di lui e colpì con un calcio carico d'oscurità. Power parò con entrambe le braccia ma venne sbalzato indietro dalla potenza del corpo.

"Davvero notevole, ma dovrai fare anche di più se vuoi battermi. Dovrai far emergere del tutto quello che si cela nella tua anima."

"Io non so di cosa parli, so solo che devi morire. Sfera infernale del demone dell'oscurità."

Dalla mano destra di Light uscì una sfera oscura grande quanto essa che colpì velocemente il bersaglio, da cui scaturì un'esplosione di luce nera.

"Straordinario, ma ancora non basta."

"Sei ancora vivo?"

La voce di Light era distorta rispetto al solito e aveva un tono quasi maligno. Vide il suo nemico con davanti due grossi scudi neri che aveva usato per salvarsi dalla sfera oscura.

"Quest'armatura è più potente di quelle d'oro. Contiene dodici armi formidabili e letali. Come queste."

Estrasse due spade affilate che lanciò contro Light, che le evitò senza problemi.

"Dovrai fare di meglio."

"Credi che basti evitarle?"

"Ma cosa..."

Light sentì un pericolo e saltò in alto, evitando le lame che tornavano indietro.

"Con i miei poteri oscuri posso controllare le armi a distanza. Ora vedrai uno spettacolo interessante. Obscure Arms!"

Le dodici armi si staccarono dall'armatura e attaccarono in contemporanea Light, guidate dalla forza oscura del loro padrone. C'erano due spade, due scudi rotanti, due tridenti, due tonfa, due Jiu Jie Bian e due San Jie Gun, in pratica queste due catene con bastoni. Si muovevano tutte con velocità e destrezza come fosse lo stesso padrone lì vicino a colpirlo, ma Light riuscì a evitare quasi tutti i colpi. L'ultimo, dato con i bastoni a tre sezioni San Jie Gun, lo prese alla testa, facendogli volare via l'elmo e ferendolo leggermente. Questo lo fece infuriare ancora di più e l'energia oscura aumentò ancora. L'attacco seguente delle armi fu vanificato da essa, che le respinse tutte facendole volare in ogni direzione. Colpirono pareti e pavimenti, mentre l'oscurità si faceva sempre più forte in Light e pure l'armatura stava cambiando dall'oro al nero. Light non se ne curò e guardò in direzione del suo nemico, ma non le vide più. Non riusciva a percepire la sua presenza e si guardò intorno rapido notando che era vicino a Zaffira, con una lancia oscura in mano puntata verso di lei.

"Sei fai un altro passo lei è morta."

"Lasciala e combatti con me!" urlò Light.

"Quando la tua armatura sarà completa. Ora è ancora in parte dorata."

Zaffira in quel mentre si riprese e sentì l'oscura presenza che la teneva e le puntava la lancia al collo. Nello stesso momento vide Light che mutava d'aspetto e con l'armatura solo parzialmente d'oro, ma che presto sarebbe stata interamente ricoperta d'oscurità.

"No Light! Non lasciarti andare al male!"

"Ti conviene tacere, signorina, se non vuoi morire". Le strinse più forte il braccio intorno al collo. "In quanto a te, ti converrà fare di meglio, se la vuoi salvare."

"Maledetto!"

L'aura nera aumentava sempre di più e solo parte delle braccia e gambe erano ancora dorate, ma stavano anch'esse adattandosi al colore nero predominante.

"No!" urlò Zaffira.

In quel mentre una luce dorata esplose intorno a lei e Power fu costretto a ritrarsi. Reagì prontamente tirando la lancia contro Zaffira, ma una barriera di fulmini la protesse e un fulmine più grande degli altri colpì l'oscuro essere buttandolo a terra. Zaffira si disinteressò di tutto e corse verso Light. Lui era sempre furente, con il cosmo oscuro in costante aumento, ma vide come una piccola luce in quel mare d'oscurità che lo chiamava a sé. Sentiva il suo essere fatto a pezzi da qualcosa di diabolico e perverso, ma quella luce che vedeva gli dava conforto e benessere. Sentiva che si poteva fidare di quella sensazione e allungò la mano per poter toccare quella luce come gli potesse togliere ogni male che lo affliggeva.

Successe così un miracolo e l'oscurità scomparve, spazzata via da quella luce calda e delicata che ne prese il posto. Il mondo tornò ad essere un mondo meraviglioso. Il cosmo oscuro scomparve in Light e nuovamente la luce dorata brillò in lui e l'armatura tornò al suo aspetto originario.

Light ci mise un po' a mettere a fuoco quanto successo, ma poi vide Zaffira accanto a sé che gli sorrideva con quel suo viso dolce e ogni dolore passò in lui. Vide però anche un'altra persona poco distante che lo fissava con odio: Albaldar. Gli occhi del guerriero esprimevano un odio che si riversava nel suo cosmo oscuro e sembrava volerlo incenerire solo con quello, ma poi si girò per guardare Power che si era rialzato.

"Come hai osato..."

"Nessuno può toccare Zaffira. Non ti perdonerò mai per quello che hai fatto. Preparati a morire!"

Albaldar si scagliò con impeto verso Power, che preso alla sprovvista non riuscì a evitare i suoi potenti e veloci colpi, che gli fecero sputare sangue e infine sbattere contro la parete. Si formò un buco in essa e l'uomo ricadde, ma Albaldar non glielo permise e lo colpì al mento con un pugno che lo lanciò fino a quasi all'alto soffitto.

"Incredibile. Riesce a combattere alla pari con quell'essere e il tempo per lui non si è fermato."

"È l'oscurità di cui è pregno. Andiamo!"

Zaffira lo trascinò avanti fino ai suoi compagni, bloccati nel tempo e trafitti dalle lance nere. Le toccò e una luce dorata si propagò intorno a lei fino alle armi oscure ed esse piano a piano svanirono.

"Fantastico! Ma allora non era vero che solo l'oscurità le può distruggere?"

"L'oscurità non è altro che assenza di luce. Una volta che la luce torna l'altra si dissolve."

"Sono stato davvero uno stupido..."

Lei gli sorrise e lui non riuscì a dire altro. Il rumore di un tonfo vicino a loro lo distrasse e guardò in quella direzione aspettandosi di trovare Power steso al suolo, ma a sorpresa vide che era Albaldar. Questi, seppur avvolto da una fiamma oscura, si rialzò e la dissolse. Sopra di loro, a mezz'aria, Power rideva beffardo.

"Ti ho lasciato un po' divertire, giovane principe, perché mia sorella ci tiene molto a te, ma adesso ti converrà stare al tuo posto prima di farti male sul serio."

"Per chi mi hai preso? Forse per un verme come te? Anche se siamo parenti non ti perdonerò mai d'aver fatto del male a Zaffira e averla usata per i tuoi scopi. E adesso battiti se hai coraggio."

"Ben detto, Albaldar. Sono con te."

"Non ho bisogno del tuo aiuto."

"Non ti sto dando il mio aiuto, ma voglio come te regolare i conti con questo farabutto."

"Oh, ma quanto ardore le menti giovani come le vostre. Vediamo quanto due volontà forti come le vostre con il fisico temprato da tante battaglie sapranno resistere a questo. Gravity Attack!"

Power alzò un dito della mano destra per poi abbassarlo su di loro. I ragazzi sentirono incombere su di loro un enorme peso che li schiacciava al suolo. Loro due e Zaffira si trovarono schiacciati e doloranti, oppressi da una forza immensa, come se avessero una montagna sulle spalle.

"Maledizione. Che razza di trucco è mai questo?" chiese Light.

"È la pressione della forza di gravità. Ma io non mi arrenderò."

"Nemmeno io."

Entrambi espansero il loro cosmo e riuscirono con molta fatica a mettersi sulle ginocchia e poi in piedi ma piegati sulla schiena.

"Quanta forza, giovanotti, ma in quelle condizioni non potrete portare nessun attacco."

"Ti sbagli! Non mi farò di certo fermare da questa ridicola pressione. Fulmine tonante."

Da Albaldar partì un fulmine che una volta raggiunto il suo bersaglio si dissolse nel nulla.

"Cosa?"

"Credevi forse che un così misero attacco potesse superare le mie difese? Io posso controllare il tempo e l'oscurità, oltre a fare molte altre cose. Per esempio posso rallentare la velocità dei vostri attacchi e renderli pressoché innocui. Del resto riuscite appena a reggervi in piedi e non potete di certo dare molta forza ai vostri colpi."

"Il prossimo colpo invece avrà effetto."

Light alzò il braccio destro in alto. Albaldar comprese cosa avesse in mente il giovane, mentre il loro nemico lo guardava perplesso.

"Se davvero vuoi battermi dovrai far riemergere nuovamente l'oscurità che si cela dentro di te."

"Non ne ho bisogno. Zaffira mi ha fatto capire che per quanto l'oscurità sia forte, la luce lo è sempre di più. Another Dimension!"

"Mossa astuta, ma io non posso finire in un'altra dimensione..."

Solo in quel mentre Power comprese che il colpo era esteso all'intera stanza e la dimensione parallela rimaneva ferma e immobile.

"Non so cos'hai combinato ma..."

Il taglio dell'Excalibur lo prese al braccio sinistro e subito fu seguito da un leone di fuoco e da un raggio di ghiaccio. Power fece per spostarsi ma sentiva un'energia psichica a bloccarlo e notò in quel mentre che i quattro ragazzi erano nuovamente liberi dal blocco temporale. Entrambi i colpi lo presero e venne scaraventato a terra, mentre la forza di gravità scomparve. Tutti e cinque gli eroi, insieme a Zaffira e Aldalbar, erano nuovamente in piedi.

"Come può essere?"

"Il tuo incantesimo è finito" disse Light.

"Non può essere. Time Block!"

Questa volta però il tempo non si fermò e tutti avanzarono verso di lui. Per la prima volta il suo sorriso, beffardo e sicuro di sé, si incrinò.

"Impossibile. Allora rallenterò il tempo..."

"Non l'hai ancora capito che per te è finita?" disse Albaldar.

"Qui sei in una dimensione parallela, che non viene influenzata dallo scorrere del tempo. Le tue tecniche sono inutili" disse Light.

"Non crediate che basti questo per sconfiggermi. Gravity Bombs."

Dalle mani di Power uscirono delle bombe oscure che si infransero su un muro di cristallo.

"Cystal Wall"

"Il tuo vetro non può fermare le mie bombe... eppure ci riesce. Come può essere?"

In quel mentre vide che Zaffira era in mezzo ai cavalieri e li avvolgeva con la sua luce dorata, uguale a quella di Light, dando a tutti loro una forza infinita.

"Questo è per aver fatto del male a Zaffira. Lighting Devastation!"

Scariche elettriche colpirono Power in tutte le direzioni, devastandogli l'armatura e ferendolo mortalmente. Infine volò contro il muro formando un altro buco.

"Maledetti..."

"È finita per te."

Light alzò le braccia dove si stava raccogliendo l'energia della luce.

"No, aspetta..."

"Galaxian Explosion!"

Il terribile colpo devastò Power riducendo il suo corpo in polvere.

"Non può essere che muoia. Lilith... salvami..."

"Hai esaurito il tuo compito. Addio" rispose Lilith mentalmente.

"No!" urlò Power mentre esplodeva avvolto nella luce dorata. I ragazzi esultarono, contenti d'aver superato anche quell'ostacolo, mentre l'ambiente intorno a loro tornò normale. Però ancora un nemico si frapponeva nel loro cammino, almeno in quello di Light. Albaldar si avvicinò a Zaffira ma Light si mise davanti.

"Zaffira viene con me."

"Non se ne parla."

"Ha promesso di sposarmi. Sono certo che manterrà la sua parola."

"Io..."

"Zaffira non..."

"Ho promesso. Devo andare."

"No, io non lo permetterò."

Light si mise davanti fronteggiando Albaldar.

"Smettetela!" disse Sheratan.

"Ha ragione. Così fate solo il gioco di Ouranòs. Dobbiamo sconfiggerlo e salvare la Terra" disse El Shadai.

"State parlando di mio padre. Io, oltre che suo figlio, sono suo cavaliere e devo battermi per lui."

"Allora ti affronteremo, se è questo che vuoi" disse Lionet.

"No" disse Light fermandoli. "È una questione tra noi due soltanto. Voi andate avanti e fermate Ouranòs. Vi raggiungerò il prima possibile."

"Ma..." disse Lionet.

"D'accordo" disse Cristalia.

"Ma come..." disse El Shadai.

"Abbiamo una missione da compiere, se ve lo siete scordati."

"Hai ragione come sempre, Sheratan. Andiamo, ragazzi. E tu sii prudente e proteggi Atena."

"Lo farò, Lionet."

I quattro giovani si avviarono rapidi mentre Albaldar si mise di fronte a Light, pronto a dare il meglio di se stesso per fronteggiare colui che voleva portagli via colei che amava.

Il risveglio degli dei

Nella grande stanza del trono l'oscurità regnava sovrana. Tutte le luci erano state spente e solo l'apparizione di quattro punti luminosi diede un po' di colore a quell'ambiente cupo e opprimente. La solitaria figura che sedeva sul trono espandeva il suo cosmo sempre di più, attendendo da tempo il momento in cui poter dare totalmente sfogo all'odio che aveva nel cuore.

Quando le quattro figure furono vicine e risplendevano di rosso, blu, verde e giallo, il dio del cielo si destò espandendo l'oscurità che, come un vento furioso, si abbatté tutt'intorno distruggendo ogni cosa. Una barriera di cristallo eretta da Sheratan salvò tutti loro, mentre colonne cadevano, rocce volavano e pavimento si spaccava.

Quando si guardarono attorno videro una luce provenire dall'alto e illuminare l'ambiente: videro in cielo brillare tre simboli.

"Siete giunti finalmente per vedere in prima persona la fine di questo mondo corrotto. Io sarò l'artefice della sua distruzione e il creatore di un nuovo mondo dove solo la forza conterà."

"Noi ti fermeremo" disse Lionet.

"Non ci fai paura" disse El Shadai.

"Osate dunque sfidare un dio?"

"Dio o uomo, se minacci la pace nel mondo noi ti affronteremo fino alla fine" disse Sheratan.

"Non ci fai paura. Noi tutti siamo cavalieri d'Atena e siamo pronti a morire" disse Cristalia.

"Morire, dite. Se è questo che volete vi accontenterò volentieri. Ma ditemi, vi sembra bello il mondo governato da Atena, dove regna la corruzione e scoppiano guerre?"

"Non è con la violenza che si possano risolvere queste cose."

"Lionet, giusto? Come, allora? Solo distruggendo tutto può nascere qualcosa di nuovo e unico. Sarà il mio mondo. La creazione di un dio supremo quale io sono, dove gli esseri umani saranno banditi tranne pochi eletti. Voi che vi siete affermati con forza e coraggio sareste i benvenuti, ovviamente dopo avermi giurato eterna fedeltà."

"Te lo scordi!" dissero tutti.

"Se le cose stanno così non vi resta che fermarmi. Sempre che ne siate capaci."

"Noi ti fermeremo a tutti i costi" disse Lionet deciso.

"Guardate là. Il simbolo sacro è al suo culmine. Tra meno di tre ore avrà raggiunto il massimo."

"Abbiamo ancora tutto il tempo per sconfiggerti e salvare la Terra."

"Lo credi davvero? Allora ora vedrete come stanno le cose."

L'oscurità di Ouranòs si espanse avvolgendo tutti loro che non riuscirono a contrastarla e poi tutto divenne buio. L'attimo dopo si ritrovarono in un altro luogo.

"Dove siamo?" chiese Lionet.

"Ci ha teletrasportati" rispose Sheratan.

"Guardate!" disse El Shadai indicando davanti a loro.

Erano in un enorme spiazzo roccioso posto in cima al castello, in cui si vedeva il cielo oscuro interrotto dalla luce dei tre simboli. Una luce dorata che giungeva fino ad essi dal centro esatto dello spiazzo dove era conficcato uno scettro dorato dalla punta luminescente, da cui partiva la luce.

"Cos'è quello?" chiese Lionet.

"Quello è lo scettro di Thule, lo scettro che fin dai tempi del mito ha colui che presiede la salvaguardia di questo mondo, lo scettro di Atena" rispose Ouranòs.

Era a pochi metri da loro, gigantesco, maestoso e terribile. L'oscurità usciva dal suo corpo formando tentacoli neri, mentre la maschera si ruppe, rivelando un volto solo parzialmente umano nella parte intorno agli occhi, e il resto avvolto nelle tenebre più fitte.

"Che significa tutto ciò?" chiese Lionet.

"In quello scettro è concentrato il potere di Atena. Mi è indispensabile per far giungere qui il mio pianeta."

"Che cosa?" dissero tutti.

"Aspetta, stai dicendo il pianeta Urano?" chiese Lionet.

"Come puoi fare una cosa simile?" chiese Cristalia.

"Per voi uomini sembrano impossibili tante cose perché siete deboli e limitati, ma per un dio non sono niente. Da sempre aspettavo questo momento e finalmente è giunto. Guardate in alto oltre i tre simboli e vedrete il mio pianeta in prossimità della Terra."

Ouranòs alzò il dito al cielo e in quel momento tutti loro videro oltre i tre simboli un grosso punto verde farsi largo nel cielo come una seconda luna.

"Non può essere!" dissero tutti.

"Il mio pianeta sta per giungere qui. Quando anche il terzo simbolo sarà alla fine sarà vicino alla Terra e capirete da soli cosa questo causerà a questo inutile pianeta."

"Saranno catastrofi senza precedenti. Terremoti, eruzioni, inondazioni, uragani. Sarà la fine del nostro mondo" disse Sheratan.

"Proprio così. Siete stati ingannati pensando che ci volessero dodici ore esatte, invece la realtà è ben diversa. Alla decima ora per la Terra incomincerà una distruzione che porterà alla morte di tutti i suoi abitanti e che terminerà alla fine della dodicesima ora, quando l'energia stessa del pianeta si trasferirà su Urano."

Guardarono in cielo e videro che il simbolo brillava già di meno, e non ci sarebbe voluto molto ancora prima che si spegnesse.

"Maledizione, se le cose stanno così abbiamo poco tempo, non più di mezz'ora" disse Cristalia.

"Ce la faremo bastare. Non perdiamo altro tempo e sistemiamo questo buffone."

Lionet si mise in posizione insieme ai suoi amici, pronti a fronteggiare il mortale nemico.

"Poveri stolti che sfidate un dio, subirete ora la sua ira."

"Taglio dell'Excalibur."

"Diamond Dust."

"Ruggito del leone infuriato."

"Stardust Revolution."

I quattro raggi formarono energie di colori diversi, che si fermarono ad un passo da Ouranòs, bloccate dall'oscurità del suo cosmo, poi tornarono indietro. Si ritorsero contro i ragazzi che vennero presi dai loro stessi colpi e sbalzati a terra.

"Tutto qui? Non sapete fare di meglio, miseri umani?"

"Ora te la faremo vedere, dio da quattro soldi."

Lionet si rialzò circondato dal cosmo fiammeggiante e anche gli altri fecero lo stesso.

"Non mi piace combattere contro avversari deboli e insignificanti. Se non siete alla mia altezza, allora vi eliminerò subito. Tentacoli oscuri."

Tentacoli neri si allungarono da Ouranòs colpendo il terreno, per poi sbucare sotto i ragazzi e avvolgerli nelle loro spire tempestate d'energia elettrica. I ragazzi urlarono dal dolore.

"Questa è la fine che spetta alle misere creature come voi. Lenta e dolorosa."

"Non ci hai ancora sconfitti. Ci vuole ben altro per battere i cavalieri d'Atena. Double Excalibur."

El Shadai si liberò dai tentacoli per poi scagliarsi rapido contro Ouranòs, ma venne respinto da una barriera di fulmini.

"Un debole come te non potrà mai abbattere la mia barriera di fulmini."

"Tu sottovaluti troppo gli esseri umani."

Lionet sciolse i tentacoli con il fuoco, mentre Cristalia li congelava e Sheratan li avvolgeva con la luce.

"Tentacoli d'oscurità, distruggete i nemici che si oppongono a me."

Lanciò nuovamente i tentacoli, ma un muro di cristallo li fermò e respinse indietro, mentre un raggio di fuoco e uno di ghiaccio li distrussero.

"Non funziona due volte lo stesso colpo su un cavaliere d'Atena. E adesso distruggerò la tua barriera di fulmini con le mie sacre spade. Croce celeste della doppia Excalibur!"

El Shadai saltò contro il suo nemico con le braccia dietro la schiena, per poi colpire con entrambe le braccia la barriera di fulmini. Sentì il suo corpo farsi a pezzi e un dolore terribile prenderlo tutto, ma non intendeva arrendersi e dette ancora più forza alle sue spade per penetrare la terribile difesa. La sua spada non c'era cosa che non potesse tagliare e lui era un cavaliere d'Atena, non si sarebbe arreso prima d'aver compiuto il suo dovere.

"È inutile, cavaliere, non ce la farai."

"Sì invece. Per Atena. Mia spada, trafiggi la sua barriera."

Le due braccia si illuminarono di una luce dorata e comparvero due spade, che trafissero la barriera di fulmini lasciando Ouranòs senza difese.

"Non può essere!"

"Sottovaluti troppo gli esseri umani. Greatest Fireball!"

"Aurora Execution!"

"È finita per te" disse El Shadai.

"Così morirai anche tu."

"Sono cavaliere d'Atena e la morte non mi spaventa."

Le due energie si fusero in un'enorme sfera di ghiaccio, ma non prese El Shadai perché venne teletrasportato da Sheratan vicino a lei, e così i due colpi poterono andare a bersaglio. Ouranòs mise le braccia davanti e venne investito dall'enorme sfera; l'aria intorno a sé divenne fiammeggiante per poi esplodere in una turbine di ghiaccio. Il suo enorme corpo divenne una statua di ghiaccio e sembrava aver perso il suo vigore.

"Ce l'abbiamo fatta!" esultò Lionet.

"Sento che il suo vigore non è diminuito, anzi..." disse Sheratan.

"Allora finiamolo. Excalibur!"

El Shadai lanciò il taglio della spada contro Ouranòs, ma una massa oscura respinse il suo attacco deviandolo lateralmente e creando un solco sul terreno.

"Stolti! Pensavate davvero che con le vostre misere forze potevate battere un dio quale sono io?"

L'oscurità si espanse e il ghiaccio si sciolse mentre la figura di Ouranòs cambiò, trasformandosi in un mostro di totale oscurità, con il corpo in cui si vedeva l'universo e solo una piccola parte del volto quasi umano.

"Sei diventato ancora più brutto, ma non per questo ci arrenderemo."

"Giusto Lionet, lo sconfiggeremo" disse El Shadai.

"Illusi. Ora vedrete di cosa sono capace. Ouranòs Devastation!"

Grandi fulmini neri scaturirono da tutto il suo corpo e si scagliarono contro i ragazzi, che urlarono e ricaddero a terra. Sentivano dolore dappertutto e il loro corpo era percorso da scariche elettriche, però sapevano di non doversi arrendere.

"Non ci faremo battere da uno come te. Greatest Fireball!"

Ouranòs parò la grande palla di fuoco con la sola mano sinistra e l'oscurità l'assorbì dissolvendola.

"Non è possibile!"

"Ti stupisci, umano? Voi siete niente di fronte al potere di un dio."

Una scarica di fulmini colpì Lionet ributtandolo a terra.

"Dio che distruggi mondi e uccidi la gente per i tuoi scopi, sappi che noi cavalieri d'Atena mai ci piegheremo a te. Io, Sheratan dell'Ariete d'oro, ti combatterò fino all'ultimo. Starlight Extinction!"

Raggi di luce partirono dalle mani di Sheratan scontrandosi contro i fulmini del dio.

"Sparisci, umana. Ouranòs Devastation!"

Le due forze per un po' si equivalsero, poi i fulmini neri presero il sopravvento, e per quanto si sforzasse Sheratan non riusciva più a resistere.

"Non arrendiamoci. Per quanto sia forte non è invincibile.

"Aurora Execution!"

Il raggio congelante prossimo allo zero assoluto riuscì per un po' a riequilibrare le sorti dello scontro, ma i fulmini aumentarono ancora d'intensità come il cosmo nemico, e in breve le due donne vennero sopraffatte. Ricaddero a terra urlando dal dolore, mentre El Shadai si rialzava come ultimo baluardo contro i piani del dio.

"Maledetto. Te la farò pagare. Double Excalibur!"

El Shadai si lanciò contro Ouranòs, che schivò con facilità i suoi fendenti per poi colpire anche il ragazzo con scariche di fulmini neri.

"È il massimo che sapete fare, cavalieri d'oro? È così misera la forza che vi sostiene? Dite di voler cambiare il mondo, ma non è che un sogno effimero, l'unica è distruggerlo."

"Noi non ti permetteremo di farlo!" urlò Lionet, nuovamente in piedi.

"Sei ancora vivo, ma rimediamo subito."

"Non ci piegheremo mai a te" disse Cristalia, anche lei in piedi seguita dagli altri due.

Tutti i loro cosmi brillavano sempre più, malgrado fossero feriti e grondassero sangue. Ouranòs parve colpito dalla loro forza d'animo, come dal fatto che fossero ancora in piedi malgrado le ferite e l'evidente inferiorità di fronte a lui.

"Devo ammettere che la vostra determinazione è notevole, ma senza la forza non vale nulla, solo la forza predomina al mondo."

"La forza senza giustizia è una cosa inutile" disse El Shadai.

"Noi seguiamo la giustizia e non ci faremo mai battere" disse Lionet.

"Parole grosse per degli esseri destinati solo alla sconfitta. Come è tale la sorte di un uomo che ha l'ardire di sfidare un dio. Ouranòs Extramination!"

L'oscurità si espanse all'infinito intorno ad Ouranòs avvolgendo come una cappa i quattro amici che si sentirono soffocare e colpire dentro fino all'anima. Si trovarono a terra ansimanti ma subito si ripresero pronti a fronteggiare i loro nemici.

"Non era un granché il tuo colpo."

"Lo pensi davvero, leone?"

"Excalibur."

El Shadai si lanciò contro il suo nemico, ma come concentrò l'energia nel braccio destro urlò dal dolore e sentì la forza venirgli meno. Ouranòs gli bloccò il braccio con una mano e in quel mentre El Shadai si accorse di non avere più l'armatura al braccio, che era completamente nero. Anche gli altri si guardarono, constatando con sgomento che parte delle loro armature erano svanite e al loro posto c'era l'oscurità.

"Che prodigio è mai questo?" chiese Lionet.

"È una delle mie tecniche supreme. Penetra fino all'anima distruggendo il cosmo e l'armatura. Ogni volte che usate al massimo il vostro cosmo l'oscurità si espande fino a distruggervi."

Lanciò in aria El Shadai colpendolo con una scarica mortale di fulmini neri.

"Crystal Wall!"

La barriera lo salvò dal peggio, ma anche l'armatura di Sheratan era in buona parte scomparsa, sostituita dall'oscurità. Non riuscì a mantenere la barriera e i fulmini si riversarono su tutti loro. Cristalia si mise davanti agli altri, creando una barriera di ghiaccio che assorbì l'attacco, almeno per un po'. Si ruppe e la ragazza venne colpita accasciandosi a terra.

"Cristalia!" urlarono tutti.

"Ricordate la missione... dovete fermarlo."

"Lo faremo. Anche se usare il cosmo ci consuma lo useremo lo stesso al massimo."

Lionet aumentò l'intensità del cosmo fiammeggiante, mentre l'armatura scompariva sempre di più rimanendo ormai solo al torace.

"Extreme Fireball Crash!"

Dal pugno destro di Lionet partì una quantità impressionante di palle di fuoco, piccole ma rapide e potenti.

"È la fine per tutti voi. Ouranòs Destruction!"

Dalle mani del dio partirono infiniti raggi neri simili a scariche elettriche, che colpivano ognuno come un maglio distruttore di enorme potenza. Lionet riuscì per un po' a reggere l'impeto avversario, ma il divario di forze era troppo evidente e l'oscurità del dio sempre in costante aumento. I suoi compagni però gli furono subito accanto e anche loro bruciarono il loro cosmo al massimo, anche se l'armatura si dissolse quasi del tutto.

"Tagli infiniti della spada sacra."

Dalle mani di El Shadai partirono lame di luce senza sosta che si unirono ai colpi di Lionet riuscendo a resistere alla potenza del dio.

"Non c'è altro da fare che bruciare il nostro cosmo al massimo e mettere in esso tutto noi stessi. Planetary Extinction!"

Dalle mani di Sheratan partirono delle particelle luminose simili a tante stelle di luce, che si unirono ai colpi degli amici che insieme resistevano alla potenza del dio.

"È tutto inutile. Non potete niente... ma che succede? Il loro cosmo aumenta ancora d'intensità malgrado questo gli consumerà le armature e la vita."

"Cosa credevi? Hai di fronte dei cavalieri d'Atena, che non temono la morte né il dolore. Sparisci, dio che non conosci pietà e altruismo."

Lionet espanse il suo cosmo e lo stesso gli altri. Le armature scomparvero del tutto e l'oscurità si espanse rapida nei loro corpi, ma il cosmo non faceva che aumentare d'intensità e pure Ouranòs non riuscì più a contenerne la potenza.

"Non è possibile! Io sono un dio!"

Venne travolto da cosmo combinato di tutti e tre. Un'esplosione di luce illuminò a giorno l'intero spiazzo facendo tremare l'intero castello, e in essa i ragazzi sperarono d'aver messo fine ai piani del dio. Sentirono però un enorme cosmo espandersi e videro nuovamente la figura del dio frapporsi davanti a loro. Fremettero di rabbia, ma constatarono che non era più come prima. Nel corpo dove risplendeva l'universo usciva l'oscurità e il suo cosmo si affievoliva sempre più, mentre il resto del suo corpo aveva delle parti mancanti che piano piano si dissolvevano.

"Maledetti! Come avete osate ferire un dio quale sono io? Non avrò pace finché non vi avrò distrutto. Ouranòs Destruction!"

Sapevano di non avere più forze, ma lo stesso non volevano arrendersi.

Light e Albaldar combattevano senza sosta sotto gli occhi attoniti di Zaffira, che gli urlava di fermarsi. Loro però non l'ascoltavano e continuavano imperterriti lo scontro senza sosta, in cui davano entrambi il massimo di se stessi. Era uno scontro che andava al di là di essere cavalieri, erano solo due uomini che amavano la stessa donna.

Si colpirono entrambi con un pugno carico d'energia ed entrambi finirono contro il muro. Si rialzarono e si buttarono nuovamente l'uno contro l'altro.

"Pugni fulminanti oscuri."

"Tecnica della frantumazione stellare."

Entrambi si colpirono con una quantità impressionante di pugni senza curarsi della difesa, colpendosi senza sosta, mentre un'energia dorata e una nera si scontravano. Entrambi caddero a terra pieni di ferite e stremati, ma dopo poco si rialzarono.

"Smettetela!" urlò Zaffira.

Loro però non l'ascoltavano, avevano occhi solo per l'avversario e nessuno dei due voleva cedere per primo. Light aveva la faccia sanguinante, come il corpo, mentre ad Albaldar sanguinavano le mani e il corpo, ma ognuno dei due non faceva caso al dolore.

"Facciamola finita con questa farsa. Ora morirai."

"Non ce la farai a battermi!" urlò Light mentre il suo cosmo si espandeva.

Quello dell'avversario non era da meno e come il suo aumentava sempre più d'intensità. Un occhio da lontano osservava il loro scontro e li incitava alla lotta più sfrenata, mentre Zaffira piangeva e voleva solo che si fermassero.

"Preparati a morire. Lighting Devastation!"

"Questa volta ti sconfiggerò. Non permetterò che Zaffira soffra. Galaxian Destruction!"

Light allargò le braccia in alto e apparve sopra di lui la galassia infinita con stelle e pianeti. Questi si riversarono nella loro infinita potenza contro Albaldar, che dal canto suo non se ne preoccupava e colpiva il suo avversario con tutta la potenza di cui disponeva. Zaffira dal canto suo correva verso di loro cercando di fermarli, ma venne respinta dalla forza immane che avevano appena scatenato, che distrusse ogni cosa intorno a loro.

Le due immani energie si scontrarono in tutta la loro potenza scatenando un'onda d'energia che si espanse per l'intero castello tagliandolo in due. Tutti e due i contendenti sentivano il loro corpo farsi a pezzi ma non intendevano arrendersi. Usavano tutte le energie che avevano cercando di prevaricare sull'altro. Per un po' si equivalsero, poi quella di Albaldar prese il sopravvento, ma Light continuava a tenere duro.

"Rassegnati, Zaffira sarà mia" urlò Albaldar.

"Non lo permetterò mai!" urlò Light e le forze si equivalsero nuovamente. Light sapeva di poterlo battere, sapeva di non doversi arrendere, ma sentiva anche una parte di sé che gli sfuggiva e non capiva cosa fosse.

"Lascia che ti aiuti" disse una voce che veniva da dentro di sé.

"Chi sei?"

"Sono te. Noi siamo legati per sempre. Non frenare più la mia potenza. Ci siamo sempre combattuti, ma ora se uniremo le forze saremo invincibili."

"Chiunque tu sia non voglio il tuo aiuto."

"Non lo vuoi ma ti serve."

"No, posso farcela da solo."

"Eppure è sempre grazie al mio intervento che hai vinto, come nel combattimento contro Cardinal e anche prima contro Power."

"Cosa? Allora tu sei quell'oscurità..."

"Io sono te. Siamo un'unica entità. Non è giusto che rimaniamo separati. Lascia che ci uniamo nella perfezione assoluta. Insieme saremo invincibili."

"No! Sparisci!"

"Vuoi dunque che la donna che ami non sia più tua e finisca nelle grinfie del tuo rivale? Vuoi dunque per lei un destino di morte e di dolore?"

"No!"

"Non mi lasciare da parte. Saremo invincibili. Sconfiggeremo chiunque. Unisciti a me e salva così la donna che ami dal suo destino oscuro."

Light urlò e il suo aspetto mutò. Il suo corpo divenne di colore nero, come la sua armatura, i capelli invece bianchi e gli occhi scuri. L'aura, prima dorata, era ora totalmente nera, e la persona che era prima sembrava totalmente scomparsa, per fare posto ad un'altra più terribile e stravolgente.

"NO!" urlò Zaffira.

"Che gli sta succedendo?" disse Albaldar.

La potenza del nuovo Light era completamente diversa da prima e Albaldar non riuscì più a reggere il suo impeto e venne travolto. Resistette fino all'ultimo, ma comprese d'aver davanti a sé una persona completamente diversa da prima, sia nell'aspetto che nel carattere. Ora il suo cosmo era oscuro e incredibilmente potente. Non sembrava avere fine. Avvolgeva l'intero castello e andava oltre fino alla volta stellata. Era persino più grande e devastante di quello di suo padre, era qualcosa di sovrumano che poteva appartenere solo a un dio.

"Chi sei tu?"

"Io sono Darkness!"

La voce grossa e cavernosa non aveva più nulla a che fare con la persona di prima, che sembrava totalmente scomparsa per far posto a quel nuovo terribile essere. Albaldar al limite venne travolto e non poté che subire la tecnica avversaria, mentre il suo corpo veniva fatto a pezzi ed era ormai certo della fine.

Tutto divenne buio intorno a lui e si ritrovò riverso per terra in un ambiente che gli sembrava diverso.

Sentì la potenza di un cosmo oscuro ridestarlo e molto confuso si rialzò. Vide che era in un luogo buio accanto a un tavolo, dove sopra c'erano tre sfere di cristallo che proiettavano immagini, e in una di queste vide suo padre ferito. L'oscurità gli usciva dal corpo sempre più rapida, ma lanciava lo stesso il suo attacco contro i quattro cavalieri d'Atena, che gli sembrava impossibile l'avessero ridotto così. Vide però l'attacco andare a vuoto e l'oscurità in essa risucchiata dal nuovo essere che stava combattendo con lui.

"È magnifico, vero, figliolo?"

Albaldar si girò di scatto, notando solo ora sua madre accanto a lui, che riluceva di una corazza nera che riconobbe all'istante come quella della sua sorellastra Liliana.

"Madre! Ma cosa sta succedendo? E perché indossi nuovamente l'armatura?"

"È tempo che pure io scenda nuovamente in campo. Ora si compirà il destino supremo del nostro vero dio."

"Di cosa parli? Di che dio? E perché sono stato portato qui?"

"Ti ho portato qui per salvarti. Avevi lo scopo di risvegliare il vero dio che si cela nell'animo di Light e in quello di tuo padre Ouranòs."

"Cosa vuoi dire?"

"Voglio dire che entrambi non sono che l'involucro che darà vita al dio supremo. L'unico vero dio che potrà dominare sull'universo: Yarn Lucifér."

"Il dio dell'oscurità assoluta e del caos supremo?"

"Esattamente. È lui vero dio che dobbiamo servire. È lui che ti ha dato il potere d'usare quell'armatura d'oro. È lui che prevarrà su tutto e su tutti."

"E di mio padre che ne sarà?"

"Mi spiace per lui, figliolo, ma una volta che il suo compito sarà finito si estinguerà nelle tenebre che l'hanno generato. Le stesse che mi ha concesso il mio dio Yarn affinché lo riportassi in vita."

"Tu avresti riportato in vita mio padre? Un dio?"

"Proprio così. Io sono nata per servire il grande Yarn, superiore a ogni altro dio. Lui per risorgere a questo mondo aveva bisogno di qualcuno che accumulasse la sua oscurità infinita dentro sé fino ad elevarla ad un livello tale da permettergli d'entrare in questo mondo dalla sua dimensione oscura dove risiede. A tal fine mi diede il potere di risvegliare tuo padre. Lui, il grande dio Ouranòs, ucciso nella mitologia da suo figlio Cronos con la complicità di sua moglie Gaia, ha un destino solo d'involucro e niente più. In questi anni ha accumulato l'oscurità dentro di sé, portandola ad un livello tale da permettere al mio dio di tornare. Però egli ha bisogno anche di un corpo dove potersi manifestare prima d'accumulare nuovamente l'oscurità. Per quello è nato quel giovane di nome Light e gli è stata messa dentro la sua anima la potenza infinita di Yarn. Però ancora piccolo è stato avvolto dalla luce di Atena, che l'ha sottratto al suo destino portandolo alla luce. Aveva così necessità che fosse ridestata in tutta la sua potenza perché Yarn si manifestasse. Così mi sono servita di Power, a cui è stata data una parte dei poteri di Yarn affinché compisse la sua volontà. Lo stesso Zaffira, che ha in sé lo spirito d'Atena e ha dato il via agli eventi che si sono scatenati. Non è stato un caso che si sia ritrovata sull'isola dove si allenava Light."

"Che vuoi dire? Non sarai stata..."

"Certo. Sono stata io a portarla lì. Lei non se n'è nemmeno resa conto, ma io l'ho teletrasportata lì in modo che conoscesse Light. Loro condividono lo stesso cosmo di luce ed era chiaro che si attraessero. Così questo ha spinto il giovane a dare il massimo di se stesso e gli ha permesso d'elevarsi oltre ogni limite. Grazie all'amore per quella ragazza e al tuo contributo, Yarn ha di nuovo un corpo, ed ora finalmente avrà l'oscurità tanto agognata."

"Allora anch'io non sono stato che un tuo strumento, come mio padre e mio fratello!" urlò Albaldar stringendo forte il pugno.

Lilith non si scompose e lo fissò intensamente negli occhi.

"Ti sbagli, figliolo. Tu fai parte di quel nuovo mondo che sorgerà, ne sarai il re, ma non come intendeva tuo padre. Lui voleva creare un mondo simile alla Terra, destinato prima o poi a cedere alla corruzione come quello attuale. Avrebbe potuto andare avanti per un po', ma alla fine tutto sarebbe stato nuovamente uguale. Invece Yarn creerà un mondo su misura dei desideri di ognuno di noi. Chi lo serve avrà tutto ciò che desidera. Noi due siamo gli eletti e ci creeremo il mondo che vogliamo."

"Noi due, hai detto? E Zaffira? Anche lei è destinata..."

"Il destino di Atena è di sacrificio."

"No! Non voglio un mondo senza Zaffira!"

"Sei giovane, figlio mio, e ancora non vedi le cose nel loro insieme."

"Sono grande abbastanza da capire quello che voglio e senza..."

"Atena aveva il compito di spianare la strada a Yarn, ed ora che la sua opera si è esaurita..."

"NO! Non permetterò che muoia."

L'energia oscura si riversava tutt'intorno e il tavolo finì in mille pezzi e le sfere sopra caddero per terra spargendo i vetri sul pavimento, mentre pezzi di legno volavano dovunque.

"Nel mondo che verrà potrai esaudire tutti i tuoi desideri. Potrai creare tutte le Zaffire che vuoi."

"Ma non saranno mai come lei. Non c'è nessuna come lei!"

"La passione ti fa perdere il giudizio, figliolo."

"Dov'è adesso? Cosa le sta succedendo?"

Lilith alzò le mani e apparve tra esse una nebbia nera che proiettò immagini. Darkness aveva risucchiato l'energia oscura di Ouranòs che si stava dissolvendo nel nulla, tornava ad essere polvere come quando si era ridestato come dio.

"Padre!" urlò Albaldar.

"Non ti dolere più per lui. Ora il suo spirito è con il nostro dio."

"Dov'è Zaffira? Fammela vedere!" urlò Albaldar.

Darkness aumentava a dismisura il suo cosmo oscuro senza limiti che arrivò fino al cielo, dove i simboli lucenti scomparvero.

"Ormai non serve più la messinscena di tuo padre. Ora verrà il nuovo mondo con il sacrificio supremo."

"Zaffira!"

Albaldar vide Zaffira sospesa a mezz'aria e intorno a lei si formò un'oscurità, così densa da essere quasi impenetrabile, che le stava togliendo la vita.

"NO!"

In quel mentre vide gli amici di Light, pregni d'oscurità anch'essi, che si scagliavano contro il loro ex amico cercando di fermarlo, ma l'oscurità non si allontanava da Zaffira.

"Le resta ancora poco da vivere. L'oscurità assorbirà il suo intero cosmo nell'arco di dieci minuti, lo stesso tempo che resta alla Terra. Come Yarn avrà il completo controllo dei suoi poteri porrà fine all'esistenza di tutti."

"Non permetterò che uccida Zaffira."

"È il suo destino, inutile opporsi ad esso, non si può cambiare."

"Io lo cambierò."

Albaldar si accorse in quel mentre che non poteva muoversi. Tre aloni neri ruotavano intorno a lui bloccandogli i movimenti.

"Ma questi sono..."

"Gli strati di spirito. Tranquillo, è solo un luogo di transito. Ti condurrà al mondo che creeremo per noi soltanto appena sarà completato."

"Perché, madre? Perché tutto questo?"

"Tutto quello che faccio è per il tuo bene. Anche tuo padre ti stava creando un mondo tutto per te, ed io sto facendo lo stesso. Nel mio mondo potrai fare tutto ciò che vorrai."

"Non voglio un mondo senza Zaffira!"

"Sei troppo preso dall'emozione. Onda infernale degli strati di spirito."

"No!"

Lo spirito di Albaldar si staccò dal corpo finendo alla porta dell'oltretomba, mentre nel mondo terreno si svolgeva la battaglia decisiva tra le forze del bene e quelle del male.

La forza dei sentimenti

I quattro ragazzi erano stupefatti del cambiamento inaspettato che avevano preso gli eventi. I colpi di Ouranòs erano stati dissolti dalla comparsa di uno strano essere, con un cosmo ancora più oscuro e vasto di quello del dio. Aveva però distrutto i simboli nel cielo e il pianeta Urano era scomparso all'orizzonte, però la situazione non sembrava migliorata.

Quello che avevano di fronte era un mostro terribile e sapevano che dovevano sconfiggerlo per riportare la pace sulla Terra. A conferma di ciò era stata la vista di Zaffira sospesa a mezz'aria e circondata da una coltre d'oscurità che le stava togliendo la vita.

Si erano tutti e quattro alzati e seppur il loro corpo fosse pregno d'oscurità non intendevo arrendersi.

"Ragazzi, quell'essere non so chi sia ma vuole uccidere Atena. Dobbiamo fermarlo a qualsiasi costo."

"Siamo con te, Lionet" risposero gli altri.

Si gettarono tutti contro Darkness che li respinse solo con lo sguardo. Aveva un ghigno terribile stampato in volto che avrebbe terrorizzato chiunque, ma loro non si fecero intimidire e si rialzarono. Non avevano più forza per usare le tecniche potenti, ma lo stesso usarono quello che rimaneva delle loro forze e attaccarono nuovamente. Vennero respinti ancora solo dal cosmo di Darkness, che non si curò di loro e si diresse verso Zaffira. Fecero per scagliarsi nuovamente su di lui ma vennero avvolti da un fuoco nero che sembrava simile a quello dei fuochi fatui.

Urlarono dal dolore e si piegarono in due, mentre il fuoco li consumava e non si spegneva in nessun modo.

"Quel fuoco deriva dalle profondità dell'inferno, non potrete mai spegnerlo" disse Lilith, che comparve davanti a loro sospesa a pochi centimetri dal suolo.

"Chi sei, maledetta?" chiese Lionet.

"Sono Lilith, la madre di Albaldar e Liliana, regina del regno di Ouranòs e gran sacerdotessa dell'unico grande dio che verrà: Yarn Lucifer!"

"È così che si chiama quell'essere?" chiese El Shadai indicando Darkeness.

"Quello che vedete è solo un involucro. Quando avrà assorbito interamente l'energia di Atena, il mio dio si risveglierà in tutta la sua potenza e per il mondo sarà la fine."

"Cosa? Ma i simboli..." disse Cristalia.

"Quelli erano solo uno specchietto per le allodole. Servivano ad attirarvi qui, soprattutto ad attirare colui che era predestinato a risvegliare Yarn. Il vostro amico Light!"

"Cosa?"

"Che ne hai fatto di Light?" chiese Lionet.

"Non lo riconoscete?" indicò Darkness.

"Non può essere!"

"Invece è proprio lui. Ora che la sua parte oscura si è risvegliata quello che restava del vostro amico è ormai quasi del tutto scomparso, e a breve lo sarà del tutto."

"Se le cose stanno così non possiamo arrenderci."

Lionet si rialzò seguito dagli altri e i loro cosmi aumentarono d'intensità.

"Sciocchi, più usate il cosmo e più l'oscurità si impossessa di voi. Ormai ne siete quasi del tutto pregni. Ancora poco e vi coprirà completamente."

"Cosa vuoi che ce ne importi. Noi siamo cavalieri d'Atena e combatteremo fino alla fine."

Il cosmo fiammeggiante di Lionet risplendette spegnendo il fuoco e lo stesso gli altri: nessuno si sarebbe arreso.

"Allora se proprio non volete gustare questi ultimi momenti, vi spedirò direttamente all'inferno."

"Non ci fai paura e nemmeno il tuo dio."

Si buttarono tutti contro di lei, ma delle onde dorate li respinsero e paralizzarono.

"Queste sono le Onde di Lilith. Paralizzano i nervi e mi permettono d'uccidervi con facilità. Sono solo indecisa su chi uccidere per primo."

"Non ce la farai ti..." disse Lionet.

"Sarai il primo a morire."

Dal suo dito partì un raggio nero diretto al cuore di Lionet, che non poteva muoversi e sapeva che era la fine. Un'energia rossa deviò il raggio e i ragazzi si trovarono nuovamente a terra liberi dalle onde nemiche. Sentirono un cosmo aggressivo e potente farsi strada sempre più vicino, e videro una figura dorata avvolta da un cosmo cremisi che si frappose contro Lilith, che imperturbabile l'aspettava.

Tutti la riconobbero all'istante: era Salassa.

"Salassa!" gridarono tutti.

"Ma guarda chi è venuto a farci visita. Colei che ha rinnegato la sua natura di predatore per dedicarsi alla via della sconfitta."

"Taci! Sei stata tu ad ingannarmi, ma ora che so la verità te la farò pagare. Hai usato tutti gli altri per i tuoi scopi, non ti sei fatta scrupolo di nessuno e hai corrotto pure tua figlia Liliana."

"Il nuovo mondo non prevede i perdenti. Non è come quello di Ouranòs, una falsa copia della Terra, ma qualcosa di completamente diverso. Lì regnerà solo l'oscurità perenne e non ci sarà posto per nessuno eccetto i pochi eletti decisi da me. Voi tutti ne sarete esclusi, anche perché morirete prima."

"No, noi ti fermeremo" disse Lionet rialzandosi.

"I cavalieri d'Atena non si arrendono mai" disse Salassa. "È quello che questi straordinari ragazzi hanno insegnato anche a me."

"Questo non li salverà dalla sconfitta."

"Non ci hai ancora sconfitti..."

"Ragazzi, di lei mi occupo io. Salvate Atena. C'è un modo per fermare quell'essere. Prende..."

"Non vi permetterò..."

Le onde di Lilith si scontrarono con quelle di Salassa e nessuna delle due prevalse sull'altra.

"Prendete lo scettro di Atena. Può distruggere la barriera che la circonda e uccidere Yarn."

"Come puoi saperlo?"

"È stato un uomo più saggio di me a dirmelo ed ora fermerà il mostro da te creato."

"Cosa?"

Darkness era ad un passo da Zaffira quando la terra sotto di lui si spaccò e balzò rapido indietro. Comparve un uomo dalla scintillante armatura d'oro, alto e possente, nel cui elmo spiccavano due corna. Era risoluto nel cosmo e nello sguardo, da cui non trapelavano dubbi o incertezza, sostenuto dal suo portamento fiero e dalla determinazione a fermare il suo nemico: Tauriel era arrivato.

"Tauriel!" gridarono tutti.

I ragazzi fecero come aveva detto Salassa e si gettarono in una corsa sfrenata per raggiungere lo scettro di Atena.

"Non ci riuscirete mai. Quel Tauriel è solo un buono a nulla."

"Non sai cosa vuol dire essere cavalieri d'Atena, in cui arde la fiamma della giustizia che rende invincibili!"

Il cosmo rosso di Salassa aumentò facendo indietreggiare Lilith, che non perse comunque il suo sorriso.

"Pazza, credi davvero di battermi? Io sono la più potente tra i cavalieri d'oro, forte dell'oscurità suprema che mi ha dato il mio signore Yarn, che presto si desterà nuovamente."

"Chi conosce solo l'odio e il sotterfugio è destinato solo alla sconfitta. L'oscurità non potrà mai prendere il sopravvento."

"Ora ti accorgerai di quanto potere dà l'oscurità. Fiamma infernale che brucia l'anima!"

Un fuoco oscuro avvolse Salassa e nemmeno l'armatura le offriva alcuna protezione, perché questo penetrava all'interno bruciandole l'anima. Urlò dal dolore piegandosi in due mentre Lilith rideva divertita, sicura della sua superiorità.

"È inutile che ti dimeni, non puoi sfuggire alla mia fiamma infernale. Essa ti consumerà dentro fino a distruggerti completamente l'anima. Quella provata dai ragazzi prima è nulla in confronto a questa. Tanto loro sono destinati solo ad una morte atroce come tutti coloro che si oppongono al supremo Yarn."

In quel mentre Salassa vide Tauriel che si opponeva alla furia di Darkness con tutta la forza, ma questi ebbe il sopravvento e lo fece volare via. I quattro ragazzi erano sempre più vicini allo scettro ma Darkness si mosse fulmineo, comparendo davanti a loro e colpendoli uno dietro l'altro.

"No!"

"Nessuno che si oppone al mio signore può sopravvivere, tantomeno quei ragazzini insignificanti. Il loro tempo è ormai finito!"

"No! Non permetterò che muoiano" urlò Salassa guardando Lionet ed espandendo al massimo il suo cosmo scarlatto.

"È a lui che tieni tanto, non è vero?"

"Lo sai meglio di me che è così. Ma sono anche cavaliere d'Atena ed è mio compito difendere la Terra. Io non mi tirerò indietro."

Il cosmo scarlatto aumentò ancora di più come un mare rosso inarrestabile e senza confini.

"Impossibile che il suo cosmo sia così vasto."

Anche il fuoco oscuro scomparve, mentre la terra tremava intorno a lei che concentrava l'energia nel dito destro. Salassa non aveva dubbi o remore, anche perché in quel mentre vide Darkness che, dopo aver colpito tutti e quattro i ragazzi, aveva preso Lionet e stava per ucciderlo.

"Ora pagherai per quello che mi hai fatto e per tutte le persone che hai usato per i tuoi scopi e fatto soffrire. Scatenerò su di te tutta la mia furia."

"Inutile il tuo ardore, contro chi, come me, detiene il vero potere. Colpo infernale delle anime dannate!"

Lilith alzò le braccia, da cui scaturì un vortice di fuoco nero che si innalzava fino al cielo e che avvolse Salassa facendola ruotare su se stessa e urlare.

"Questa è la più potente tecnica distruttiva dell'anima che ho avuto in dono dal mio dio. La tua anima verrà ridotta a brandelli e non ne rimarrà più niente."

Salassa urlò e il fuoco mutò colore e divenne rosso scarlatto sotto gli occhi increduli di Lilith.

"Non è possibile. Stai assorbendo la tua anima nel tuo stesso cosmo. In questa maniera però andrà comunque persa..."

"Che vuoi che mi importi della mia anima. Io voglio solo che Lionet e i suoi amici abbiano un futuro di pace in un mondo che ha ancora speranza, e non che siano condannati all'oscurità perenne. Voglio la luce! Mille aghi di fuoco cremisi!"

Dal vortice infuocato partirono migliaia di aghi appuntiti di colore rosso scarlatto, che rapidi calarono su Lilith.

"Barriera dell'anima!"

Con le mani alte creò una barriera nera che fermò solo pochi colpi, mentre subito dopo altri la colpirono da tutte le parti.

"Non può essere..."

"Gli animi imbevuti del mio cosmo e della mia anima possono superare qualsiasi barriera o protezione."

Una pioggia rossa ricadde su Lilith distruggendole l'armatura e ferendola in ogni parte del corpo. Si accasciò a terra sputando sangue e in quel mentre vide Salassa incombere su di lei. Per la prima volta in vita sua ebbe paura. Questa invece, per quanto desiderasse vendicarsi, si disinteressò di lei e corse più velocemente che poté verso Lionet, che veniva martoriato di colpi dal nemico. El Shadai, Cristalia e Sheratan erano a terra stremati e feriti, con il corpo quasi completamente pieno d'oscurità, e guardavano con sgomento l'orrendo essere che una volta era il loro amico Light, che stava per uccidere Lionet. Questi era solo una marionetta nelle mani di Darkness e aveva il corpo pieno di ferite, ma lo sguardo non era di un coniglio sottomesso ma di un leone furente.

"Perché continui a colpirmi? Non ricordi che siamo amici? Non ti importa più niente di noi e della Terra? Non ti importa neanche di Zaffira?"

Per un attimo Darkness fermò il pugno con cui stava per colpire la faccia martoriata di Lionet e puntò lo sguardo folle sulla ragazza, ma l'attimo dopo rise con quel suo ghigno malefico. Non poteva parlare ma il suo sguardo folle diceva tutto lo stesso, e Lionet comprese che del suo vecchio amico non era rimasto più niente.

Il suo cosmo fiammeggiante esplose in tutta la sua potenza come una meteora che raggiunto il massimo fulgore si esaurisce, riversando al suolo tutto il suo potere distruttivo. La mano di Darkness divenne rovente e fu costretto a lasciarlo e nel mentre si rialzarono anche gli altri tre ragazzi sorretti dal loro cosmo, che si espandeva sempre di più malgrado le condizioni in cui versavano.

Darkness rise e alzò le braccia in alto. Riconobbero tutti quella posizione ma non intendevano arrendersi e usarono in contemporanea i loro colpi migliori.

"*Dark Galaxian Explosion!*"

Furono le prime parole che pronunciò e dalle sue mani comparve l'universo di stelle e galassie, di cui però mancava la luce e il colore, c'era solo un ammasso oscuro senza fine. Assorbì la potenza dei loro colpi e si riversò con tutta la sua potenza distruttrice contro i quattro ragazzi. Quell'oscurità senza fine li travolse, togliendogli quel che restava del loro cosmo e coprendoli totalmente d'oscurità.

Avevano solo una parte degli occhi ancora umana come era stato prima per Ouranòs, ma lo stesso non volevano arrendersi. Erano tutti a terra senza forze ma nei loro sguardi non c'era indecisione o dubbi.

"*È la fine per voi. La nuova era sta per sorgere e per voi non c'è posto alcuno. Dovete solo morire.*"

La voce di Darkness era distorta e orrenda come lui, ma il significato inequivocabile: li avrebbe uccisi tutti.

"Noi siamo cavalieri d'Atena, non possiamo arrenderci. Anche se l'oscurità avvolge il mondo noi dobbiamo continuare a lottare. Perché siamo coloro che non si rassegnano mai, siamo i cavalieri della speranza!" urlò Lionet, che si rialzò.

Non aveva più forze, ma sentiva il residuo dei cosmi datogli dai suoi amici infondergli nuovo vigore.

"*Pugno oscuro galattico!*"

Lionet neanche vide il pugno oscuro che lo prese allo stomaco piegandolo in due, ma per quanto sentisse dolore e avesse il corpo cosparso d'oscurità non voleva smettere di lottare.

"Tutto qua quello che sai fare, buffone? Ora ti faccio vedere io. Extreme Fireball Crash!"

Nel volto di Darkness c'era meraviglia che malgrado le condizioni in cui versasse potesse compiere un simile attacco, ma il ghigno malefico tornò subito sul suo volto diabolico. Con la sola forza di una mano carica d'oscurità fermò il potente attacco di Lionet.

"L'ha fermato con una mano sola? Persino Ouranòs è stato sconfitto..."

"*Io non sono un misero dio come lui. Io sono il potere assoluto. Sono colui che è nato dalle tenebre. Sono il risultato dell'odio estremo che titani e dei finiti nel Tartaro hanno covato dentro di sé per millenni. L'odio ha dato energia che voi chiamate cosmo e ha creato la più potente di tutte le creature mai esistite: me!*"

Gli occhi brillarono di rosso mentre l'oscurità si estendeva senza fine.

"Sei un mostro, ma non mi arrenderò mai."

"*Ora ti mostrerò il vero potere umano. Capirai cosa vuol dire sfidare un dio. Eternal Pain Force!*"

Una forza oscura paralizzò Lionet mentre Darkness alzava le mani aperte verso di lui, dalle quali partirono infiniti raggi oscuri, simili a tanti aghi che trafissero il corpo del giovane, che poté solo urlare, prossimo alla fine.

Una luce rossa si frappose tra lui e gli aghi scuri che si scontrarono con altrettanti rossi e Lionet fu libero dalla morsa tenebrosa. Ancora prima di vederla comprese che Salassa era accanto a lui, e ancora una volta si chiese perché facesse tanto per salvarlo. Era certo che non era solo per redimersi o perché cavaliere, quella donna voleva salvare lui a tutti i costi.

"Salassa perché..."

"Presto, va'. A questo ci penso io."

"Ma..."

"Non dimenticarti che sei un cavaliere e hai una missione da compiere. Salva Atena e la Terra. Non preoccuparti di altro perché io non permetterò a nessuno, nemmeno a un dio, di farti del male."

Il cosmo scarlatto aumentò d'intensità, frapponendosi a quello del dio, e Lionet fece come gli era stato detto e corse verso lo scettro, anche se avrebbe voluto chiederle di più. In cuor suo sapeva che quella donna l'amava.

"Donna, pensi davvero che forte solo del tuo cosmo umano e dell'armatura possa fermare me che sono un dio?"

Darkness urlò e dalla sua schiena spuntarono delle ali, mentre il volto si stava deformando ulteriormente e allungandosi e le dimensioni aumentavano.

"Che gli sta succedendo?" chiese El Shadai.

"Sta assumendo il suo vero aspetto. Questo significa che ha quasi assorbito il cosmo di Atena" rispose Salassa.

Guardarono tutti Zaffira, pallida in volto, e videro come una piccola sfera nera uscire dal suo corpo e avvicinarsi piano a Darkness.

"Che cos'è?" chiesero tutti.

"Quella è la sua anima" rispose Lilith, che si era trascinata vicina a loro sanguinante e prossima alla fine. "Quando Darkness l'avrà assorbita potrà risvegliarsi in tutta la sua potenza, e a quel punto tornerà a nuova vita il dio supremo, Yarn Lucifer."

"Noi tutti non lo permetteremo" dissero i ragazzi rialzandosi.

"Sparite, vermi. *Dark Galaxian Explosion*!"

I tre ragazzi, anche se non avevano più cosmo, si frapposero con i loro corpi, ma Salassa si mise davanti fronteggiando da sola l'immane forza scatenata.

"Non farlo!" urlarono i ragazzi.

"Se qualcuno deve morire, quella sono io. Non permetterò che voi moriate, non permetterò mai che Lionet non abbia un futuro. Antares Explosion!"

Dalle mani alzate di Salassa partirono delle bombe rosse, simili ad una stella e grandi come una persona, che si scontrarono contro la tecnica avversaria riuscendo a resistere.

"Incredibile! Riesce a combattere alla pari contro quel mostro" disse El Shadai.

"Dobbiamo aiutarla" disse Cristalia.

"Usiamo quel che resta dei nostri cosmi per aiutarla" disse Sheratan.

"Non fatelo! Aiutate Lionet. Salvate Atena. Di lui mi occupo io."

"Ma..."

In quel mentre l'oscurità di Darkness aumentava, mentre il suo corpo si deformava ulteriormente, diventando il doppio in altezza mentre le grandi ali nere si allargavano.

"Nessuno può resistere al mio potere, tantomeno un misero essere umano destinato a sottomettersi agli dei."

"Io invece posso e non mi sottometterò mai a un dio malvagio come te, che vuole negare un futuro all'umanità portando solo le tenebre e la morte al suo passaggio. Io, Salassa, ti combatterò!"

Salassa urlò e le sfere rosse aumentarono di quantità e potenza, travolgendo persino l'oscurità assoluta di Darkness, che per la prima volta venne colpito e tutto intorno a lui esplose in una luce rossa scarlatta.

I tre ragazzi che stavano ora correndo verso il loro amico si girarono un attimo vedendo lo straordinario spettacolo.

"Incredibile, l'ha sconfitto" disse El Shadai.

"No, lui non può morire" disse Lilith. "Lui è eterno!"

Dall'esplosione emerse un essere completamente diverso da prima ma ancora più terribile. Era alto più di due metri e mezzo. La pelle era estremamente bianca, quasi cadaverica, con striature verdi, ma i tratti del viso lungo e affilato erano di una perfezione assoluta, troppo per essere umana. Aveva spalle larghe e un fisico proporzionato all'altezza, atletico e ben fatto, per non dire perfetto. Indossava solo una veste nera lunga, simile più ad un mantello grande e sottile che gli copriva interamente il corpo. Braccia e gambe erano come quelle umane, ma terminavano con lunghe unghie nelle dita. Aveva lunghi capelli neri che arrivavano quasi fino a terra, mentre gli occhi gelidi erano di un celeste chiaro simile più al bianco che all'azzurro. Un cosmo oscuro e senza limiti lo circondava e si estendeva per tutto il castello e ancora oltre. Superava confini, stati e nazioni per estendersi con la sua morsa infernale in tutto il mondo.

Il suo sguardo gelido esprimeva solo odio e freddezza, un assoluto disprezzo per la vita e una dedizione totale alla distruzione e al dolore. Non aveva morale, non aveva pietà, non aveva incertezze, voleva solo portare la distruzione e la morte al suo passaggio. Era il male assoluto, rappresentava tutto ciò che è di male al mondo, che porta alla guerra e alle uccisioni, che trascina mondi e persone alla distruzione in nome di un odio assoluto.

Era l'espressione delle tenebre stesse: era Yarn Lucifér, come in passato chiamavano colui che si definiva Satana. Faceva paura solo guardarlo, inchiodava con il suo sguardo e la sua potenza chiunque, ma i tre ragazzi non volevano cedere. Anche Salassa non si mosse di un centimetro continuando a fronteggiarlo.

"Quello è il mio dio, Yarn Lucifér" disse Lilith.

"Allora Zaffira è morta" dissero tutti e tre.

Videro la sfera nera che rappresentava la sua anima posarsi nella mano destra di Yarn.

"No, noi non permetteremo che muoia."

Comparve Lionet vicino a loro con in mano lo scettro di Atena.

Tutti e quattro si capirono al volo e corsero verso il loro nemico.

"*Vermi che strisciate su questo misero pianeta, io sono Yarn il dio supremo, colui che governa l'oscurità e distrugge mondi e universi. Sparite dalla mia vista.*"

"Non ci arrenderemo" dissero tutti.

"Prima te la dovrai vedere con me" disse Salassa, forte del suo cosmo scarlatto che continuava a bruciare senza sosta.

"Umani che sfidate un dio. A voi non vi rimane che il castigo divino a lavare il vostro peccato. Voi sprofonderete in un inferno di dolore e tormenti senza fine per l'eternità."

"Sai solo sparare fesserie" disse Lionet, pronto ad affrontarlo con lo scettro in mano, ma Salassa si mise davanti.

"Dio, demone o altro, io, Salassa, non ti temo. Affronterò chiunque vuole togliere il futuro a questi giovani. Adesso vedrai la forza che possono sprigionare i sentimenti di cui gli umani sono pregni."

"Sentimenti? Cose così futili si addicono solo agli umani. Guarda la divina forza senza limiti di cui dispongo e comprendi quale divario incolmabile c'è tra un dio e un umano. Universal Destruction!"

Un universo nero si scagliò su di loro con una forza e pressione senza precedenti, come fossero risucchiati da un buco nero ma ancora più forte. Salassa era imperturbabile davanti a loro, pronta a tutto pur di salvarli.

"Ora vedrai la forza generata dai sentimenti che può far realizzare l'impossibile e scaturire quelli che voi dei chiamate miracoli. Antares Universal Explosion!"

Attorno a Salassa comparve un mare di fuoco che si scatenò contro l'universo di Yarn, il quale rideva e compativa quella misera creatura mortale.

"Come puoi pensare, misera mortale, che la tua sola stella possa fermare il mio universo senza fine? Io stesso lo creo e lo espando all'infinito."

"Lei non è sola" disse Tauriel, che comparve accanto a lei.

Era ferito al corpo, da cui perdeva sangue in più punti, e la sua armatura era danneggiata, ma il suo spirito non accennava a desistere.

"Titanic Power!"

Tauriel sollevò un mare di terra che si riversò contro Yarn, che continuava a guardarli con superiorità e non indietreggiava di un millimetro.

"Credete che il potere concesso agli esseri umani dagli dei possa sconfiggerli? È così stupida la vostra razza da non capire la vostra palese inferiorità?"

"Adesso mi hai stancato con le tue arie di superiorità. Ora ti faccio a pezzi" disse Lionet.

"No. A lui ci pensiamo noi" disse Salassa.

"Fai come dice. Salvate Atena. Colpite l'oscurità che la circonda con lo scettro. Lei tornerà in sé e la sua anima si ricongiungerà."

"D'accordo, maestro Tauriel."

Lionet fece per lanciare lo scettro, ma una scarica di energia nera prese lui e i suoi amici facendoli urlare. A Yarn bastava lo sguardo per scatenare un simile potere, mentre con la mano sinistra usava la sua tecnica contro Salassa e Tauriel e con la destra stingeva l'anima di Zaffira cominciando a stritolarla.

"Dobbiamo salvarli" disse Tauriel.

Urlò e pure la sua armatura si distrusse, mettendo tutto ciò che gli era rimasto del suo cosmo nel colpo che stava lanciando.

"È tutto inutile. Non potrete mai fermarmi. È finita per voi umani!"

"Non lo permetterò!" urlò Salassa aumentando ancora l'intensità del suo cosmo.

"Cosa ti spinge a tanto, donna, da sfidare un dio?"

"Te l'ho detto, non permetterò che ai giovani sia negato un futuro."

"È a uno di loro che sei legata, vero? Sì, vedo chiaramente che quel ragazzo di nome Lionet ti sta molto a cuore. Lui rappresenta molto per te. Per cui lo ucciderò per primo."

La scarica d'energia nera aumentò su Lionet facendolo impazzire dal dolore, ma non rassegnare all'inevitabile, e con le sue ultime forze puntò lo scettro contro l'oscurità che avvolgeva Zaffira.

"La tua resistenza è inutile. Non puoi opporti ai voleri di un dio. Muori."

Dal corpo di Lionet usciva sangue a tutto spiano, mentre le vene si distruggevano e tutto finiva a pezzi nell'oscurità.

"NO! Non deve morire! Lui è troppo importante per me."

"Sei dunque legata a quel giovane, e ora lo vedrai morire davanti ai tuoi occhi."

"Sì, sono legata a lui da un vincolo indissolubile che neanche la tua malvagità potrà portarmi via. Qualunque cosa mi succeda non permetterò che lui muoia, perché lui... è MIO FIGLIO!"

L'armatura d'oro di Salassa si distrusse, e convogliò nel suo cosmo tutta le sue ultime forze, creando un solo rosso davanti a sé.

"Questo è il miracolo dell'amore, che tutti quelli come te che vivono nella malvagità non potranno mai capire. Final Star Antares: Universo infuocato!"

Trasformò l'universo creato da Yarn in un mare di fuoco infinito, che travolse il dio insieme alla tecnica di Tauriel, e per la prima volta il suo ghigno di superiorità si incrinò. Dovette concentrare tutte le sue energie per fermare quell'attacco ai suoi occhi così impossibile per un essere umano, eppure così reale. Lionet e gli altri furono liberi dal suo influsso malefico e il giovane concentrò tutte le sue energie e lanciò lo scettro, che colpì l'oscurità intorno a Zaffira distruggendola. La sfera nera nella mano di Yarn divenne nuovamente luminosa, ma il dio non aveva intenzione di lasciarla andare.

"Maldetta, ma non ti permetterò di tornare nel tuo corpo. Se non posso assorbire il tuo potere, allora ti distruggerò."

In quello stesso momento dal corpo del dio fuoriuscirono raggi luminosi dorati e una tempesta di fulmini lo colpì dall'alto, dove comparve Albaldar ricoperto da una dorata armatura. Prese l'anima di Zaffira e volò via, mentre il mare infuocato si riversava totalmente su di lui, bruciandogli corpo e spirito.

La luce dell'amore

Albaldar si trovava in un mondo la cui unica luce era rappresentata dai tanti fuochi fatui che sbucavano dal terreno circostante. Era un ambiente grande e spazioso, quanto cupo e inquietante. L'unica compagnia era quella dei morti, le cui anime si riversavano nell'enorme fossa più avanti, oppure c'erano gli spiriti inquieti che aleggiavano tutt'intorno a lui. Quello era il luogo che portava alla morte, era l'anticamera dell'inferno, la fossa della morte. Albaldar non c'era mai stato anche se lo conosceva bene, descritto molte volte da sua sorella e da sua madre.

Si chiese che razza di mondo fosse quello che voleva per lui sua madre. Di sicuro non era posto dove avrebbe voluto vivere, sempre che vita fosse; nessun luogo lo era senza Zaffira. Si ricordò che era in pericolo e doveva trovare il modo d'uscire da lì e salvarla. Avrebbe poi sconfitto Light o Darkness che fosse, e Zaffira sarebbe stata sua. Aveva fatto la sua scelta e non si sarebbe tirato indietro, anche avesse dovuto combattere contro sua madre e il suo dio che voleva far rivivere.

Si guardò intorno cercando di scorgere un qualche varco che gli permettesse d'uscire da lì, ma non ne trovò nessuno. Eppure avrebbe trovato il modo di tornare nel mondo normale e salvare la sua amata. Guardò un attimo in direzione delle persone che si dirigevano verso la fossa come tanti automi, e vide una cosa che l'impressionò. Tra i tanti, avvolta in una luce dorata, c'era una fanciulla dai tratti delicati e dai corti capelli azzurri: era Zaffira.

Per un attimo il giovane non poté credere ai suoi occhi, rifiutandosi di credere che fosse morta. Proseguiva con lo sguardo assente verso la fossa insieme agli altri, eppure in lei il cosmo riluceva come un arcobaleno dopo la tempesta, e fu certo che la morte non l'avesse ancora presa.

"Zaffira!" urlò Albaldar.

Corse verso di lei, accorgendosi solo all'ultimo che accanto a lei c'era una figura che continuava a mettersi sulla sua strada: Light. Era accanto a lei, come un'ombra, che l'accompagnava anche in quel suo ultimo viaggio. Lui l'avrebbe impedito e si sarebbe ripreso Zaffira.

La sua armatura nera non l'aveva abbandonato e in un attimo volò verso Zaffira per poi posarsi davanti a lei e Light. Loro, con lo sguardo assente, fecero per proseguire, ma lui li fermò. Cercarono d'andare avanti, urlando e agitandosi per non poterlo fare. Lui si sentì disperare nel vedere Zaffira in quelle condizioni: non poteva credere che fosse morta.

"Zaffira! Sono Albaldar."

La scosse, ma lei non si riprese e continuò a gridare e cercare d'andare avanti. Light si mise di mezzo cercando di spostarlo e proteggere Zaffira. Anche da morto l'ostacolava, pensò Albaldar pronto a colpirlo. Si rese conto però che era inutile, come continuare a fermarli. Però non poteva rassegnarsi e avrebbe trovato il modo di far uscire da lì Zaffira.

"È inutile, non puoi trattenerli, fratello."

Lui, sentendo quella voce familiare dietro di lui, si girò di scatto, così Zaffira e Light furono nuovamente liberi di proseguire il loro cammino. Albaldar vide uno spirito prendere forma e assumere l'aspetto di sua sorella Liliana.

"Sorella. Allora..."

"Sì, sono morta ed ora sono solo un'ombra in questo mondo oscuro."

Lui strinse i pugni con rabbia.

"Vedrai che ti vendicherò e sconfiggerò i nostri nemici."

"A te non sono mai interessati i progetti dei nostri genitori su un mondo idilliaco cui saresti stato il capo, tu volevi, anzi vuoi, solo Zaffira. È lei che ti spinge a lottare."

"È vero, voglio Zaffira. Non posso credere che sia morta e la porterò via da qui."

"Desisti, l'hai già persa."

"No! Lei è mia e la salverò da questo inferno. Sento il suo cosmo brillare, non può essere morta."

"Il suo spirito è stato tolto dal corpo, ma può ancora tornarci. La sua luce è solo oscurata, ma il suo spirito ancora permane."

"Allora lo riporterò dentro il suo corpo."

"Anche se ci riuscissi l'hai comunque persa per sempre."

"Che vuoi dire? Lei è mia."

"Davvero la ami come affermi?"

"Cosa intendi? Lo sai che l'amo da sempre. Tu più di tutti mi hai visto quando da piccolo mi recavo tutti i giorni da lei e quando l'ho fatta uscire da lì. Lo sai che l'unica cosa che mi è sempre interessata non è un regno ma averla al mio fianco."

"Allora se l'ami davvero lascia che sia libera di vivere la sua vita con l'uomo che ama, non costringerla ad un amore che non le appartiene e che la renderà solo infelice."

"Che vuoi dire, che non mi ama?"

"Sai già la risposta a questa domanda. Il cosmo di luce di Light e il suo sono attratti l'uno dall'altra e in loro è scattato subito quel sentimento che si chiama amore."

"NO!" urlò Albaldar.

"Fratello, accetta questa realtà e fai solo il bene di Zaffira, se davvero la ami."

"Smettila! Parli proprio tu che hai sempre pensato a te stessa? Chi sei per venirmi a dire cosa fare?"

"Sono tua sorella, e sono anche una che ha compreso solo da morta gli errori fatti. Come te pretendevo tutto solo per diritto di nascita, volevo il mondo ai miei piedi e ho perpetrato la causa del male. Anche se è quello che mi è stato sempre insegnato, non è una scusa valida. L'ho capito chiaramente vedendo l'ardore che anima quei cinque ragazzi che si battono per la giustizia."

"Che vuoi che mi importi di queste sciocchezze? Gli ideali li lascio agli stupidi, io voglio solo..."

"Vuoi avere al tuo fianco una donna che non ti ama? Vuoi rendere infelice la sua esistenza?"

"No, ma..."

"Il tuo amore è dunque puro egoismo?"

"Che ne sai tu del mio amore?"

"Ti conosco meglio di molti altri e so che quando vuoi una cosa non ti arrendi finché la raggiungi. Però qui stiamo parlando di una persona che prova dei sentimenti, una persona che ami. Le vuoi dunque fare del male?"

"NO!"

"Ascoltami, fratello. Io ho permesso sempre agli altri di decidere per me e non sono stata capace di vivere invece la vita come avrei voluto. Mi sono lasciata plasmare una personalità che non mi apparteneva e ho lasciato che la parte peggiore di me emergesse. Ora è troppo tardi per me. Tu però hai ancora la possibilità di salvarti e vivere la tua esistenza in un mondo pieno di luce."

"Di luce, dici? Proprio tu che come i nostri genitori l'hai sempre disprezzata e sei vissuta nelle tenebre?"

"Sì, fratello. Ho capito solo ora che l'oscurità porta solo sofferenza per se stessi e per le persone che hai attorno. Guarda il cosmo di Zaffira, la donna che ami, com'è splendido e lucente circondato dalla luce meravigliosa che porta la vita. L'oscurità invece genera solo morte e infelicità. Tu devi vivere nella luce, essa rappresenta la vita. Bandisci da te stesso il male che ti è stato imposto e risveglia la luce che è nascosta nel tuo cuore."

"La luce del mio cuore?"

"Sì. Nel profondo di te stesso sono certa che hai un cuore nobile, che non è stato contaminato dall'oscurità ma brilla di una luce meravigliosa che brama la vita."

"Non posso credere a quello che dici. Come può essere? Io ho accettato l'oscurità dentro di me trasformando anche la mia armatura. E ora mi vieni a dire che il mio cuore nasconde la luce?"

"Ho la prova inconfutabile che le cose sono come ti ho detto."

"Che prova? Che ne puoi sapere del mio cuore?"

"La prova è l'amore che provi per Zaffira. Nessuno pregno d'oscurità può provare un simile sentimento per alcuno, perché vive solo nell'odio e nell'egoismo. Tu invece saresti disposto a tutto pur di salvare Zaffira, e questo perché hai un cuore nobile in cui si cela la luce. Fallo risplendere e dona nuovamente la luce alla persona che ami. Solo così potrai salvarla."

"Che vuoi dire? Cosa dovrei fare?"

"Te l'ho detto, fratello. Il resto tocca a te ora. Sii felice nel mondo meraviglioso della vita. Addio."

"No! Non andare..."

Lei però era sparita alla vista lasciandolo confuso e combattuto. Urlò più volte dalla disperazione non sapendo cosa fare, combattuto dentro se stesso tra la luce che si insinuava da dentro di sé e l'oscurità che l'avvolgeva completamente. Lui aveva lasciato che l'oscurità l'avvolgesse completamente, pregno d'odio e di rabbia verso tutti, pronto a distruggere ogni cosa pur d'avere con sé Zaffira. Lei era tutta la sua vita, lei era la luce.

Comprese in un attimo quello che aveva detto sua sorella e anche cosa dovesse fare. Però era certo che Zaffira non l'amasse e se era un mondo senza di lei preferiva allora rimanere lì nelle tenebre.

Urlò di nuovo la sua rabbia al cielo oscuro. Si chiese cosa volesse veramente, se vivere con Zaffira, morire oppure fare in modo che la sua amata vivesse. Cos'era più importante per lui? Era veramente destinato all'oscurità, oppure la luce brillava veramente dentro il suo cuore?

Urlò più volte, contrastato da tutti quei pensieri e dalla consapevolezza che sua sorella aveva detto il vero. Ne era ormai certo, lui voleva che Zaffira vivesse. Qualunque cosa succedesse a lui, voleva che lei vivesse, che fosse felice. Da una parte non voleva accettare che non l'amasse, ma la cosa che gli importava di più era che fosse felice. Comprese d'amarla sopra ogni cosa. Sì, lui l'amava e pur di farla vivere e vederla felice era disposto a qualsiasi cosa. Sì, lei doveva vivere in un mondo di luce e d'amore.

Urlò un'ultima volta più forte che mai, facendo tremare la terra e cadere fulmini da un cielo senza nuvole. Uno di questi cadde su di lui, purificandolo dall'oscurità che lo circondava e facendo brillare nuovamente la sua armatura di una luce dorata, non più pregna di quel male che gli era stato imposto. Albaldar, nuovamente ricoperto dall'armatura dorata del Sagittario, volò come un angelo davanti a Zaffira e Light. Loro come prima fecero per passare, ma stavolta una luce calda si propagò da

Albaldar fino a loro, facendoli fermare e pian piano destrare dal torpore.

"Anche se non mi ami, Zaffira, voglio che tu viva e sia felice con la persona che ti scalda il cuore. Torna al mondo della vita!" L'aura dorata di Albaldar li ricoprì interamente ed entrambi si destarono. In quel mentre si aprì uno squarcio fatto di luce in quel mondo infernale e tutti loro vennero catapultati in un altro, che aveva ancora modo di ritornare alla luce.

Zaffira si risvegliò dall'incubo ritrovandosi accanto ai quattro ragazzi, con vicino una donna dai capelli rossi e un uomo grande e grosso. Comprese subito che erano cavalieri d'oro e ne vide uno volare in alto nel cielo scuro che sembrava un angelo. Riconoscendolo una lacrima di gioia solcò il suo viso, conscia che quel giovane gentile avesse ritrovato la sua umanità.

Non vide però Light. Sentiva che era vicino e vide poco distante un essere infernale che aveva dentro di sé qualcosa che cercava di emergere disperatamente.

"Divina Atena. Questo è vostro. Io sono Salassa, vostro cavaliere e servitore."

Zaffira, un po' confusa da tutta quella formalità, prese lo scettro e si diresse decisa verso Yarn, che si era rialzato ferito sia nel corpo che all'interno. Raggi di luce dorata spuntavano da esso e il volto cambiava più volte assumendo l'aspetto di Light, di Darkness e infine di Yarn. All'interno di Yarn si stava combattendo una battaglia senza precedenti e non sembrava avesse vincitore.

Mano a mano che si avvicinava, Zaffira assumeva uno sguardo sempre più deciso e un portamento più fiero, assecondato dal suo cosmo, che aumentava sempre di più avvolgendo tutti in una luce dorata. La giovane e gentile ragazza aveva ora il portamento di una vera divinità e tutti i presenti videro in lei la loro dea: Atena era tornata.

Yarn urlò più volte.

"Come può essere che il mio corpo designato si rifiuti di ubbidirmi? Non è possibile!"

"Sì invece. Quel ragazzo ha un cuore votato alla giustizia e non potrà mai cedere all'oscurità e al male che gli hai imposto."

"Non può essere. Io l'ho avvolto nella mia oscurità quando era solo un bambino, non potrà mai liberarsene, mai!"

"Anche se a quel tempo ero solo una bambina come lui, sono certa d'averti impedito di prenderlo totalmente, proteggendolo con la luce dell'amore che tu temi più di ogni altra cosa."

"È così, divina Atena" disse Tauriel. "Io c'ero quando è nato e l'ho protetto con il mio corpo dall'oscurità che minacciava di prenderlo. Quando non sembrava esserci scampo mi sono trovato di fronte una bambina piccola come lui che emanava una luce straordinaria. Quella bambina eravate voi, divina Atena. L'avete protetto con la luce del vostro amore. Così l'oscurità non ha potuto prenderlo ed è rimasta celata nel suo cuore. Per quanto può essere forte in lui non potrà mai controllarlo, perché il cuore di questo giovane è votato alla giustizia."

"Lui è solo un ospite, un involucro. Non puoi sapere cosa si cela nel suo animo."

"Sì, invece. Perché io sono... suo PADRE!"

"Cosa?" dissero tutti.

"È così."

"Tu sei davvero mio padre?"

Ricomparve il volto di Light sulla faccia del dio.

"Sì. Sapevo che la tua vita sarebbe stata sempre in pericolo, così cercai di spianarti la strada combattendo in prima linea e poi addestrando gli allievi. Ho sempre pensato a te in quegli anni, ma ero certo che fossi in buone mani e ben addestrato. Non poteva essere diversamente, perché con te c'era la persona che più di tutti ti amava e voleva bene: tua madre Sofia."

"Cosa? Sofia era mia madre?"

"Sì, figliolo. Sofia era un grande cavaliere, con una forza d'animo straordinaria. Io senza di lei non sarei arrivato a questo livello. È sempre stata lei ad incoraggiarmi e spingermi a non arrendermi. Mi ha detto che un giorno nostro figlio avrebbe cambiato il mondo e sconfitto per sempre il male, perché in lui c'era l'amore infinito della divina Atena, che si univa a quello di due genitori pronti a tutto pur di fargli vivere una vita serena in un mondo di pace e di giustizia."

Light piangeva e non sapeva cosa dire, mentre il dio cercava di riemergere e superare la luce che quel giovane emanava.

"Sei stato fortunato, Light. I miei genitori invece mi hanno sempre insegnato a odiare chiunque e sottomettere le persone. Eppure io li amo lo stesso."

"Perdonami, figliolo."

Lilith tentò d'alzarsi ma senza successo, così Albaldar l'aiutò e malgrado tutto l'amava sempre, lei era sua madre.

"Madre, io..."

"Ora vedo veramente il figlio che si celava dietro la maschera che noi ti avevamo imposto credendo che fosse la giusta via per te. Perdonaci, figliolo. Anche se pregni d'oscurità, io e tuo padre abbiamo sempre voluto il meglio per te. Volevamo che tu avessi un mondo tutto tuo, in cui ogni tuo desiderio si realizzasse, non avevamo capito però che avevi già tutto a tua disposizione.

L'unica cosa che ti mancava era l'identità che per colpa nostra ti è sempre stata negata. Tu hai un cuore puro e sei destinato alla luce. Perdonami, figliolo..."

Lilith perse i sensi e sputò sangue.

"Madre!"

Salassa si avvicinò e la colpì al corpo con l'unghia rossa.

"Cosa le hai fatto?"

"Abbi fiducia. Questo le arresterà l'emorragia e presto si riprenderà."

In effetti vide che le ferite smettevano di sanguinare.

"Perché l'hai fatto? Non era tua nemica?"

"Ora non lo è più. Una madre non può che amare il proprio figlio, ed io in quanto tale capisco bene il suo sentimento. Seppur nel modo sbagliato, sono certo che lei e tuo padre abbiano fatto sempre tutto per il tuo bene. Per questo non la considero più mia nemica."

"Salassa, ma davvero..."

"Sì, Lionet. Io sono tua madre!"

"Mamma..."

Lei non disse niente e l'abbracciò piangendo a dirotto, contenta d'aver ritrovato il suo bambino e felice che fosse diventato un uomo così straordinario. I cuori pieni d'amore di tutti loro si riversarono su Atena, il cui cosmo sembrò moltiplicarsi, e come toccò Yarn un fumo nero uscì da lui e il corpo ritornò allo stato originale.

"*Non può essere! Il mio corpo mi sta rifiutando!*"

"Non hai più potere su questo ragazzo. È finita per te."

"*Perché questo ragazzo rifiuta le mie tenebre, perché?*"

"Non le rifiuto" comparve il volto di Light. "Le tenebre fanno parte di me, ma il mio cuore è solo per la giustizia e la pace e batte per la donna che amo."

La luce proruppe in lui scacciando Yarn, che divenne un grande fumo nero con gli occhi di fuoco, mentre il corpo tornò allo stato originario e comparve nuovamente Light.

"*Hai distrutto la personalità da me creata, com'è stato possibile?*"

"Ti sbagli! Non l'ho distrutta. Darkness vive dentro di me. Entrambi condividiamo questo corpo e facciamo del nostro meglio per vivere la vita che ci è stata concessa nel rispetto e nella fiducia. Io ho accettato l'oscurità ma vivo con l'amore che ho nel cuore. Quello riesce a fare miracoli che pure agli dei sono preclusi, e dà la forza alle persone di continuare a vivere nel rispetto e nella solidarietà. Perché gli esseri umani hanno sì il male dentro di sé, ma lo possono contenere con il rispetto, la sensibilità, l'altruismo e la giustizia. Hai capito perché non potrai mai batterci?"

"Sarebbero quei vostri sentimenti ad avermi sconfitto? Non può essere vero."

"È così, dio che non conosci l'amore. Sei destinato solo alla sconfitta."

Atena concentrò il suo cosmo nello scettro, a cui si unì quello di tutti gli altri trasformandolo in una lancia di luce dorata che scagliò contro Yarn, il cui corpo oscuro venne squarciato dalla luce.

"Non può succedere! L'oscurità è troppo forte..."

"Ti sbagli! L'oscurità è solo assenza di luce, quando questa torna essa svanisce nel nulla. Addio dio malefico, questo è il mondo della luce e della vita, ed è il mondo non degli dei ma solo di chi lo ama e lo rispetta!"

Lui urlò, incapace di contenere quella luce intensa, e scomparve come non fosse mai esistito, e lo stesso le sue tenebre. Sul mondo tornò finalmente la luce e Light vide nuovamente il volto sereno e soave della sua Zaffira, tornata ad essere una ragazza come tutte le altre.

Tutti si inchinarono a lei.

"Non dovete farlo, sono io a dovermi inchinare a voi."

Zaffira si inginocchiò e li ringraziò tutti per quanto avevano fatto per lei e per il mondo, dove finalmente ancora una volta poteva tornare la pace e l'amore delle persone che l'amavano.

Quello era il mondo meraviglioso della dea Atena e dei suoi cavalieri.

Appendice

La cerimonia che trovò Light e Zaffira al centro della platea era qualcosa di molto simile al matrimonio, e come in esso si giurarono eterna fedeltà. Non ci fu scambio d'anelli o di baci, ma quello che esprimevano i loro cuori e sguardi era evidente. Quando sarebbero stati più grandi si sarebbero uniti in matrimonio a tutti gli effetti, ma in pratica già l'avevano fatto. L'arena del Santuario era piena di gente che si era radunata lì due settimane dopo la sconfitta di Ouranòs. Erano tutti i cavalieri e aspiranti tali che si erano salvati e che volevano assistere alla celebrazione riguardante la propria dea e i beniamini che al suo fianco avevano salvato la Terra.

C'era anche Albaldar che si era quasi subito allontanato, ma era stato raggiunto da Zaffira prima che sparisse alla vista. Lei lo ringraziò per tutto quello che aveva fatto, dicendogli che gli voleva bene ma di non essere mai triste, e che era un vero cavaliere d'Atena a tutti gli effetti. Lui sapeva che il cuore di Zaffira batteva solo per Light, ma era comunque felice perché la vedeva sorridere con quel volto radioso che gli riempiva il cuore di gioia. Albaldar disse che avrebbe girato il mondo cercando di riparare alle ingiustizie, e se ci fosse stato ancora bisogno di lui sarebbe tornato. Si girò poi rapido per non farsi vedere piangere, ma non avrebbe mai scordato il volto solare e meraviglioso della donna che amava.

Anche Zaffira pianse nel vederlo allontanarsi ma Light, al suo fianco, le rammentò di stare tranquilla, che Albaldar era in gamba e avrebbe fatto di sicuro del suo meglio per il mondo. Anche Light e Zaffira volevano girare il mondo e sarebbero presto partiti per una sorta di viaggio di nozze. Quel giorno salutarono anche El Shadai e Sheratan, che sarebbero partiti per le montagne ad oriente, dove c'era il maestro della ragazza.

Anche Cristalia aveva deciso di partire, anche se non aveva una meta precisa, ma probabilmente sarebbe tornata in Siberia, dove si era addestrata per diventare cavaliere.

Lionet sarebbe rimasto lì al Santuario insieme a sua madre Salassa e a Tauriel, che era stato nominato gran sacerdote da Zaffira. Tutti insieme avrebbero rimesso in piedi il Santuario e ricostituito una cerchia di nuovi cavalieri al servizio della giustizia. Tauriel del resto si era subito fatto distinguere, oltre che per la mole, per uno spiccato carisma atto al comando e all'insegnamento: insomma era la persona giusta per quel ruolo. Aveva anche sostituito Zaffira nel discorso, dicendo che nessuno doveva mai dimenticarsi di tutti i morti che c'erano stati da ambo gli schieramenti, e bisognava adoperarsi sempre perché la pace regnasse sulla Terra e tutti fossero felici.

Alla fine della giornata tutti partirono per la propria strada. Forse quella di alcuni di loro si sarebbe nuovamente incrociata, ma sarebbero comunque sempre restati cavalieri d'Atena per tutta la vita. Speravano che i loro sforzi fossero valsi la pace del mondo, più luminoso perché guidato dalla luce della giustizia di Atena, che sempre avrebbe vegliato su tutti loro.

Finito di stampare nel mese di Settembre 2015
per conto di Youcanprint *Self-Publishing*